suncolor

天涯雙探

四 雙城血案

七名——著

suncolor 三采文化

序章 006

為首的官兵猶豫一下，獨自上前，敲響了安隱寺的朱漆門。良久，一個小僧穿著晨服開了門，似是剛剛睡醒的樣子。他見了官兵，吃了一驚。十七個官兵黑壓壓地站在安隱寺門外，像極了閻羅派來的無常。

第一章 兵分兩路 015

夏乾正月裡參與猜畫活動，得了頭獎。這頭獎不僅包括大量現銀，還有一趟西域之行。因為戰事不斷，絲綢之路早已不通。解開猜畫謎題的人可以避開戰火，安然無憂地重走絲路。

第二章 詭異命案 046

夏乾下意識地護住韓姜，其餘幾人則僵住不動。此時，浴房的門忽然一下被打開。裡面的濃重白色霧氣從老舊的門中逸散出來，飄入初夏的天空中。

第三章　心有靈犀　099
「我們先找一條狗來。只要不下雨，一切都好說。」易牏泉當著幾個女人的面，慢吞吞說了這麼一句，也不知在想什麼。

第四章　入府驗屍　152
夜深，天氣晴好。月亮本應是皎潔而美麗的，如今卻將吳府上下罩上了一層慘澹的白色。孫洵和糖葫蘆站在高牆之外，而郭老則在費勁地攀爬著吳府的牆。

第五章　生死賭局　181
「咱們再想想別的辦法，我不能讓你去冒險——」
柳三拍了拍他的肩膀。「有你這句話就夠啦！我知道，若是我入獄你也會救我的。」

第六章　救援計畫　208

他轉身跑去，獨留韓姜一人站在馬廄。天空越發明朗起來，明朗到陽光都從雲際冒了出來，照著長安城的牆垣和屋瓦。馬廄的茅草棚頂也多了一絲暖意。

第七章　難解謎局　245

鏡子裡的他臉上有傷，雙目發紅，精神極差。易蒯泉對著鏡子看了一會兒，彷彿在和自己對視。易蒯泉的眼睛就像湖裡的水，看著看著，醫館、吳府、汴京城……似乎一切都消失了。

第八章　扭轉乾坤　278

夏乾語畢，揣著信紙就走了，一邊走一邊得意地哈哈大笑。「今天可算是發生了一件好事。等信送到，易蒯泉一定很吃驚。他可算知道我這個人有多重要了！」

第九章　真相大白　297

不痛不癢的壞消息傳得是最快的。錢府昨日那血雨腥風的怪事，已經被長安城的老百姓傳得沸沸揚揚了。當太陽高升的時候，衙門也不得不開始處理錢府的案子。

第十章　結局已了　331

易廂泉拿著紙花，一句話也沒說。他徑直穿過了這群喋喋不休的下人，彷彿他們不存在一樣，直接出了吳府的大門，再也沒有回頭。

終章　399

庸城城禁是去年寒露時節發生的事。蟬鳴剛起，夏日已至，若是步入秋天，轉眼又是一年。一年又一年，即便過去的一年裡發生了很多離奇的事。

尾聲　409

他說完，毅然決然地扭過頭去，登上了驢車，告訴自己不要再回頭看她了。前路漫漫，也不知會發生什麼，但多看一眼，心裡又會留戀，便會多難過一分。

序章

正值三月清晨，天空灰濛不見日。雨淅淅瀝瀝地下著，將臨平山上的翠竹林澆了個通透。嫩筍似乎要迫不及待地破土而出，等待烏雲散去，就可以窺見竹海頂端剛剛升起的日頭。

安隱寺坐落於臨平山上，靜默雨中。掃地的僧人並未起身，晨鐘也未敲響，卻有一夥人趕在日出之前到達了安隱寺。

他們是一群官兵。

細細數去，有十七個人。雨水澆滅了他們手中的火把，也不知是什麼驅使這些官兵在細雨長夜中踏上泥濘不堪的山路。

官兵們氣喘吁吁，狼狽不堪。為首的官兵三十來歲，冰冷的面貌卻掩不住一臉正氣。他疲憊地抬頭，見了安隱寺，猛地抬起手臂，示意其他人停下。

烏雲翻滾，天空露出灰白色。青灰色的安隱寺和石砌經幢在雨中顯得神聖而不可侵犯。

為首的官兵猶豫一下，獨自上前，敲響了安隱寺的朱漆門。

良久，一個小僧穿著晨服開了門，似是剛剛睡醒的樣子。他見了官兵，吃了一驚。十七個官兵黑壓壓地站在安隱寺門外，像極了閻羅派來的無常。

為首的官兵臉上皆是雨水，面無表情，從懷中掏出紙質畫像，向前一抖。「見過這個人嗎？」

小僧有些膽怯，並未看清畫像，只是一味波浪鼓似地搖頭。

官兵統領皺了皺眉頭，低聲道：「可否請住持出來？」

「住持不知是否起了。不知大人清晨到此所為何事？」小僧沒見過大場面，有些畏縮。

「我們在追捕犯人。」官兵統領慢慢捲起畫像，沉聲道：「殺手無面。昨夜三更他在平江府犯下命案，謀殺朝廷命官，手段殘忍，罪不容誅。我們連夜追趕至此，望小師父行個方便。我也知道，搜查寺廟是對佛祖不敬，只是——」

就在這時，門內突然出現一個人。他背對著佛像，像一個瘦小的黑影，僧袍飄展，站得筆直。

是安隱寺的住持有容大師。

官兵統領將刀插了回去，目不轉睛地看著有容。「打擾住持，實在抱歉，我們也是奉命行事。」

「不可。」住持只說了兩個字，很威嚴地道：「收刀進寺。」

官兵面面相覷，誰也不肯放下手中的刀。刀，那可是他們吃飯的碗、保命的符。

在十七個官兵中間，卻忽然站出來個小兵。小兵是年紀最小的，平日愛鬧、機靈圓滑，被大家看作親弟弟一樣。他湊到統領耳邊，低聲道：「王大哥，收刀吧！上頭囑咐了，遇到寺廟不可不敬，遇到百姓不可動粗。」

餘下的人齊刷刷地看向王統領。

姓王的統領眉頭緊鎖。

小兵又低聲道：「這安隱寺是大寺，背後有貴人撐腰。何況我們十七個人武藝高強，放下刀又何妨？咱們袖中偷偷藏著匕首，怎麼會拿不下一個賊人？」

無人應和。小兵還想說什麼，卻止了聲，往牆根看去。

王統領鷹一般的眼睛也掃到了安隱寺杏黃色的牆面。就在不遠處，一串新鮮的泥腳印出現在了牆面上，似是一幅陳舊的畫卷被甩上了不和諧的墨點。

殺手無面必定是進去了，而且是剛剛進去！

不能再等下去了，必須搜。王統領看看有容住持那不容侵犯的臉，有些生氣，卻揚起手來。「所有人，放下刀！」

他這句話引起眾人不滿，但是所有的人都放下了刀。

在一片「哐噹」聲中，王統領對小兵道：「你守著大門。」

小僧來不及阻止，王統領便推門而入，餘下官兵跟上，迅速而安靜地湧入寺院。

院內種了一片翠竹，在雨中輕輕搖擺。另一側栽了幾棵常青松柏、羅漢松以及馬尾松一類的古樹。松針被雨水打落，細細密密地鋪在院內的青石板上。青石板前便是正殿——大雄寶殿，它的青瓦紅磚也被沖刷得乾乾淨淨，乾淨得像是不曾有人來過。

王統領看了看四周。門外的牆上有腳印，而內院卻看不見一點泥濘。恐怕殺手無面已經將青石上的泥土抹去了。

王統領沉默不言，覺得有些蹊蹺，但還是率先踏進了大殿。

大殿內一塵不染，釋迦牟尼像擺放在正中央。佛像本是金色的，在昏暗的光線下竟如同有了生命一般，似在靜觀塵世。

王統領深吸一口氣，對佛像行了個禮，轉身對門外的官兵吼道：「分四路，快搜！不要放過任何一個角落！于天仁，你們進來。」他說完，頓了一頓，指了指站在最前頭的四人。

王統領的聲音在大殿中迴蕩。官兵井然有序地開始分隊去各個殿搜查。名叫于天仁的官兵進門後，低聲問道：「王大哥，僧人還沒起，只怕會——」

王統領將手指輕壓於嘴唇上，低聲道：「你們四人武藝最好，你們……可聞到了大殿內的血腥味？」

殺手無面是帶傷潛逃的。

四人大驚，眺望著四周，屏息凝氣，順勢將手放在袖口，準備隨時抽出匕首。

殺手無面很可能就藏在大殿。

他們觀望四周，佛像數尊，發著冷光。那殺手會不會就藏在這佛像後面？

四周無人，他們鬆了口氣，卻不知梁上有人。

十二年後，長安城。

錢家的當鋪是長安城最有名的典當行。今日晨起，天曚曚亮，錢家的帳房先生就來到當鋪點帳了。

帳房先生名叫任品，是錢老爺派來的。說是點帳，不過是將一些績效好的帳目拿去。錢老爺說，有貴客要來府上，必須將帳本奉上。

任品個子高、黑瘦，帶著幾分精明之氣，卻又顯得陰險狡詐。也正是因為這點，他才能成為錢陰的親信——長安城首富的左右手。

然而他平生最恨的人就是錢陰。

六月剛過，天氣微熱，太陽已出。他推開窗戶，打算休息一會兒再去處理帳目。

突然，一陣敲門聲傳來。

任品皺眉。這麼早，誰會來？

他應聲開門，只見門外站著一位姑娘，年紀很輕，服裝是樸素的、青黑色的棉麻料子，破舊卻整潔。姑娘相貌甚佳，面色疲憊，卻站得筆直，英氣十足。

她身上帶著一陣香氣，像是什麼香草的氣味，還夾雜著酒氣。

任品問道：「姑娘可是要典當東西？」

姑娘點頭，從懷中掏出一個小包袱。「師父病了，急需用錢。」

她走進門來，將包袱攤開，只見裡面有一對金色的鐲子——金光閃閃，年頭已久，陰雕一隻鳳凰；還有一些玉器，做工、成色都不錯。

任品瞧了瞧，搖搖頭。「我只是帳房，不會驗貨。姑娘再等待片刻，人來了，給妳兌換現銀。」

「我想要銀票。附近可有驛站？」

「有的，往東走三條街，左轉。」任品沏了茶，水霧在空中瀰散著。「姑娘喜歡喝什麼茶？」

「有酒嗎？」姑娘擺弄著桌子和茶具，有一搭無一搭地說著。

「不巧，只有龍井之類。我家老爺為了待客，購了一批好茶，姑娘嚐嚐？」

姑娘只是低頭飲茶，深深呼氣，似要將疲憊悉數吐出。

任品看了一眼桌子，突然說道：「姑娘，鳳凰圖騰是不能隨意用的。這鐲子……從何而來？」

姑娘雙目一凜，隨即低下頭去，不動聲色。「祖上的。祖上習武，興許是哪代人受過皇恩。」

「妳不是本地人吧？」

「不是。」姑娘有些不耐煩了，隨即用手敲敲桌子。「你們究竟什麼時候開始做生意？」

任品垂目而笑。「恕我直言，姑娘這不會是……不義之財吧？」

姑娘聞言，噌一下站起身。

「我韓姜行得正、坐得端，怎會不義——」

她語畢，二人僵住不動。陽光從窗戶中透過來，照射在她的身上。她筆直地站著，青黑衣衫透著微光。

任品笑了。

「姑娘莫急，我們坐下慢慢談。」

第一章　兵分兩路

一　西域六人行

夏季的長安透著一絲暑意。現下並非用膳的時辰，故而酒樓廳堂還算得上空曠。夏乾與狄震坐在廳堂一角，兩個男人、一壺酒、一盤點心，聊得熱火朝天，全然忘記了自己身處何方。

「然後呢？你剛剛講到官兵進了安隱寺，他們沒有抓到殺手無面？」夏乾迫不及待地發問。他坐在榆木小凳上，將花生糕塞了滿滿一嘴，就連說話都含糊不清。

狄震坐在他對面，一邊喝著壺裡的酒，一邊醉醺醺地絮叨：「那時候太年輕嘍！這一幫人非得大清早傻乎乎地闖進人家……人家寺廟。」狄震重重打了個嗝，咕咚灌進一口酒，又道：「而這安隱寺的住持，不是好對付的主兒。夏小公子，你不想想，當年若是抓到了殺手無面，十二年後的今天，我又怎會隨你們來長安？」

說罷，他拿起袖子擦擦嘴，還特地在剃得不整齊的鬍茬上使勁蹭了蹭。

狄震是個捕快，而且是挺厲害的捕快。論及捕快這個行當，就是個抓犯人的差事，抓盜賊、抓殺人犯，也會參與判案、斷案。

狄震的辦案能力極強。有人說，十個百姓、一個賊混在一起，站成一排，哪怕狄震喝醉了，都能在片刻之間將賊人揪出來。他在江浙一帶的名氣很大，卻並未與夏乾碰過面。

論及夏乾、狄震二人的相遇，還要從一個多月前說起。

夏乾正月裡參與猜畫活動，得了頭獎。這頭獎不僅包括大量現銀，還有一趟西域之行。因為戰事不斷，絲綢之路早已不通。解開猜畫謎題的人可以避開戰火，安然無憂地重走絲路。若能開闢西域通道，那便是絕妙的商機，遠勝萬兩黃金。

得了猜畫賞金、重走絲路的一共五人：夏乾、韓姜、慕容蓉、阿炆，還有一位不知是誰。

夏乾與韓姜早已相識，慕容蓉則是慕容家的二少；大宋傳言「南夏北慕容」，意思是，慕容家與夏家的資產不分伯仲，慕容家自然不會放過西域這塊寶地。慕容蓉與夏乾年紀相仿，卻是風度翩翩、一表人才。夏乾背地裡喊他小白臉。

此外，阿炆則是青衣奇盜的一員。他雖然成功解開了猜畫的謎題，卻從未露面。此時，距離青衣奇盜的庸城偷竊案已經過去了半年，而另一名大盜鵝黃，已經被易廂泉送進監獄。

跟隨一行人同來的，還有京城混混柳三，給夏乾打下手。他們幾人一同跟隨伯叔前往西域。伯叔四十來歲，是猜畫活動的管事。他們這一行人帶著馬匹和行李，走了一個多月的時間，才從汴京走到長安——絲路起點。

一個多月前，就在汴京城郊，剛剛出發的他們碰到了狄震。

慕容蓉與狄震有過一面之緣，知曉他的那些事蹟，這才得以讓狄震跟隨商隊西行。狄震破案無數，在南方的名頭不亞於汴京城的燕以敖。

可是他人品不佳，年近四十還是光棍一條，終日邋裡邋遢。大家都言，狄震有「七不」——說話不正經、酒壺不離身、鬍子不剃光、對人不禮貌、行為不正常、不聽調遣、不聽勸誡；還有「三總」——總喝酒、總罵街、總打人。

有傳言，這也是他當了十餘年捕快卻不得升遷的原因。

狄震那日醉醺醺地在汴京城郊等著西行隊伍，說西行隊伍中混入了十二年前的殺手無面。所有人都不信他的話。十二年前，殺手無面最後一次出現，在平江府殺了南巡的朝廷大員蕭文正，負傷潛逃至安隱寺，之後便銷聲匿跡了。

殺手無面的故事就此落幕。數年之後，青衣奇盜的事蹟又在中原傳開，屢屢有人拿他跟殺手無面比較，甚至有人傳言，青衣奇盜就是當年的無面。

狄震雖然喜歡胡言亂語，但是能掏出官府批示公文，又有慕容蓉引薦，終於得以跟隨眾人西行。

夏乾最喜歡這種能講故事的人，一路走、一路跟著狄震聽故事。

但狄震只有喝醉了才肯講。直到眾人抵達長安，夏乾才斷斷續續地把無面的故事聽完整。

「然後呢？」

「然後，無面跑了唄！」

夏乾問道：「可是他們都已經追到安隱寺了，明知殺手無面就在裡面，怎麼就放跑了？」

狄震呵呵笑了兩聲，喝口酒道：「安隱寺的大名是英宗封的。十二年前，英宗才剛剛去世，你便帶著刀搜這寺廟，合適嗎？且不說對佛祖不尊敬，你讓先皇的臉面往哪兒擱？」

夏乾撓了撓頭。「那也不至於放跑了呀！」

狄震又喝了一口酒，抹抹嘴，閉起眼睛。「因為官兵太廢物。」

夏乾憋了一肚子話要問，隨口卻是一句：「狄大哥，你知道得這麼清楚，是不是……也在隊伍裡？」

狄震呸了一聲。「你小子休要管這麼多！」

夏乾心中暗諷，狄震將當年的事講得這麼清楚，八成當時就在隊伍裡，殺手還沒找到，能不窩心嗎？夏乾想到此，偷笑一下。

狄震看了個正著，瞪眼道：「笑什麼？夏小爺，我告訴你，西行隊伍裡的人，個個不是省油的燈。」

夏乾一撇嘴。「你非說我們這群人裡有殺手無面，可是你看看，哪個像？你又如何確定我們這群人中有十二年前那個殺人魔頭？」

他又吃了幾塊點心，一臉壞笑地看著狄震。他們這群人裡有沒有殺手無面，他真是不清楚，可是青衣奇盜的一員，的確在隊伍裡面。

阿炆。但是他從未露面。

「總之這一夥人都不簡單。」狄震盯著夏乾。「除了你夏小公子，剩下的人，呵……那個叫韓姜的姑娘來路也不正。」

「她像是殺手無面？無面橫行時，她年紀還很小。」

狄震嘖了一聲，擺手道：「女人的年齡可不好猜。若是那姓韓的姑娘今年三十，她十二年前不過十八歲，說是殺手無面，也可以吧？」

「怎麼可能呢？」

狄震冷笑一下，轉口問道：「要我說……夏小爺，你這次來西域，為何沒有與易廂泉同行？」

「他有事，來不了。」夏乾嘟囔道。

「那也不能帶著柳三來啊！」狄震掏掏耳朵，瞇眼道：「那個叫柳三的小混混也不是什麼好東西。」

夏乾剛要反駁，轉念一想——柳三真不是什麼好東西，欠債不還、小偷小摸。

狄震見他不語，又開口了。

「那個叫韓姜的姑娘，未必是正經人家的人。長刀鋒利，是殺人利器。夏小爺，我這是經驗，」狄震醉醺醺地指了指自己的腦袋，得意地晃晃。「經驗！你還是離她遠點好。」

夏乾一愣，隨即冷哼一聲，左耳進、右耳出了。

「狄大哥，少喝酒、少說胡話吧！」他一下子站起，收了狄震的酒，頭也不回地回了客房。

二　吳府的詛咒

細雨籠罩著汴京城郊的一座府邸，偏僻卻清靜。府邸不遠處的青山一片蒼翠，隱約可以看見小溪流過。雨霧瀰漫於空中，似是細紗披在了青山上。

易廂泉百無聊賴地坐在窗邊小凳上，手指不耐煩地輕敲窗框，與細雨落窗之聲相互應和。又是平凡的一日。

一個月前，易廂泉本應收拾行李，與夏乾一行人同去西域，卻出了岔子——他接到了辦案委託。按理說，易廂泉即將前往西域，任何委託都是不接的；何況他本就只是一位算命先生，根本不必接受所謂的委託，他沒有這個義務。

然而他的委託人卻是不凡——吳沖卿，曾任朝中宰相，一人之下、萬人之上，如今卻不得志。不過，按易廂泉的性子，是不關心委託人的身分、地位的。縱使皇帝親自前來，易廂泉都未必接管呢！

但是這個案子極其特殊，易廂泉不得不接。

在兩個月前，有一和尚路過吳大人府上，盯著「吳府」兩個金漆大字，不再行走，不停唸經。他行得正、坐得直，一臉佛氣，像極了得道高僧。

吳夫人一向信佛，便邀了和尚進來小坐，欲討論佛經。和尚卻堅決不入府，只是站在吳府門口。

他說，吳府被人下了咒。

這分明是無稽之談。吳府上到少爺、下到小廝，都沒有人相信這空穴來風的話。而吳夫人一向吃齋唸佛，雖是半信半疑，卻還是聽和尚把話說完。

和尚指著吳府的大門，說了一句令人寒心的話。

「不破詛咒，不出三個月，吳家兒女皆死於非命，吳大人自此斷子絕孫。」

吳家的家丁聞言皆怒，開始驅趕和尚。吳夫人放心不下，便上前阻止，問和尚如何破解。

和尚輕輕捻著手中的佛珠，說：「吳大人得罪了他的同僚，若要免災，必須不問政事，告老還鄉。」

他這麼一說，眾人不由得一驚。質疑者有，不以為然者亦有。吳大人在朝中是一等一的大人物，為官清廉，頗具正氣，然而近來並不被皇上所看重。有傳言，吳大人得罪了朝中小人。

但得罪了誰，大家都不知道。

那和尚這樣說了，大家就免不了猜測：這和尚，告誡是假，威脅是真，八成是朝中對家派來警告吳大人少管閒事的。

和尚卻面無表情，從袖中拿出一個卷軸，輕輕拋於吳府門前，拂袖而去，轉過街角，消失不見。

吳夫人叫家丁撿起，只見那卷軸上寫著一句話：

禍患常積於忽微，而智勇多困於所溺。

那「溺」字被朱砂筆狠狠圈了出來，留在白色的卷軸上，顯得觸目驚心。

此事很快在街頭巷尾傳開，成為眾人茶餘飯後的話題。而此後的一個月，吳府上下倒是平平安安，直到月末那日，吳大人的獨子隨商船出行，船剛剛駛出碼頭，卻突然爆炸。碼頭有不少老百姓，目睹了漫天火花，聽到了那巨大的轟鳴聲。

吳大人的獨子隨著商船的沉沒，命喪黃泉。

此事本應歸咎於意外，可它偏偏不是意外。商船駛出碼頭時，會經過嚴密審查，一來審查有無在逃人員偷乘渡船離開，二來審查船上有無違禁物品。而商船竟在離開碼頭時爆炸，定然是裝有火藥。

然而在處理商船殘骸之時，並未聞見火藥味。火藥在運載時常常使用大箱子，體量很大，很是明顯；而大箱子中又藏著小箱子，如此是為了避免火藥受潮。

偷裝火藥，且不說躲過盤查的難度，能做到事後毫無氣味、毫無痕跡，那究竟是什麼樣的火藥？

吳少爺就此死去。不管他的死因是什麼，吳家終於害怕了。他們暗地裡派人查來查去，卻查不出個所以然來。

吳府上下皆是悲痛萬分，而吳夫人卻想起和尚的話：「智勇多困於所溺」。但此「溺」並非如《伶官傳序》中是引申意，這裡的「溺」單指表意——死於水中。

吳大人的妻子是赫赫有名的荊國公王安石之女，二人育有一兒兩女——大兒子早已娶妻，兩個女兒，一個十六歲、一個十歲。吳大人在長子死後，憂心不已，便讓全家從此提高警惕，且不讓兩個女兒外出。

他知道這是個陰謀——有人藉此打擊他，讓他滾出朝廷。吳大人不會妥協。他雖經歷了喪子之痛，身體也大不如前，卻依然讓人徹查朝中之事。他掌握了一些大臣的往來書信，卻也只是間接證據，不敢直接呈報給聖上。

又一個月過去，吳大人的二女兒溺死在自家的荷花池中。經官府徹查，估計是有人闖入吳府，行了謀殺之舉。這件事讓整個吳府如墜入地獄。吳夫人堅持詛咒之說，而吳大人則堅持是人為所致。

為了安全，吳家舉家搬到城郊的小宅子，並派人日夜保護小女兒。吳夫人意欲找高人破解詛咒，吳大人則堅持要找人捉拿凶手。一個說要找得道之人，一個說要找破案之人，因此才找到了解決這件事的不二人選——算命先生易廂泉。

為了保住吳府三女兒的性命，易廂泉被派遣到京郊吳府一個月。

而易廂泉自己呢？他只覺得這些事情是無稽之談。從搬到京郊那日起，吳大人調遣了十幾名官兵日夜守著吳府，家丁也有近三十人。女兒的衣食住行皆在眾人注目之下，飲食更是重重把關。而且，吳府裡外不再有荷花池之類的東西，連井都被封堵上，每日派人出去挑水回來，酒水也從外面送來。

吳府可以說是做足了保護措施。

易廂泉不相信詛咒一說，更不相信有人能突破重圍，在吳府幾十雙眼睛的日夜監視下，取走一個十歲女孩的性命。他在這個京郊屋子裡住了近一個月，心想：與其在這兒百無聊賴地活著，倒不如跟著夏乾他們一行人去西域。

易廂泉這樣想著，卻聽得門「砰」的一聲開了。萬沖走了進來，臉色有些發白。

「易公子，」萬沖似是剛剛淋了雨，手裡攥著一封信。「你還去西域嗎？此次吳府的事若是解決了，你最好……趕上夏乾他們。」

易廂泉轉過身來。「出了什麼事？」

「杭州那邊來報，說是一個叫狄震的捕快趕去長安了。」

萬沖將信遞過去，易廂泉讀了信，眉頭皺了起來。

「殺手無面？」

「對。」萬沖在一旁坐下。「我不知是不是真的。但是那個叫狄震的捕快說……他們那一夥人之中，有個人很像十二年前的殺手無面。」

三　入住錢府

「就是這樣。那個捕快狄震說我們這群人裡有殺手無面，你說是誰？」

夏乾在客房中踱來踱去，踩得木質地板「咯吱咯吱」響。柳三則歪坐在一旁的小椅上，迷迷糊糊，似一根爛麵條。

「殺手無面到底是什麼玩意？夏小爺，你休要再開玩笑了。」柳三抓起桌上不應季的枇杷果，靈活地剝去了皮，直往嘴裡塞。

夏乾背著手走來走去。「狄震相當確定，無面就在咱們這群人裡。」

「那個醉鬼既然這麼清楚，你怎麼不向他問明白？」柳三又塞了一個果子進嘴裡。「你說狄震奇不奇怪？捕快當得好好的，非跟著咱們來西域，千里迢迢，也不嫌累。他要知道無面是誰，為什麼不當面指出來？還有，他抓殺手無面做什麼？」

「有仇唄！」夏乾有些心煩，一屁股坐在雕花木椅上，揉揉腦袋。「狄震說那賊人在我們隊伍裡，但又不抓。他也不說是誰，問他，他還回答得含含糊糊。」

柳三吃得舒爽，拍了拍肚子，一下子跳下椅子。「你說，會不會是那個阿炆？長得矮小醜陋、身形奇特，興許狄震見過殺手無面的身形，懷疑阿炆——」

夏乾一擺手。「不是他。」

「你怎麼這麼確定？」

「因為他是青衣奇——」夏乾話說一半，趕緊閉了嘴，改口道：「反正不是他。」

柳三撇撇嘴，跳上桌子，瞇起一雙桃花眼，賊兮兮道：「是不是那個叫伯叔的老爺子？那個人看起來不像好人，陰險狡詐……」

柳三開始胡亂猜測，夏乾卻沒有聽進去，他總是有種不好的預感。此次西域之行，眾人剛抵長安，日後的路還很長，不管出什麼事都有可能。

「還有那個韓姜，拿著這麼長的刀。」

「不會是她。」夏乾趕緊說道。

柳三喲了一聲，從桌子上滑了下來，溜到夏乾眼前。「你怎麼知道不是？我說的沒有道理？」

「沒有道理！」

柳三嘿嘿一笑。「你剛來長安，就買了一大堆果子、點心，想偷偷留著給她。夏小爺，我可什麼都知道！」

夏乾趕緊反駁。「你別胡說！我……你、我、韓姜，還有那個姓慕容的小白臉都不可能。按年齡推算，殺手無面出沒於十二年前，那時候我們牙都沒長齊，怎麼可能是什麼無面？」

柳三嘖嘖幾聲，嘆道：「你怎麼知道人家牙沒長齊？韓姜姐姐說不定比你我都大。十二年前，她的確很年輕，但是犯案嘛……可就說不準。我總感覺她是個高手。」

柳三若有所思地閉上眼，隨即點了點頭，嗯了兩聲。

夏乾不以為然地問道：「她說過和我差不多大。你說她是……什麼高手？」

「武藝。」柳三一拍大腿，頻頻點頭。「那個叫韓姜的姐姐雖然長得不錯，但我可不敢惹。她身板那麼直，絕對自幼習武。夏小爺喲！別太相信女人！」

夏乾嘟囔道：「不信女人，還能信你？」

柳三卻是不答。他轉過身去，指了指桌上殘餘的枇杷果。「這好吃，全帶走吧！夏小爺！」

「帶哪兒去？」

柳三不等夏乾答話，從懷中扯出了一條絲絹，也不知是青樓哪個姐姐送給他的。「帶去錢府！」

夏乾一愣。「去哪兒？」

「夏小爺沒聽說呀？我們不住客棧了，住錢府。錢老爺消息靈通，剛來長安幾天，就把我們一夥人都攔住了，非要在家裡設宴招待。伯叔本來不想耽誤行程，但這錢老爺在長安城很吃得開，這重走絲路一事，興許還得由他照看。」

夏乾一愣，皺起眉頭想了想。「長安城錢老爺……是不是錢陰？」

「對對對，夏小爺聽說過？」

夏乾翻個白眼。「我爹說過，錢陰這人都快六十了，為人奸詐狡猾，做生意也不坦蕩，雖有些家底，但夏家不願意跟他合作。」

二人說著說著，便收拾起行李來。正如狄震所說，前往西域的人魚龍混雜，又因猜畫活動被召集在一起，彼此並不相熟，故而大家甚少聚集。夏乾倒是經常和柳三說些小話，但餘下幾人經常不見人影。

伯叔已經先行一步，進入錢府安排妥當。夏乾與柳三帶著大包小包也住進了錢府。剛剛進門，卻被眼前景象驚住了。

韓姜站在錢府的院子裡，一手緊緊扯住腰間的包袱，虎視眈眈地看著前方。

「妳是何人？為何亂動我的東西？」

只見韓姜前方站一婦人，體態輕盈。她雖不胖，卻顯出了富態，面色紅潤且皮膚白皙，雙眸漆黑，神采奕奕。

她見韓姜怒目而視，反倒咯咯笑起來，上前兩步，細細打量著她。「這姑娘怎麼說話的呢？我是錢府的夫人，怎麼不能動妳東西？」

夏乾、柳三在一旁愣住了。方才說過，錢老爺已經年近六十，這錢夫人看著也就三十來歲，又長得嬌媚動人，典型的老夫少妻。

片刻之後，夏乾才上前問道：「發生何事？」

錢夫人雙目一瞪，掃了夏乾一眼，綻放了一個誇張的笑容。「看這儀態，莫非是夏家公子？快快進來，老爺、伯叔和慕容家二少都在，哦！那個醉鬼也在。」

一聽「慕容家二少」，夏乾的臉色便不好了，沒有搭腔，轉臉問韓姜道：「怎麼回事呀？」

韓姜轉身低聲道：「我方才在樹下小憩，只覺得有人碰我腰間包袱，睜眼一看，就是——」

「姑娘這可是說笑了，我是怕妳著涼，好心喚妳起來。妳有房間不睡，為何偏偏睡樹下？」

柳三在一旁傻站著，也不知說些什麼，而夏乾趕緊勸解了事。待婦人走了，三人站於院中。夏風拂面，錢府院子裡又種了些許花樹，落英繽紛，很是美麗。夏乾不願進門，只因不願見到慕容蓉和錢陰。

「你們怎麼不進去？」夏乾轉臉問柳三與韓姜。

「院中景致好。」

柳三與韓姜竟異口同聲，說完，目瞪口呆地看了彼此一眼。

夏乾詫異地望著兩人。這兩人性格不同，相處時間少，竟然回答得如此一致，甚是罕見。

這一路上，夏乾早就發現了，這兩人總是有意地躲避那個捕快狄震。

四　吳府千金

「事情就是如此，狄震顯然是匆忙間寫的信，在信中沒有多說。」萬沖著急地在屋內來回踱步。「殺手無面與青衣奇盜不一樣，出手狠辣，見人就殺。最後一次犯案的時候，正是當年江浙名捕王都帶人前去安隱寺捉拿的，但沒抓住，而且……」

萬沖沒有說下去。易廂泉扣下信紙，臉色並無變化。

「狄震到底憑什麼說夏乾一夥人中混入了殺手無面？我看信中所說甚是模糊，他似乎並不十分肯定。」

萬沖猶豫一下。「不知道，我們與狄震不屬一隊，分列南北。我也聽兄弟們提起，狄震人品不好，但發誓要抓到無面。他喝醉的時候說過，那殺手無面化成灰，他都能認出來。」

「還能聯繫上狄震嗎？」

「只能等他聯繫我們。易公子，你能聯繫到夏乾嗎？」

易廂泉搖頭道：「不能。我只知道他們的路線，卻不知道他們如今身在何方。夏乾一般不與我聯繫，他覺得我很快就能去長安，心想信沒送到，我就已經抵達了。」

萬沖無奈地嘆氣。「易公子，你何時去西域？」

「明日之後，有一支商隊前往長安，我會跟隨他們同去。」易廂泉拿出紙筆，研起墨來。「我修書一封，寄予夏家，問問夏乾的下落。還有一日……就是解脫。」

萬沖眉頭一皺，凝望易廂泉半晌，終是開口了。

「看易公子的意思，是不想管吳大人府上的事了？」

「不是不管，吳府上下戒備森嚴，我實在不信有人能隨意取走人的性命。相較之下，夏乾那邊反而值得擔心。青衣奇盜事件尚未解決，還混進一個殺手。」

萬沖抱臂道：「我們抓了鵝黃，放走阿炆，只求能放長線釣大魚。鵝黃那邊依舊毫無進展，青衣奇盜之事……必須有人跟著。」他的聲音逐漸低下去。

易廂泉搖了搖頭。「青衣奇盜、殺手無面、猜畫幕後人——夏乾那一行人真是臥虎藏龍。咱們沒有派人跟去，真是失誤。燕以敖呢？」

「北上巡查，好像是新任大理寺卿給的活。無妨，你明日便出發，夏乾他們必定安全了。」

易廂泉放下手中的筆，負手走至窗邊，抬頭看著蒼山。

萬沖問道：「吳府的事，你打算怎麼推？」

易廂泉的語氣帶著幾分清冷。「吳府的三小姐吳綺漣身處重重保護之下，我甚至連吹雪都沒帶進府來，只因她有哮喘症。」

易廂泉好像有些不高興。他自十幾歲起便遊歷中原，去了西域又歸來，習慣了漂泊；如今在吳府被「關押」了一個月，連吹雪都不在身邊，定是要瘋了。

「那易公子可查出了吳府大公子的死因？乘船航行，那船上可是沒有炸藥的。」

「我進吳府之後幾日就知道了。本想早早了事，誰承想吳大人說什麼也不肯讓我離開。」

萬沖吃驚。「你查出來了？」

「查查貨源就行了。你們都覺得是炸藥，其實並不是炸藥。」易廂泉有些不耐煩地在屋內走動。「根本沒有炸藥，只是粉塵爆炸罷了。我最先懷疑的就是粉塵，但查了船上的貨物清單，並無問題；派人去問了碼頭值班的官兵，他們回憶起來，船上的確有麵粉。官兵記得清楚，他檢查時，還沾了一手呢！」

萬沖點點頭。「解決了就好。」

易廂泉聞言，臉色變得異常難看。「作案手法極其簡單。麵粉爆炸這種事，鄉下婦女也會知道，偏偏官兵、守衛沒查出來，如此簡單之事拖了一個多月。我行李都收拾好了，就等著出城呢！」語畢，他將桌上的信件封好後，又道：「你幫我把信帶去驛站，看看能不能輾轉聯絡上夏乾？但願他們那邊別出事才好。」

萬沖一時不知如何接話，想要告辭，又不好意思開口。易廂泉雖然外表很是平靜，但能看出他巴不得變成隻鴿子，飛出這牢籠。

「這吳府只剩下三小姐了，若是出事……」

易廂泉搖頭。「大公子因粉塵爆炸而死，二小姐被人謀害，溺死於荷花池。如今吳府上下打點得乾乾淨淨，三小姐應該不會有事。」

「當初庸城城禁六日，為抓捕青衣奇盜做了那麼多防備措施，可是後來東西還是被盜走了。」

易廂泉聞言，心中更加煩亂了。「和青衣奇盜事件不同，吳府的前兩起案件顯然都異常簡單，可見凶犯的手段並不高明。什麼和尚唸經、粉塵爆炸、荷花池溺死……大理寺派些懂武藝的人來守著，總比將我關在屋裡強。」

他的話不無道理。他不是不想幫忙，而是沒有用武之地。話音未落，萬沖卻突然抽出紙筆，書寫了幾個大字遞給易廂泉：

門口有人

易廂泉詫異地向門口望去，卻沒見外面有任何人影。

萬沖做了「噤聲」的手勢，悄然提刀走到門邊，狠狠一拉。

門外的人呀了一聲，畏縮一下卻沒跑開。是一個小女孩。

女孩見萬沖開門，猶豫一下，然後徑直進了房門。她約莫十歲的樣子，身著綠色羅裙，梳著兩個可愛的圓髻，眼珠漆黑明亮，但面色卻略顯蒼白。

看其衣飾不俗，萬沖已經猜透了她的身分，問易廂泉道：「這是三小姐嗎？」

易廂泉沒應聲。女孩自己點點頭，有些怯生生地道：「我叫吳綺漣。」

萬沖輕嘆一聲，知道是吳家的三女兒，也是吳家的獨苗了。

她看了看易廂泉，跑過去得意地道：「你上次教我的歌，我會唱了。」

說罷，她開始唱起來：

六月細雨水中碎。青山翠，小雁飛。風捲春去，羞荷映朝暉。靜守門中無處去，書三卷，茶兩杯。

「我唱得怎麼樣？」見易廂泉不說話，她轉頭去問萬沖。

「不錯。」萬沖皺了皺眉。「我沒聽過這半闕詞，這是哪家閨中小姐無聊之時的閒作嗎？」

聞言，易廂泉臉色一變，有些不自然。

萬沖突然意會，驚訝道：「難道是你寫的？」

「對，是他寫的。」綺漣蹦過去。「大哥哥，你再教我一首吧！」

「以後再說吧！」易廂泉轉頭看向窗外。「寫不出來。」

萬沖有些困窘，咳嗽一聲，喝了口茶。

綺漣問道：「那……你是算命先生？」

「也是，也不是。」

「那我還能活多久？」

聽了這話，易廂泉和萬沖都是一愣。

綺漣有些心急，又有些難過。她問完這句，就垂下頭盯著地面了。

萬沖想起自己的姪女，突然覺得心裡很難受，放下茶杯道：「妳還小，怎會問這種話？」

綺漣低聲道：「有下人說我活不過這個月。」

易廂泉看著她的手說道：「妳喜歡養花，喜歡刺繡，喜歡畫畫？」

「你怎麼知道呀？」

易廂泉轉頭。「能讓我看看妳的手相嗎？」

綺漣伸手，易廂泉看了看。「長年留在汴京，會活到七十多歲；若是搬到南邊去住，能活到將近九十歲。」

綺漣聞言大喜，高興地抽回自己的手，左看右看。她又問了易廂泉一些小事，易廂泉都一一耐心作答。

萬沖對她道：「小孩子不要想這麼多，好好唸書就夠了。」

綺漣沒聽他的，只是看了會兒自己的手，又眨著眼問易廂泉：「大哥哥，下次來找你，你記得教我唱新的詞，或者教我剪紙花！還有做木頭風車！還要踢毽子。」她問東問西，又左顧右盼道：「你有小貓嗎？」

易廂泉挑眉。「妳怎麼知道我養貓？」

「我聽下人講的。」綺漣咧嘴一笑，雙眼瞇成了好看的弧。「他們說你有隻漂亮的小貓。我有喘病，不能接觸小動物，可是我真的很想看看……」

她說完，又開始不停問著。

「我還有好多問題，我娘和唐嬸都不理我。比如天為什麼會下雨？我為什麼會不停地咳嗽？吃什麼藥能好？」

「嗯……」易廂泉在想答案。

綺漣又望著他，問道：「還有，你能不能告訴我，大哥和二姐是怎麼死的？」

易廂泉沉默了。

就在此時，卻聽得門外傳來一陣急促的腳步聲。萬沖趕緊開門，只見一個四十來歲的婦人衝了進來。此人是綺漣的貼身老僕，名喚唐嬸。

「小姐！妳怎麼到這兒來了？別給易公子添麻煩！」那婦人上前來，拉住綺漣的手，直往外拽。

易廂泉見狀，蹙眉問道：「為何不讓小姐留在此？」

唐嬸面露難色，先將小姐帶下去，轉而回來對易廂泉道：「小姐身體不好，老爺怕讓小姐見生人。」

怕見生人？連萬沖都覺得此番言論站不住腳。易廂泉臉色也不好看——吳府既然讓易廂泉來幫忙，竟然還有事瞞他。

唐嬸也是快人快語，見易廂泉面露不悅，便補充道：「其實，吳家與夏家算是故交。夏老爺前一陣來汴京城，走之前來吳府作客。他聽聞我們遇上邪事，便親薦易公子，說您是無所不知、無所不曉的神人，定能護得吳府上下安定。」

萬沖聞言點了點頭，易廂泉卻是面露困窘之色。

夏老爺年過四十，做過邵雍的徒弟，按理說，和易廂泉是師兄弟關係。易廂泉知道，這夏老爺雖然名聞江南，算是頂尖富商，風評很好，人卻也有些毛病。

夏老爺看著威嚴，但要真的喝多了閒聊起來，會管不住自己的嘴，而這一點也成功地傳給了夏乾。

唐嫿又補充道：「夏老爺還說，易公子雖然厲害，但是自己的兒子卻不成器。」她頓了頓，擺出了夏老爺的獨有姿勢，像模像樣地學道：「唉！犬子不爭氣啊！自從易廂泉來了庸城，就知道跟著人家到處跑！易廂泉是什麼人哪？專門解決怪事的人！可是犬子呢？大小事全都跟著瞎摻和，就連家也不回。我不指望抱孫子了，但願他別丟了小命喲！」

她又興沖沖道：「三小姐自幼養在深閨，身體差，老爺夫人只是擔心她，怕她聽了易公子的話，不願意待在家了。這小丫頭比不得男兒，不能出去瘋玩……」

唐嫿繼續絮絮叨叨地說著。易廂泉雖然沒作聲，但顯然是不喜歡聽的。萬沖站在一旁抱臂不應和。

唐嫿又把手中的東西放下，是兩壺好酒。「送酒的來了，每次都多給我幾壺。哎呀！我又哪裡喝得動？送些來給您。」

易廂泉謝過，沒有再說什麼。唐嬸待著無趣，再說幾句，便走了。

萬沖過去將門關上，嘆道：「每個大宅子裡都有這麼幾個愛說閒話的嬸子。」他扭頭看向易廂泉，只見他面無表情，不停地擺弄著袖子。萬沖起先以為袖子有問題，但過了一會兒，才發現易廂泉只是沒事做罷了。

「不知什麼時候能出去？」易廂泉扭頭看著窗外。

萬沖不知要說什麼，提起刀來，準備離開。「你再住上一日，也許就能離開了。我先回大理寺看看，這幾天燕頭兒不在，總有人想鬧事，我們這幾日也是忙著巡邏。」

易廂泉沒說什麼，情緒似乎有些低落，站起身來，又去拉了拉行李包袱，似要拿上它，整個人張開翅膀，飛出牢籠。

卻聽門「吱呀」一聲開了。唐嬸又回來了，氣喘吁吁地道：「易公子！我有事要跟您說！」

易廂泉點了點頭，示意她說下去。

「那個新來的老頭子，種花草的那個梁伯，」唐嬸扯著嗓門，不屑道：「凶巴巴的，我怕他對小姐不利！」

「他做了什麼事？」易廂泉問道。

「沒做什麼，就是面相不善。」唐嬸撇了撇嘴。「我讓小姐別靠近他，小姐偏不聽，還編了個小花環送去。那個老東西！」

此話連萬沖都聽不下去了，純屬無中生有。下人們鬥嘴、看不慣，都是常事，何必跑來這裡大驚小怪？

「易公子喲，我活了四十年，看人看得最清楚。那個老東西絕非善類。」

易廂泉點頭。「我會告知吳老爺，還請妳——」

他還未說完，唐嬸叫了一聲，驚恐地指著窗戶。

易廂泉吃驚地回過頭去。窗外，一佝僂老者正冒雨站在樹叢中。他面色鐵灰、布滿皺紋，似鬼魅一般，虎視眈眈地盯著他們。

在雨中，還能隱隱聽到綺漣的歌聲。

第二章　詭異命案

一　錢府的祕密

夏乾一行人入住錢府，自然是由錢老爺招待的。夏乾如今住在客房，雕花大床外掛著織錦，屋內暗香繚繞；案上擺了上好的瓷器，茶葉也是夏乾愛喝的龍井。

這房間的裝潢是下了一番工夫，但夏乾剛剛看過柳三的房間，配置頂不上這兒十分之一，故而明白了錢老爺的待客之道——這是要巴結夏家呢！

錢陰雖然在長安稱得上是一等一的富豪，又能打通西域之路，但往南邊發展生意卻是相當困難的。而江南水運發達，是發財的地方，想去南邊發財，還得讓夏家點頭；要去北邊發財，則要慕容家首肯。估計錢陰現下正跟慕容蓉談生意，下一個就該要輪到夏乾了。

夏乾冷哼一聲。他爹早就囑咐過，不要理錢陰——他絕對是生意場上的小人，現在口口聲聲說想跟夏家談生意，若是放虎南下，將來一口吃了夏家也說不定。

夏乾想歸想，腳下也不閒著，獨自一人在錢府遛達。他先是繞到後院，走過九曲迴廊，入亭小坐。又轉而去院子裡看看花草，不知不覺，便入了院子深處。

花草院子深處，有一破舊瓦屋。

整個錢宅修得富麗堂皇，唯獨這瓦屋破舊不堪。夏乾覺得事有蹊蹺，上前將耳朵貼上了破舊的黑色木門，卻沒有聽見任何古怪的聲音；再推門，卻推不開。

好呀！大宅破屋，還上了鎖——

夏乾繞著屋子轉了幾周，一個人冷不防地從他背後冒出來。

「這屋子鬧鬼啊，夏公子。」

夏乾驚得一身冷汗，慌忙轉過頭來，只見一白鬍老者滿臉陰沉地站在他的身後，臉色青黑，臉上滿是皺紋，雙目惡狠狠地瞪著他。

這位老者面容不善，不像人，反倒像鬼。

夏乾冷汗涔涔，反應過來，拱手行禮道：「我好奇心一起，實在對不住。不知您如何稱呼？」

老者見他行禮，倒是趕緊回禮了。「我是錢府的管家，不敢受您的禮，叫我老幫即可。」

「原來是幫管家，失敬、失敬！」夏乾寒暄幾句，心中不免犯嘀咕。姓幫？哪有這個姓？而且這錢府的老管家居然這麼硬氣，再一回想自家的夏至……

幫管家微微瞪眼，雙目渾濁不堪，甚是可怖。「夏公子既然是客，就不要亂走了。這屋舍修得並不好，擾了公子看花草的雅興。」

「不知幫管家口中的『鬧鬼』，又是如何一說？」

「實不相瞞，屋內以前住的是老爺的夫人，後來夫人病逝，院子便留下來了，只是陰氣很重，外人不要接近為好。」

夏乾一愣。「老爺的夫人……不是剛剛在前院迎客的那位？」

幫管家冷哼一聲，露出一個難看的、輕蔑的笑容。「那是二夫人，老爺納的妾，以前是個戲子。」

夏乾聞言，頓時覺得窘迫起來。人家自家的事，哪容得自己過問？但他再看這院子，地處偏僻，實在不像是正房夫人居住的地方。除非……

「正房夫人以前是不是得了什麼病症，才在這清淨屋舍養病？」

幫管家臉上的肌肉抽動了下，似笑非笑地看向夏乾。「夏公子倒是機靈。」

他笑得比哭還難看。夏乾不再言語，隨著幫管家出院門，誰知兩人剛剛走出花草院子，卻看見二夫人和一男子衣衫不整地從另一屋舍後面匆匆走出來。

那男子很瘦、很黑，卻並不健壯，反而如風中殘木，一吹就倒的樣子；雙目深陷眼眶之中，印堂發黑，眼珠賊溜溜地轉。二夫人同方才在前院一般美豔，面若桃花。

四人碰面，皆是一驚，神色各異。

夏乾突然意會到這二人之間可能是有不正當關係的，但偏偏讓自己撞見了。

夏乾頓時沒了主意。只見幫管家神色一凜，卻無驚訝神色，只是重重哼了一聲，快速從二人身旁走了過去。夏乾見狀，一言不發，趕緊低頭，灰溜溜跟上去，待到了前院，撒腿就跑。

他神魂未定，正在回想剛才所見，卻見院中柳樹下，慕容蓉與韓姜交談甚歡。慕容蓉長身玉立，站於柳樹之下，儀表堂堂、文質彬彬，往那兒一站，顯得超凡脫俗。

「不瞞韓姑娘，其實我也研究過先秦的文字，但還是對外文比較感興趣。之前在白馬書院，我的夫子講過許多有趣的理論。他並不一味主戰或主和，而是說大宋和諸國戰事不斷，有吞併彼此的可能。若有哪一日天下統一，文化如何碰撞？如何融合？都需要再研究。所以這文字——」

慕容蓉還未說完，卻見夏乾拉著臉站在一旁。他先是一怔，轉而溫和笑道：「夏公子，有禮。我正同韓姑娘討論文字之事，想不到她也有此愛好，甚是歡喜，故而多說了幾句。不知夏公子……」

慕容蓉的下句本是「不知夏公子有何事」，卻聽夏乾說道：「我喜歡王羲之，青衣奇盜也喜歡，只是喜歡字而已，我和青衣奇盜又哪裡一樣了？」

韓姜趕緊說道：「我們在說文字，不是字——」

「不知晚膳好了沒有？」夏乾話題一轉。

慕容蓉沒想到他話題轉這麼快，答道：「似乎是好了，不出一炷香時間就可開膳。錢老爺宴請，應該都是好菜。」

「錢老爺與慕容公子的生意談得如何了？」

慕容蓉謙卑一笑。「家中事務都是大哥在打理，我實在有心無力，便這麼對錢老爺說了，謝絕他的好意。我這慕容家二公子倒是偷個清閒，家中還有個大哥在，不比夏公子你……」

夏乾是一定要繼承家業的。慕容蓉這句話戳了夏乾的痛處，他低下頭去，有些不開心。

慕容蓉嘆道：「大哥有好妻子，家中不怕無人打理。當年慕容家遭遇黃金劫案之後，三妹就走失了，一晃多年過去，前些日子終於有了眉目。若是真能找到三妹，待她回到慕容家之後，將來也可幫著打點。」

「黃金劫案？」韓姜問道。

「熙寧三年的事。那時候咱們的年紀應該都不大。慕容家丟了孩子，還丟了大量的黃金和珠寶、玉器，損失慘重。但劫匪在劫走黃金之後再次被劫，東西最終都落到了無面手裡。」

「殺手無面？」夏乾本來聽得心不在焉，但沒想到會聽見熟悉的名字，耳朵也豎了起來。

「對，無面。夏公子……」慕容蓉笑著看了看他。「若我妹妹真能找回來，夏公子也到了婚齡，不知有沒有興趣結個親？」

「結什麼？」夏乾感覺受到當頭一棒。

慕容蓉誠懇點頭道：「夏家與慕容家門當戶對，就是不知道夏公子——」

「不結！」夏乾驚恐地答道，快速、不易察覺地看了韓姜一眼。

慕容蓉愣了一下，隨即溫和一笑，還要說些什麼，卻被下人打斷。原來是到了進膳的時辰。

廳堂已然布置妥當，丫鬟、小廝都在外面候著。夏乾與韓姜幾人魚貫而入，入眼便看見了錢陰。

錢陰像是五十歲的樣子，精瘦、黝黑，個子挺高，不苟言笑。一眼望去，竟像是一個骷髏精，或是一個皮包骨頭的乾屍。而不遠處的錢夫人，白嫩豐腴、嫵媚動人。

夏乾瞇著眼，心裡開始胡亂猜測了。美豔的女子配上富有的黑瘦老頭，說這二夫人不是貪錢才嫁的，誰信哪？

「收斂一些，不要亂看。」韓姜好像知道他在想什麼，低聲說道：「頭別扭得這麼勤呀！」

夏乾點點頭，又偷偷朝四周看了看。除了錢陰與錢夫人，伯叔也已經入座。幫管家早已候在一邊，依舊是陰森的表情。夏乾放眼望去，見次座是留給自己與慕容蓉的，便趕緊上前去坐下。韓姜緊隨其後，坐在夏乾身邊。

宴會尚未開始，錢陰便開始與夏乾搭話。

錢陰不愧是長安富商，能在這裡做成買賣，靠的是膽識和頭腦；他閱歷豐富，隨口幾句，又讓大家飲了酒，氣氛便緩和了。但夏乾可不敢多喝，他怕錢陰問話。而韓姜則不然，先吃了點菜，之後就如喝水一樣喝起酒來。

「少喝一些吧！」夏乾低聲道。

「若是在別處，我是斷然不敢這麼喝的。如今住宿的事情辦妥了，大家都在，你也在，我多喝一些沒關係的。」

夏乾還想說什麼，錢陰卻又開始問話了。他只得扭過頭去，勉強答話。夏乾說著說著，這才發現柳三沒到，心中竊喜，也許可以找藉口離開桌子。

「柳三去哪裡了？」韓姜放下酒杯，好像明白了他的意思，問了夏乾一句。

夏乾感激不盡，噌的一下站起來。「我這就去找！」

卻在此時，門口傳來哎喲一聲。巧的是，柳三正急匆匆地跳進門來，搗著額頭；在他之後進來一人，捧著一堆帳本樣的東西，也搗著額頭。再定睛一看，抱著帳本的人分明是錢夫人的姦夫。

夏乾嗆得咳嗽幾聲，看看那姦夫，看看錢夫人，看看幫管家，看看錢陰——這一群人此時的表情如常。他心想：錢陰難道不知道這些事？

「老爺，您要的帳本。」姦夫恭恭敬敬地上前來，雙手遞上去。

夏乾趕緊瞧瞧他。此人也是黑瘦黑瘦的，卻比錢陰看著年輕很多，大概與錢夫人同輩。再細瞧眉眼，鼻子挺拔，雙眸犀利，盡是精明算計之神情。

「任品，辛苦你了，下去吧！」錢陰點點頭，當著夏乾的面攤開帳本。「夏公子，你看這——」

夏乾這才知道，錢陰要來帳本，是跟自己談生意的。

「不好意思，我不懂。」夏乾坦然一笑，帶著幾分輕鬆。

錢陰大驚。「夏公子莫要謙虛，你怎會不懂？」

「父親沒有讓我學習如何打理家業。」夏乾扯了謊，其實是他自己不想學。

「只是簡單看看……」

「簡單看看也不會。」夏乾眼珠一轉，瞥向慕容蓉。「慕容公子應該懂得比較多，問他。」

慕容蓉吃了一驚，考慮了下，才道：「家中事務都是大哥在打理，我也不懂。」

錢陰聞言，雙目緊閉，再度睜開來，雙眸卻帶上了幾分戾氣。

錢夫人趕緊笑咪咪地打圓場。「年輕人嘛！不學也沒事的。這打理商鋪、算帳之類的，說難也難，說簡單也簡單。你們正好與我家老爺商議商議，也就會了。」

慕容蓉不作聲，夏乾趕緊悶頭吃東西。桌上有酒炊淮白魚、三鮮筍炒鵪子，可夏乾偏偏愛吃包子。

錢夫人笑道：「我家專門做包子的廚子就四個，還有個專門切蔥絲的，夏公子嚐著不錯？」

夏乾急忙點點頭，但他還是覺得不如汴京城大娘賣的好吃。好在包子大娘被自己雇去金雀樓了，如今也不知怎麼樣了。

就在夏乾胡思亂想之際，伯叔起身向主人致謝，錢陰也回敬，說了幾句感謝的話。寥寥數語，卻也能讓人聽出幾分意思來——錢陰似乎有意向伯叔背後的人問好，但伯叔卻無意傳達。

幾個年輕人都皺了皺眉頭，這一席晚宴實在是吃得困窘。慕容蓉不說話，韓姜不停喝酒，而一旁的柳三早已吃下數碗飯了。當夏乾吃完包子，抬起頭，竟然發現錢夫人一直盯著自己看。

夏乾再一細看，卻又發現她是盯著韓姜看。

夏乾趕緊瞥了韓姜一眼。她衣著樸素，臉上既沒有沾著飯粒，衣裳也沒蹭上髒物——錢夫人看她做什麼？夏乾扒著飯，再一抬眼，又覺得不對勁。

那個叫任品的帳房也在盯著韓姜看。

夏乾用胳膊戳了戳韓姜，低聲問了問她。

「我早就發現了。說不定我長得像她哪位故人？」她沒再說話，只是繼續喝酒。

夏乾一愣，腦海中第一反應便是錢家過世的大夫人。韓姜像誰不好，偏偏像個死人？再一想，這種推測毫無依據。若是真像大夫人，錢老爺為什麼不看韓姜一眼？

夏乾再一看錢陰，還在慢悠悠吃飯呢！

就在夏乾出神之際，韓姜再次開口：「這一桌子人都很有意思。只有你、慕容蓉和錢老爺不習武。」

「什麼？」

韓姜點點頭。「從進來之時我就觀察到了。這一桌子人，光從站、坐姿來看，多少都是會點功夫的。」

夏乾指了指一旁吃了三碗飯的柳三。「他也習過武？」

「可能練得不好，但我覺得是習過的。」

「我才不信！柳三他——」

「我今天問過他，他說了，確實跟著青樓某個小廝練過幾下。」

夏乾最喜歡這樣說悄悄話，又低聲道：「錢夫人也會？」

「會，而且很靈活。」

「那個老管家、伯叔——」

「都會。」韓姜點點頭，又看了慕容蓉一眼。「慕容公子我也問過，只喜歡唸書，刀槍棍棒從來不碰。」

夏乾一聽她提小白臉，感覺心裡酸酸的，轉移話題道：「這些人都比不上妳，對不對？」

韓姜笑了笑，又喝了一碗酒，看得出她的武藝顯然不錯。二人又低聲聊了幾句，卻發現現場少了個人。

狄震沒來。

夏乾剛要開口問狄震去了哪裡，卻聽後院傳來一陣猛烈的犬吠聲。那聲音聽起來凶惡異常，不止一隻犬，其中還夾雜著人的叫喊聲與呻吟聲。

錢陰霍然站起，聲音低沉而有力。「怎麼回事？」

「有人進了後院！你們幾個，跟我一起過去！」幫管家立即低吼一聲，叫了幾個小廝，急匆匆地衝了出去。

犬吠聲不止，叫聲、叮叮噹噹的聲音不斷。夏乾站起身來想看看情況，而慕容蓉則轉身問道：「可是家中進了賊？」

錢陰搖頭。「只是有人闖進了後院小宅，裡面有獒犬。那犬凶惡異常，以生肉飼之。若是被犬咬了，非死即傷。」

「後院樹林裡的小屋子裡有犬？我怎麼不知道？」

他話一出口，頓時發覺不妥。

錢陰立即盯著夏乾，雙眼瞇成一條縫，目中透著凶光，嘴角卻勾起一抹笑。

「夏公子去過那宅子？」

二　神祕郎中現身

綺漣在第二日清晨就偷偷跑來找易廂泉，只為聽這個古怪的算命先生講講故事。

然而她推開門之後卻怔住了。

陽光照進窗子，一塵不染的屋內，床鋪疊得整整齊齊，桌上的茶具還「乖巧」地坐在那裡，像是從未被使用過。只有桌角放著一朵紙花，那是答應留給綺漣的。

易廂泉走了。

綺漣有些不敢相信，拿著紙花，提起裙襬就往屋外跑去，正巧撞上唐嬸。

「喲！小姐妳怎麼了？妳可不能跑呀！當心犯了喘病！」

綺漣有些難受。「那個算命的大哥哥走了！」

「大哥哥？」唐嬸有些摸不著頭腦。「哪個大哥哥？」

她琢磨半天才明白綺漣說的是誰，瞪大眼睛。「易湘泉易公子？他怎會是大哥哥？分明是半仙，老爺好不容易請來的！」

「可是他比我大不了多少——」

唐嬸嗔怪地看了她一眼。「人家少說也有二十多歲了。」話一出口，再一思量，易湘泉確實太年輕了。

唐嬸想了想，搖了搖頭，這才想起問題來。

「妳說他走了？什麼叫走了？」

綺漣順手一指。「屋子空了！」

唐嬸聞言，趕緊朝易湘泉所住的屋子跑去，推門一看，發現他真的走了。

唐嬸冷汗直冒。吳府看守得嚴嚴實實，易湘泉怎麼說走就走了？小姐出事怎麼辦？何況，老爺千叮嚀萬囑咐，不能讓他走哇！

唐嬸氣急敗壞地出了屋子，卻撞見梁伯。

這是吳府全府都瞧不上眼的老漢。他駝背、眼花、面如死灰、凶神惡煞，梁伯進府不過半年，卻總是沉默不語、獨來獨往。夜半時分若見了他，如同見了鬼。

「你這老東西，看見易廂泉了嗎？」

綺漣趕緊道：「別這麼說梁伯——」

「他就是個看院子的，澆澆花、除除蟲，易公子跑了，他怎能沒看見？」

綺漣趕緊到梁伯跟前，輕聲問道：「梁伯，瞧見易公子了沒？」

梁伯用他渾濁的雙眼看了小姐一眼，就將目光轉移向別處。

「小姐問你話呢——」

「唐嬸，算啦！」綺漣搖搖腦袋。「孫郎中今日要來給我看診，時辰也到了。這事就算了吧！梁伯，給您。」她把紙花給了梁伯，又道：「我不要這個啦！還是您種的花好看一些。」

梁伯沒有說話。唐嬸氣呼呼地看了梁伯一眼，就遣下人將易廂泉之事稟報老爺，自己拉著小姐回房。

小姐的房間在西側，院內種了綠樹。原本有小池塘，養著錦鯉，如今卻因「詛咒」之故抽乾了水，再無生氣。

唐嫿與綺漣回到閨閣，卻見門已打開。

一個女人坐在廳堂的紅木案桌旁，上著白色衣裳，下穿暗紅色裙子，料子皆為棉麻所製；頭上別著三根銀簪，綴著銀色耳環，此外再無別的飾物。全汴京的人都知道，這是孫家醫館的郎中——孫洵。

綺漣見了這暗紅衣裳，趕緊跑過去，高興道：「孫姐姐，妳來啦！」

孫洵輕笑一聲，嗔怒道：「幾日不見成了個野孩子，我看妳溺不死，就怕被憋死。過來給我瞧瞧妳犯病了沒有？」

她說話三句不離「死」字，而吳府上下最忌諱「死」字，尤其是「溺死」二字。

唐嫿聽了，臉色都變了。然而她也知道，孫郎中就是口無遮攔。

孫洵是汴京最有名的郎中。說她在汴京有名，不僅是因為其醫術高超。她這個人很奇怪，年輕、漂亮，但愛挑病人。她不喜歡給富人看病——這些規矩大家也都知道。

婦女之病、兒童之病、老年之病，她最為擅長。

孫洵醫術高，原因有二：一是喘病，她自己也有，然而久病成醫，多年未犯，算是痊癒了；二來是跟對了師父。她的師父是姓溫的名醫，也是女子，住在洛陽，幾年之前去世了。

綺漣自幼患有喘病，對於花粉之類的東西很是敏感，稍有不慎就會犯病。然而在孫洵的調理下，綺漣的身子日漸強壯。吳府上下很是欣喜，便花了大把銀子，請孫洵常來看診。按孫洵的性子，本應該不會來吳府問診，但她實在是喜歡綺漣這個孩子，所以破例了。

孫洵先指責了綺漣一番，又數落了唐嬸一頓。問了診，千叮嚀萬囑咐，這才開了藥方。

就在此時，吳府的丫鬟進來與唐嬸耳語幾句。孫洵聽了，微微一笑。

「嫌我是外人，不講給我聽？罷了，我這就替你們小姐少開幾味藥，給你們省省銀子。」

唐嬸一聽，嚇得趕緊擺手。「使不得！不過是家中的事，說了也無趣。」

綺漣問道：「找到算命的大哥哥了嗎？」

唐嬸搖頭。「人都出了府，哪裡去找？這幫小廝也不知是幹什麼吃的，讓那易公子三言兩語糊弄過去，居然放他走了……」

「誰？」孫洵突然問道。

唐嬸被嚇得一愣。「什麼誰？」

「誰跑了？」

綺漣道：「那個算命的、養貓的大哥哥。」

孫洵一聽，突然愣住，半天沒說話，不久之後才問道：「他在府裡？」

「不在了、不在了。」唐嬸搖搖頭。「本來我們打算讓易公子保護小姐，住到月末。誰知他今天早上就跑了！」

孫洵愣了片刻。「他來幾天了？」

唐嬸一算。「快一個月了。」

「一個月？你們能關住他一個月，也算是了不起了。」

唐嬸皺了皺眉頭。「您認識他？」

孫洵嗯了一聲，摸摸綺漣的頭。「好好養病，沒事的。別成天愁眉苦臉、病懨懨的苦命相，以後等著守寡？」

唐皤的眉毛快擰成麻花了，巴不得孫洵趕緊走。「我家小姐要沐浴了，您若沒事，就回去歇著吧！」

「沐浴？我回去歇著，您可不能歇著。」

綺漣噘嘴。「我沐浴一直都是自己一個人！」

孫洵笑了幾聲，與她告別。待轉身出了府院，她望著六月驕陽，瞇起眼，深深嘆了一口氣。

易廂泉……原來這幾日他也在汴京。沒見到反而更好。她努力擠出一個微笑，看了看身後荒涼的府院，心想：什麼「死於水」，都是胡扯！

孫洵哼了一聲，便匆匆踏著小路回醫館去，琢磨著給綺漣配藥送來。

三　過失殺人

「夏公子去過那宅子？」錢陰忽然問道。

夏乾一時緊張，不知該如何回答。就在夏乾與錢陰對視之際，門外一陣喧鬧。狄震拖著受傷的腳，推搡著家丁，醉醺醺地進了屋子，大吼道：「我被狗咬了！」

好端端的宴席，被狄震一鬧，頓時亂了套。錢陰臉色極差，伯叔面上也掛不住。廳堂一片混亂，好不容易才派人把狄震架走了，晚宴也沒了意趣。

夏乾趁機把眾人的表情看了個遍。最有趣的就是錢夫人與帳房先生任品——從二人對視的樣子，基本可以斷定關係不簡單。

「看來大家都愛去那屋子。」錢陰笑了笑。

夏乾趕緊解釋道：「我是今日賞花誤入園中，被幫管家看見，帶了回來。狄大哥是如何進去的？」

錢陰沒吭聲，管家也沒言語。

夏乾自討了個沒趣，灰溜溜坐下。

柳三戳了夏乾一下。「你猜屋裡關著啥？有狗守著，估計是錢陰的寶貝？」

夏乾無心理他，自飲幾杯，又看看周遭的人。

酒桌恢復了方才的氣氛，而錢夫人則帶著韓姜去了旁側，估計還是私下喝桂花酒之類。

韓姜哪裡用得著喝桂花酒？夏乾搖搖頭，覺得她少喝點也好。酒桌上的酒是真正的好酒，入口香醇、入喉甘甜、入胃溫暖，但……上頭。

很快，席間眾人都帶了幾分醉意。夏乾最先站起來，慢吞吞地走出院門，走過石子小路，想在石頭凳子上坐著吹吹風。

然而他剛坐下不久，卻被人叫住了。

「夏公子可有空？我有事要說。」幫管家慢慢地走了過來，皺著眉頭，聲音蒼老而沙啞。

夏乾擺了擺手，顯然是醉了。「我不跟你家老爺做生意，我什麼也不懂——」

「不是生意的事，是韓姑娘的事。」幫管家的臉在樹影下顯得更加陰沉了。「韓姑娘的事，老爺本不想追究。可是她今日惡語相向，竟然出言威脅。」

夏乾聽得稀裡糊塗，酒卻醒了一半。

「韓姜怎麼啦？」

幫管家繼續道：「昨日夜裡，老爺丟了東西，正想報官去找。誰知……在這不久之後，竟然在錢家當鋪裡發現了贓物。」

夏乾一頭霧水。「你是說……」

「那個叫韓姜的姑娘偷了老爺的東西。」

幫管家以為夏乾會震驚，會反駁。可是夏乾出乎意料地愣住，隨即哈哈大笑。

「韓姜？重名了？不是她、不是她！」夏乾擺了擺手。「就算我去偷，她都不可能去偷。」

幫管家臉一陣紅一陣白。「證據確鑿，夏公子怎能不信？」

「我就是不信！」夏乾搖頭。「你們可有證據？」

他那一句「不信」，鏗鏘有力。幫管家搖搖頭道：「不管你信與不信，我都要跟你說一聲。東西值五十兩黃金，這事，私了最好；若是不成，就只能報官。韓姑娘被人識破，居然咒罵老爺，還要動手呢！」

夏乾站了起來，搖搖晃晃地走到了幫管家面前。看著管家渾濁的雙目和抿成一線的嘴巴，他不屑道：「她從今年正月就認識我了，為什麼從來不偷我的錢，去偷你們的錢？偷完了還拿去你家當鋪典當？更何況才五十兩，若是我家丟了這麼點錢，我爹是不會來興師問罪的。」他瞥了幫管家一眼，又道：「錢老爺如此大張旗鼓，誰知道你們這是要做什麼？」

幫管家萬萬沒想到夏乾敢這麼說話，頓時漲紅了臉。

夏乾接著道：「這事我還是要問錢老爺和韓姜的。何況若是真有問題，我賠他錢便是。」

幫管家聞言，眉頭居然舒展了。

「我家老爺日日沐浴，只是今日浴房水不熱，就沒有進去，只怕眼下正在跟慕容公子說話呢！」

夏乾心想，那慕容蓉也真是倒楣，被錢陰揪住不放。夏乾站起來，同幫管家一起走到廳堂正門，卻見錢夫人站在一邊。她見了夏乾，便走了過來。

夏乾看見狄震和柳三都醉倒在廳堂，就問錢夫人：「韓姜呢？」

錢夫人似是有難言之隱，猶豫片刻才道：「有些話不知當講不當講？夏公子，韓姑娘她喝醉回房間了。她——」

「她怎麼了？」

「我不知道之前發生何事，她只說，老爺若想顧及性命，就不要報官。」錢夫人面露難色。「她還從腰間包袱中掏出長刀威脅我。我不明白怎麼回事，也不清楚她與老爺之間有何過節，只求夏公子問個清楚。」

夏乾徹底愣住了。

「刀？」

錢夫人點頭。「她腰間的確有一把刀，還不像普通的刀，好像……能摺疊。」

幫管家看著夏乾，錢夫人也看著他。

夏乾皺了皺眉，搖頭道：「她不是這樣的人。」

語畢，他就走到院中老樹下，坐在石凳上發呆。錢府家丁甚少，錢老爺不喜歡別人伺候，過了戌時之後，只剩下幾個看管內院大門的人了，院中只有夏乾自己。

樹上與亭臺角落都掛著燈籠，朦朧的光線將院子也照得朦朧。夏風吹來，帶來一絲暑氣。夏乾揉揉腦袋，這才覺得有些頭暈發熱。

韓姜……

他傻愣愣地抬頭看看月亮，突然間，他看到了什麼——月光下，有人站在屋頂上，身形像是個女人。她頭髮紮成一束，穿著青黑的衣衫，手中握著一柄長刀，緊接著快速跳下屋頂，消失不見了。

夏乾傻了眼。長刀在月光下閃著白光，上面似乎沾著什麼液體。是血嗎？他是喝醉看錯了嗎？

可是那個屋頂上的女人……好像是韓姜。

四　一人消失一人亡

易廂泉懷抱吹雪，獨自一人行了幾里路，先騎驢、後行走。他清晨出吳府，路上又吃了飯，喝了茶水，但是到達驛站時，卻已經是晚霞滿天、太陽西沉了。

他數了數錢，眉頭一皺，雇馬車前行怕是不可能了，若是雇驢車，如何追得上夏乾？他們如今到了哪裡？

青衣奇盜、殺手無面、猜畫的幕後人……

易廂泉有些擔心了。

他抬眼瞧了瞧驛站，卻發覺有些奇怪。小小驛站，地處荒郊，本來客人不多。可如今，一群家丁打扮的人物聚集在此，吵吵嚷嚷、問東問西。直到幾人忽然看到了易廂泉，這才停止說話。

原本熱鬧的驛站，一片安靜。

易廂泉面無表情，安然站立，實則冷汗直冒。

「就是他！易公子、易廂泉！」

幾名家丁衝了上來，將易廂泉堵了個嚴嚴實實，七嘴八舌地說著什麼，將易廂泉推上了一旁的馬車。隨後，家丁居然騎馬歸去——馬匹是稀罕物，北方戰場尚且稀缺，而家丁們竟每人一匹。吹雪被這片混亂弄得大叫，狠狠地撓了易廂泉的手臂一下。

易廂泉在一片混亂中被扔到了車上，隨車一路向東，返回汴京城郊。

土路顛簸，易廂泉在馬車上搖搖晃晃，這才慢慢釐清思路，回憶起方才家丁們說了些什麼。

他們說，綺漣出事了。

易廂泉想再問些問題，可是這群家丁只顧著策馬回京，根本沒有與他多談什麼。這一路行進了一個多時辰，就讓易廂泉的一日步行全都打了水漂。

夜幕降臨，月光照在汴京城郊的小路上。六月的樹林剛剛有了些許蟬鳴，可是馬車太快，易廂泉聽不見蟬鳴，只聽見耳畔風聲作響。

天微熱，他也熱，易廂泉第一次感到了自己內心的不安。

綺漣出事了？

易廂泉扶住額頭。自己不過離開一日，為什麼會出事？

不可能出事。吳府的防備措施這麼好，綺漣身處嚴密的保護之下，若要取走她的性命，比登天還難。死於水……好好的一個小姑娘，怎會說死就死？

馬車一路向前狂奔，易廂泉有些暈眩。片刻，待他雙腳落地，眼前就是吳府京郊宅院。

裡面燈光一片，似是所有家丁都出動了，提著燈籠在尋找什麼。易廂泉有些暈車，但他忍了忍，大踏步走了進去。哪知他剛剛進門，卻被一陣亂罵。

「易廂泉，你還知道回來！」

「若不是你走了，小姐怎能出事？」

「你怎麼負責？」

丫鬟、家丁、管事——但凡能想到的下人，都打著燈籠站在那裡。而易廂泉站在門口，沒有說一句話。他不顧旁人的咒罵，只是一路向前走，想去找管事的唐嬸或吳家人。他只想弄清楚到底發生了什麼事。

可是他忍不住了。

易廂泉退後幾步，到了假山、花池邊，一下子嘔吐出來。

他今日走得太久，坐車也暈了。可是讓他身體不適的原因不單單是這些。

易廂泉第一次感到害怕，這種害怕之中還藏著深深的自責。他費力站起身，卻有人遞過來一條手帕。

孫洵拿著手帕，站在吳府的花池子邊上，她的身後是吳府的大宅和數十個明晃晃的燈籠。

易廂泉愣了一下，接過帕子，輕輕擦了擦嘴角。

「你還知道回來？坐馬車暈了？你就不是富貴命，應該把脾胃都吐出來。」

易廂泉將帕子疊好，深吸了一口氣。

「好久不見了。」

孫洵輕輕別過頭去。「沒想到會在這裡見面。」

「吳府出了什麼事？」

孫洵微怔，抿了抿嘴。「綺漣小姐——」

她話未說完，卻聽到遠處有丫鬟尖叫。一群人吵嚷著奔向後院，易廂泉、孫洵二人也跟隨過去。後院燈火通明，數十人圍在一座稍顯破落的房子邊上。燈火照射之下，屋子的門被推開，房梁上懸著個人。

「是梁伯呀！」

「放他下來！愣著幹什麼？」孫洵先叫了一聲，立即上前。膽大的家丁立即將梁伯放下。孫洵探了探脈搏，抬頭看著易廂泉，搖了搖腦袋，輕嘆道：「早就死了。需要請仵作來確定何時死亡。」

「報官去吧！」

易痡泉只說了幾個字，立即上前查探。

可是，丫鬟、家丁，一個準備動身的人都沒有。

孫洵抱著梁伯的屍體，帶著怒意。「怎麼都站著不動？讓你們去報官！」

幾名下人竊竊私語：「看這情形，應當是自盡。」

梁伯脖頸上纏著白綾，身上穿著新衣，一塵不染，一旁還有倒地的小凳子。

易痡泉看向四周，沉默不語。孫洵一下子站起，走上前去。「事有蹊蹺，是不是自盡，那也應該等官府來定。」

小廝低聲道：「老爺下過命令，吳府是不能讓外人進的。小姐丟了，我們也只能讓官府的人在外面尋。我們得當好這個差事。先稟報老爺，老爺若說能請人進府，再請人進府。」

孫洵直接道：「不想讓官差進府，也行，你們可以把屍體抬去衙門。人死了，不能在這裡擺著。」語畢，狠狠瞪了眾人一眼。

家丁見狀，只得把梁伯屍體抬走。孫洵擦了擦手，站起身來，示意易廂泉跟她去後院。

浴房位於吳府南角，毗鄰綺漣閨房。一般人家小姐喜歡用澡盆，在房間裡泡。而綺漣很愛洗浴，這間浴房也是為綺漣而建，澡盆是大理石所製，巨大無比。綺漣身子不好，每逢沐浴之時，總會在浴池中撒滿花瓣，以凝神安息，調理身體。

浴房旁邊是爐房，專門燒水用。

除了早早儲備好的飲用水，吳府唯一能接觸到水的地方就是浴房。

易廂泉突然萌生一種不祥的預感。

孫洵帶著他來到浴房前，伸手推開了大門——

裡面空無一人。

孫洵嘆氣道：「就是你所看到的這樣。今日中午，綺漣沐浴，她一直都是自己洗沐、鎖門，不讓人服侍。可是今日足足泡了兩個時辰還不出來。」

易廂泉走了進去。巨大的大理石浴池泛著微光，裡面的水位不高，撒滿花瓣，早已不冒熱氣。

整個屋子沒有窗戶，只有頂上一些排氣的口，小得不能再小，只允許手掌通過。

孫洵站在門口，聲音有些無奈，有些疑惑。

「兩個時辰之後，綺漣不見了。」

「浴房是密閉的？」

「密閉的。」孫洵的聲音在空曠的浴房裡迴響。

易廂泉緩緩閉起了眼睛。

五 浴房

屋頂上的身影突然消失了。

夏乾酒醒了一半，想要追上去。他繞過錢府的別院，繞過富麗堂皇的屋子和亭廊，卻「砰」的一下撞上了什麼人。

「夏公子為何如此驚慌？」

夏乾抬眼一看，是慕容蓉與錢陰。此地正是書房門口，二人估計是剛剛談論完畢，出了門來。

「你們可曾見到韓姜？」

錢陰與慕容蓉面面相覷，只是搖頭。

夏乾繞過二人，直奔影子消失處。也許是他喝醉了，但……

他什麼也沒說，便朝後院跑去了。跑了片刻，他終於到了南邊小院的樹下。

他看見了韓姜。

她還是穿著那一身青黑衣裳，帶著酒氣，倚靠在一棵桂花樹下睡著了。月光灑在她的臉上，溫和恬靜。

夏乾的眉頭舒展了，覺得自己多慮了。

他蹲了下去，想把她叫醒，讓她回房去睡。可是當夏乾推了韓姜一下之後，「咣噹」一聲，一個東西掉了下來。

這是一柄有一人多身長的長刀，在月下泛著白光，刀刃上全是血跡。

濃重的血腥味入了鼻，夏乾的臉色唰的一下變了。他仔細瞧了瞧韓姜的身上，這才發現她青黑衣服上也蹭上了大塊血跡，只是不甚明顯。

「韓姜，快醒醒！」

夏乾的臉色發白，呼喊著韓姜的名字。韓姜沒醒，這動靜卻喚來了慕容蓉與錢陰。他們挑著燈籠來此，在燈籠的微光下，詫異地看著眼前這一幕——

韓姜倚靠著桂樹，睡得很沉。她的臉上、身上都是血跡，手邊還握著一把長刀。

夏乾的酒全醒了。他晃了晃韓姜的肩膀，見她沒有反應，扭頭衝慕容蓉喊道：「叫郎中來！」

慕容蓉也是臉色蒼白，猛地蹲下，探了探韓姜的氣息。「不是她身上的血，她……好像睡著了。」

夏乾這才反應過來，原來韓姜身上的血全都是蹭上的。他深深呼出一口氣，卻又感到濃重的恐懼。

他猶豫一下，想把韓姜抱起。然而在此時，錢陰卻阻止了他。

「夏公子，且慢。」錢陰提起燈籠，周圍瞬間亮堂了些。「你看那邊。」

夏乾順著他的手看去——不遠處有一間小屋，周遭的屋子全都熄了燈，可獨獨那間亮著。煙囪不住地往外吐著煙霧，濃烈而詭異地直奔夜色中去，就像是屋子在低沉地呼著氣。

夏乾一愣。「那是……浴房？」

他與慕容蓉同時抬頭看了一眼，二人的呼吸突然急促了起來。

浴房的窗戶透出亮光，很亮很亮，亮到能看清窗戶紙上的斑點，像是水灑的汙垢，點狀、不均勻，卻濺了幾尺高。

斑點透著紅色。

「來人！」錢陰大喝一聲，快步上前推門，卻沒有推開。

錢府分為內院和外院。錢老爺向來只讓親近的人服侍。到了夜晚，僕人都分散在外院。他這一喊，幫管家趕緊跑來了，緊隨其後的則是狄震。片刻之後，除了柳三，人都到了——他還爛醉在廳堂。

錢夫人先是看了韓姜一眼，繼而看向窗戶上的血跡，最後再看了錢陰一眼，渾身發顫。「怎麼回事、怎麼回事啊——」

夏乾完全懵了，他根本不知道怎麼回事。眾人皆是一臉吃驚。最先反應過來的人是狄震。

他一反醉態，立即上前大力推門，扭頭問道：「誰在裡面？」

錢陰以他獨有的低沉嗓音答道：「任品。」

「帳房先生？」狄震挑眉，轉而去細細瞧了瞧窗戶上的斑駁汙點，低聲說道：「是血。」

他推了推窗戶，沒推開。此時，錢夫人臉色變得慘白，一下子撲到了門上。她撓著門，就像一隻再也無法回家的、絕望的貓，豔麗的指甲在門上劃出了一道道深深的印痕。

「是任品！是任品呀！為什麼？為什麼——」她叫著、鬧著、捶打著。

狄震一把拽開她，踹了門一腳，怒道：「他娘的，從裡面插上了！」

狄震啐了一口，一個轉身，一腳踢爛了窗戶。

明亮的光線瞬間照射到眾人的眼睛裡，隨之一股濃重的血腥味撲鼻而來。

「統統後退！」狄震喊了一句，直接躍入了窗子。

除了錢夫人，其他人都一臉震驚地後退一步。錢夫人一下子就跟隨狄震翻入窗子，木窗的釘子劃破了她的羅裙，她卻渾然不覺。在這短暫的一刻，時間彷彿靜止了一般，所有人都沉默不語。夏花的清香夾雜著血腥的味道，不合時宜地瀰漫在整個院子裡，讓人有些窒息。

就在此時，屋內傳出一聲尖叫。尖叫聲飽含著驚恐與痛苦。不像是女人的尖叫，反而像是野獸痛苦的悲鳴。

那是錢夫人的聲音。她連著怪叫幾聲，隨即竟然瘋狂地大笑起來。

「妳在做什麼？」狄震大吼著，從窗戶裡跳出來。月光下，狄震渾身都是血，面目猙獰。「報官！趕緊讓下人把夫人拉走！」

夏乾下意識地護住韓姜，其餘幾人則僵住不動。此時，浴房的門忽然一下被打開。裡面濃重的白色霧氣從老舊的門中逸散出來，飄入盛夏的天空中。在黃色氤氳燈光照耀下，浴房門內鮮紅一片。

錢夫人大笑著跪坐在浴房的地上，拖著一個渾身是血的人。

「找郎中啊！快去找郎中啊！救他！」

眾人看過去，都吸了一口涼氣。

錢夫人拖出來的人渾身赤裸、鮮血淋漓，卻沒有頭。

錢夫人的臉沒有血色，顯得很是猙獰。在月光下，她拖著屍體爬了出來，在地上留下一道長長的、歪歪扭扭的血痕。待她把屍身拖出來，又爬回浴房去，捧了什麼東西出來。

是任品的頭。

在場的人無一不背過臉去。狄震瞪了幫管家一眼，怒道：「等什麼呢？」

幫管家怔了一下，立即跑出院子去叫人。

錢夫人一會兒哭、一會兒笑，還試圖將頭顱接在屍身上。狄震的目光則落到了屍體上，又落到了浴房裡，最後……落到了韓姜身上。

這不是一個醉鬼的目光，是一個辦案多年的捕快的凌厲眼神。

夏乾趕緊低頭看了看韓姜。她安然沉睡，渾身是血，對目前的情況渾然不知。

狄震只是看了她一眼，默不作聲地走回了浴房。

慕容蓉低聲道：「浴房是不是密閉的？」

眾人各有所思，沒人回答他。

六　消失的人

「密閉的浴房……」

易廂泉站立於大理石浴池旁邊，漠然地望著四周。浴房很大，可頂上開口卻小得可憐，只做排氣之用。再看大門，門閂很粗，卻已經斷了。

易廂泉看了一眼排氣口。「綺漣進來之後就沒出去？」

「不錯。自從她進來之後，就有很多下人在外面候著，也是侍女破門而入，才發現她失蹤的。」

「綺漣沐浴時，門是從裡面閂上的？」

「對。我號脈之後回醫館，抓了藥才回吳府。那時候綺漣已經在沐浴了。但她洗了很久都沒出來，唐嬸這才拚命敲門，呼喊片刻，見不對勁，就讓人撞開門，誰知……

綺漣消失了！」

易廂泉不言，伸出手去舀了一瓢水，聞了聞，又嚐了嚐水的味道。

孫洵一驚。「你這是做什麼？」

「還有一點必須排除。」易廂泉頭也不抬。「妳去找兩個瓶子來，裝些浴池裡的水，一份送往大理寺，另一份送往——」

他話未說完，卻被孫洵打斷了。她理了理頭髮，說道：「我是孫洵，不是夏乾，不負責跑腿。」

「另一份送往南街王老先生那裡。」易廂泉根本就沒有理會她。「也許無法測出來什麼，但為了以防萬一，還是應當去一趟。若是沒有結果，還要再作他想。」

易廂泉只是看向四周，開始用手敲打牆壁，一邊敲打，一邊道：「找人把池水放乾淨。」

孫洵沒動。易廂泉看向她。「為了早點找到綺漣，妳還是去一趟吧！」

「易廂泉，我們這麼多年沒見，你就毫無長進，還是這點本事？」孫洵看了看池子中的水。「我知道你在想什麼。這房間若是從內部門上大門，就如同一個牢籠，活人是根本無法出去的，故而你先要確定綺漣真的進了浴房，再確定她是否門上了門。接著，你必須排除水沒有問題。有些『水』侵蝕力極強，可能會對屍骨有損害。」

易廂泉沒有吭聲。

孫洵接著道：「但這裡的水沒有異狀，牆壁、地板均無暗格，這些我早就查過了。那些將人泡得屍骨無存的『水』多半是含酸的，可你再看浴池中的花瓣，並無褪色跡象。你以為天下就你聰明？若是閒著沒事，就出去打燈籠找找——」

易廂泉閉起雙眼，坐在了大理石池邊上。

「自盡的人叫梁伯？他是不是浴房這裡負責燒水的人？」

孫洵點頭。「原來你早就知道了。」

「我猜的。」易廂泉睜眼，起身出去。「妳去找兩個瓶子來，裝些浴池裡的水，一份送往大理寺，另一份送往——」

孫洵嘆氣。「要我說多少遍？我都說了我不去。」

「那就找人去。」易廂泉很是平靜。「水不酸，但略鹹，應該有問題。」

說完，他徑直走出去了。孫洵愣了一下，也跟出去，卻發現院子裡站滿了人。

幾乎是吳府上下所有的人。老僕人、小丫鬟、小廝——所有人都打著燈籠在院子裡等著。他們中間站著一位年近四十的夫人，儀態端莊、衣著華麗，只是她雙目微紅，很是憔悴。

這肯定是吳夫人了。易廂泉簡單行了個禮，沒有說話。

「有線索嗎？」她雙目中含著一絲希望。

易廂泉搖頭。

「好、好！我們信任你，」吳夫人立即變了臉色，神情有些可怖。「可是你呢？你走了！好啊！綺漣出事了！虧夏家舉薦你，我們相信你。如今好了，怎麼辦？什麼神通、半仙？吳府被人咒了啊！你就是個騙子！」

她情緒不穩，卻字字吐得清晰，伸出手來，狠狠指著易廂泉。

孫洵想替易廂泉辯解，卻忍了下去——

誰讓他耐不住寂寞，自己跑出去的？他的確有錯。

吳夫人似是怒極，輕輕扶住了額頭，雙眼通紅。「斷子絕孫！斷子絕孫！我家綺漣做錯了什麼呀？」

她說著說著就哭了起來。唐嬸在一旁不住地給她擦眼淚，而四下的僕人竟然都開始低聲咒罵易廂泉。

「江湖騙子！」

「出事就會跑！」

「小姐沒了，要他賠！」

那一串言語分明沒有任何干係，沒有任何道理，卻一窩蜂地向易廂泉砸來。他沉默良久，卻是不慍不惱。孫洵了解易廂泉的個性，此時此地，他還在思考這件事情。

不一會兒，他就開口了：「夫人，斷子絕孫這件事並不存在，無稽之談。」

他此話一出，眾人安靜了片刻。夫人也怔了一下，似是心頭寬慰了一些。他們期待著，等待易廂泉的下一句話。

「但是，綺漣小姐不會無故消失，很有可能是人為所致。」

全場一片寂靜。吳夫人沉默良久，瞪大眼睛。「你、你是說……」

易廂泉平靜如水。「如若小姐性命不保，也是有可能的——」

他話沒說完，唐嬸一個箭步上去，拉住易廂泉的領子，大罵著，揮動拳頭就要朝他打去。

場面頓時一片混亂，眼看那一拳就要打到易廂泉臉上了，門外卻有小廝高聲來報。「夫人，衙門來信了！」

唐嬸的拳頭鬆了，退後一步，攙住了吳夫人。而吳夫人一怔，雙目渙散地問道：「有綺漣的消息了？」

小廝瞅了瞅其他家丁。吳夫人明白了，便讓所有的下人都散了。她猶豫了一下，還是留下了易廂泉與孫洵。

「你說，什麼事？」

小廝低聲道：「衙門來信，驗了梁伯的屍體，確實是自盡。全身乾淨得很，衣服也是新的。只是……太乾淨了。」

吳夫人沒反應過來，易廂泉問道：「太乾淨？」

「仵作說，他在自盡之前……淨了。」

四人都愣住了。

孫洵急忙問道：「你是說，他是太監？」

「不是。」小廝臉色很難看。「梁伯在自盡前不久自宮了……死的時候穿了好幾層褲子，發現屍體之時，血都乾了。」

易廂泉僵硬地回過頭。月下，浴房詭異而安靜地臥在院子深處。

七　關押入獄

這次事件很是怪異，一切都出乎他的意料。

夏乾站在浴房外面，從深夜站到黎明。天空卻並未透出光來，反而烏雲聚集，空氣潮濕，似要下雨。

衙門來人將韓姜帶走，又派遣了幾個衙差駐守此處，閒人勿近。

韓姜一直處於昏迷狀態，乃至被抬去官府，都未醒來。狄震則黑著臉，隨官差去了衙門，估計要忙碌一夜。錢府一干人等如今不能進出浴房，都在廳堂等著，待天亮之後，就要被帶到衙門問話。

不遠處的廂房裡，錢夫人大哭、大笑、大吼，心緒激動地叫了一夜。沒人能完全聽清她在叫什麼，只知道錢陰進去了一趟，和她說了一些話，之後她就被送往城郊的舊宅子了。

但是，這都與夏乾無關。

他的酒也醒了，只想把這件事弄清楚。他堅信韓姜是清白的。回想今年正月在夢華樓的時候，易廂泉也遇到這種事，但他自己脫罪了。

可如今易廂泉不在，偌大的長安城便無人可依賴。

面對如今突發的事件，夏乾有些不知所措。他只是安靜地站在浴房門外，想學著易廂泉的樣子，靜思一夜，釐清思路。

不能著急、不能著急。易廂泉怎麼做，他就要怎麼做。

此事不是韓姜所為，而是有人故意誣陷。至於為何誣陷，不得而知。若想救韓姜，只得替她洗清冤屈，找到真凶。夏乾算了一下時日，若是證據確鑿，只需十幾日，韓姜就可能被處以極刑。

夏乾深吸一口氣，閉目而思。眼下的情形都對韓姜不利。幫管家與錢夫人都能證明，韓姜偷竊錢財被發現、威脅錢陰，還和帳房有過節。

怎麼辦？

乾脆學易痟泉的辦法，直接順著這條思路想。若韓姜是凶手，錢老爺執意報官，韓姜很有可能喝醉後行凶——

不對、不對！死的不是錢老爺，是帳房任品。可是，如果韓姜不是案犯呢？誰會殺任品？錢老爺？因為錢夫人紅杏出牆，這個理由足夠。

夏乾胡思亂想了一陣，覺得不對。

所有下人都在戌時退出了內院。事發時，錢老爺跟慕容蓉在一起；幫管家先是與自己在一起，隨後去了廳堂；柳三、狄震和錢夫人一直都在廳堂，錢夫人曾經和韓姜獨處過，之後回了廳堂。

有作案時間的只有三人：夏乾、韓姜、錢夫人。

雨淅淅瀝瀝地下了起來，夏乾只覺得渾身僵硬。隔著幾道圍牆，能聽見錢夫人的喊叫聲。那個女人在見了帳房先生的屍體之後，死也不肯撒手，大喊大叫，最後被人抬下去，像是瘋了。

不是她幹的，也不是夏乾自己幹的。

夏乾有些急了。怎麼想來想去，凶手就是韓姜呢？

他僵硬地轉過身去，一步步踏出錢府的院子。在錢府的門口，幾個小廝議論紛紛，大多都在議論錢府的命案，並且對錢陰多少有些不滿。夏乾還想聽聽，小廝們卻慌忙住了嘴。

就在此時，狄震慢慢地邁進了錢府的大門。他剛剛從衙門回來，顯然是一夜沒睡，又一路淋雨，顯得有些疲憊。見了夏乾，他卻打起了精神，揮手笑道：「喲！夏小爺喜歡淋雨啊？」

夏乾沉著臉一言不發。

狄震見他不理人，就沒再戲弄他，低聲安慰道：「沒定案呢！那姑娘倒是挺有骨氣，不招。」

夏乾雙眸微微顫抖。「什麼意思？」

「就是不招啊——」

「你們用刑了？」

狄震沉默片刻，猶豫道：「我走的時候，還沒用刑。」

夏乾有點急了。「你能救她嗎？」

「夏小爺，你跟她不就是認識幾個月的朋友？你就這麼確定她是清白的？」

六月的雨就像溫潤的人，下得並不狂躁。這兩個人站在門口淋了一會兒雨，都清醒了不少。

夏乾低下頭去，慢慢說道：「她有沒有罪，我不知道。我的確只認識她幾個月，但我就是覺得……就是覺得……」

狄震聞言，乾笑兩聲。「認識幾個月，你還敢求我救人？不好意思，夏小爺，你找錯人了。」

狄震衝他擺擺手，直接繞過去。

夏乾一把拉住他。「沒有挽回的餘地？」

狄震就像躲耗子一樣躲開他。「剛開始查，你著什麼急？」

「如果韓姜真的是被冤枉的呢？每遲一日，韓姜就要受一日苦；每晚一天，壞人便少坐一天牢。就像殺手無面，殺了人卻逃之夭夭。這些殺人的惡事也許成了談資，但總有人在日日苦等，等那些惡人被繩之以法，而且一等就是十餘年。若是抓不住惡人，怎麼給那些人一個交代呢？」

夏乾站在雨裡，他的身後是一片樹林。綠色的葉子被雨水澆得更加碧綠，身後的天空卻是灰濛濛的，根本看不見日頭。

不知怎的，狄震忽然想起了十二年前的安隱寺。

他趕緊甩了甩頭，笑道：「夏小爺，你從哪裡學來的這麼多大道理？」

「是易廂泉和我說的。你找殺手無面這麼多年，這道理應該比我更清楚。」夏乾看著狄震，懇求地說道：「狄大哥，你就幫幫忙，我和你一起查。韓姜絕對不是窮凶極惡的人！」

狄震苦笑道：「說不定她連名字都是假的——」

夏乾搖頭。「正月的時候，我們在渡河時遇險，她不顧自己的安危，把冰舟留給我。雖然我不清楚是為何，但……」

狄震挑了挑眉毛。

「我只希望你們別誤判。若查出真相，當真是她所為，也應酌情考慮犯案緣由。到那時——」夏乾的聲音沉了下去。「公事公辦！」

狄震笑道：「看你正兒八經的，這是教我怎麼辦案呢？」

狄震這是有意嘲諷。他本以為以夏乾的性子，會生氣地反駁幾句。但夏乾只是低下頭去，有些傷心和不知所措。

狄震心軟了，拍了拍他的肩膀。「放心！這案子疑點多，不會瞎判的。如果韓姜不是凶手，昨夜你看到屋頂上的人影是誰？」

「是……真凶？」

「她的衣著和武器與韓姜一樣？」

「沒錯。」

「是男是女？臉也看不清？」

「不清楚男女，看不清臉。」

狄震點頭。「你看到屋頂人影，之後再奔跑到浴房前，整段時間是很短的。如果把韓姜的衣服扒下來再穿上，恐怕來不及。」

夏乾心裡咯噔一下。「你是說，那個人影就是——」

「不一定。等韓姑娘提審結束，最好去找她問個清楚。如今，我們先去現場轉悠幾圈。如果真的有人假冒韓姑娘，多少會留下一些線索。」

聞言，夏乾趕緊轉身要去附近「巡視」，卻被狄震一把拉住了。

「你別急，我們先弄條狗來。」狄震仰頭，看看陰沉的天空。「要是不下雨就好了，味道太重，狗鼻子都未必靈。」

第三章 心有靈犀

一 「糖葫蘆」

「我們先找一條狗來。只要不下雨，一切都好說。」易廂泉當著幾個女人的面，慢吞吞說了這麼一句，也不知在想什麼。

吳夫人、唐嬸和孫洵明明在討論「淨身」的問題，卻被易廂泉胡亂地打斷了。三人愣了一下，但三人都沒有理他。

吳夫人有些焦慮。「綺漣找不到，妳說，會不會是——」

「是梁伯帶走了小姐，一定是！」唐嬸雙手緊緊地搓著。「這個死老頭！他一定是把小姐帶出府去了，可憐的小姐，說不定是在鄉下哪個地方關著！」

孫洵相對鎮定得多。她猶豫了一下，提出了一個所有人拚命迴避的疑問。「夫人、唐嬸，妳們覺得有沒有可能……梁伯是被綺漣給……」

兩位婦人瞪大了眼睛。

吳夫人的臉色變得慘白。「怎麼可能？梁伯少說也有五十歲了，綺漣才滿十歲！妳……妳不要胡說——」

孫洵搖頭。「不排除這種可能。」

孫洵說話很少遮遮掩掩，但是她道出了所有人都最不想聽到的事。

唐嬸竟然嗚嗚哭泣起來。「孫郎中，您說怎麼辦、怎麼辦？」

「一切都不能確定。我去一趟梁伯的房間，看看有沒有刀子之類的東西。至於綺漣……派下人出門繼續找。」

孫洵語畢，衝二人點了點頭，便走去後院。她走了幾步，才回頭看了一眼，這才發現易廂泉不見了。

易廂泉也許是走了。

她搖搖頭，彷彿要把最後一點傷感盡數晃掉，便急匆匆地邁著步子去了。

梁伯的屋子在陰暗的角落，潮濕破敗。下人都是幾人住一屋，但大家嫌棄梁伯，他就自己住一屋。因為是自盡，白綾和椅子還在屋中，官府的人沒到，下人們也不敢貿然靠近。

孫洵點燃了燈，屋子總算亮了一些。她本是郎中，又不信鬼神，但看這陰森森的屋子，心裡還是有些緊張。

孫洵深吸一口氣，嘲笑了自己一下，又抬起頭，開始在屋內翻找起來。整個屋子非常空曠，除去破舊家具，幾乎沒有什麼其他東西。

孫洵皺了皺眉頭，這老頭子是個和尚嗎？什麼都不用，連花草都不養。不對，他好像是花匠，養花草的。孫洵嘆了口氣，繼續翻找，終於在櫃子中，找到了一只小小的匣子。

匣子很精美，窮人家應當沒有什麼值錢的東西。若是用這種匣子裝的，應該就是最貴重的東西了。

孫洵脾氣直、性子急，沒作他想，就把盒子打開了——

裡面有一把沾血的刀。至於刀子旁邊是什麼東西，孫洵猝不及防地看到了。她立即扭過頭去，「啪」的一聲關上盒子，將盒子遠遠地放在案桌上。

她平靜了片刻，又低頭思忖，決定過一會兒把盒子送去官府。看如今的情形，梁伯應該就是先自宮，然後把割下的東西裝進了匣子，之後便自盡了。

孫洵第一次遇見這種事，有些想不通。

東邊的天空透著微紅，看起來，今日是個好天，無風無雨。孫洵出了屋子，吸了一口清晨的空氣。空氣微熱，夾雜著花香與草香。忙了一夜，她如今只想好好睡一覺，希望綺漣能夠平安無事。

大部分下人都出去找人了，只留下幾個守著院子。吳府空蕩蕩的，很是安靜。不遠處傳來幾聲犬吠。

孫洵疑惑，突然，她想起了什麼。

「我們先找一條狗來。只要不下雨，一切都好說……」

孫洵一個激靈，快速地衝到吳府正門口，只見一人一犬立於清晨薄薄的水氣中。

人穿著白色衣衫，犬也是白毛。

「你不是走了嗎？」孫洵看著易廂泉，內心竟然有些高興，卻並未在臉上表現出來。「你不是帶著吹雪嗎？」

易廂泉摸了摸狗頭。「方才出門去，就把吹雪放到別家寄養了。牠雖然聰明懂事，有時候挺能幫忙的，但眼下，狗更管用。」

語畢，他竟然蹲下，摸摸狗毛茸茸的白色腦袋。「對不對，糖葫蘆？」

「糖葫蘆？」孫洵問了一句，狗立刻咧嘴朝她吐著舌頭。

易廂泉卻又一臉認真。「這是萬沖的狗。糖葫蘆這名字，據說是他姪女隨便起的。奈何此狗只認此名，萬沖喚了其他的『捕風』、『捉影』之類，牠都不應。」

孫洵站在一邊，沒有說話。

「這狗是衙門在養的，訓練有素，所以——」

孫洵抬頭道：「我不管你是丟了吹雪改養這隻『糖葫蘆』，還是……」

易廂泉一臉坦然。「我沒把吹雪弄丟，放夏家了。」

「好、好！」孫洵疲憊地點頭。「你要願意，就帶著牠出去找。我受不了這些動物的毛屑。」

「我看妳挺喜歡吹雪的。」

孫洵嫌棄地擺擺手。

易廂泉沒有再問什麼，只是和看門人打了招呼，牽著狗進了吳府。

糖葫蘆晃著尾巴，聞了聞綺漣的隨身物品，之後一直往院子裡衝。易廂泉不語，只是牽著繩索，從正屋到側屋，從裡屋到外屋，一一走過。他無視下人們不屑的目光，對他們的竊竊私語也是充耳不聞。

今日是個豔陽天，太陽火辣辣的，空氣中瀰漫著夏季的味道。

糖葫蘆在一片低矮的草叢裡停下了。這裡很是隱蔽，但不遠處就是綺漣失蹤的浴房。牠嗅了一陣，突然開始一陣狂吠。

易廂泉彎腰看了看，發現一雙腳印。前幾日的泥土是濕潤的，但是如今乾涸了，這個腳印恰好留了下來。再一細看，腳印應該是男子的，但個子不高。旁邊還有兩個圓印，這個男子是挑著擔子過來的。

易廂泉俯身細看，當他離地面很近時，突然哭笑不得。「糖葫蘆，這是個運酒的人。你只是聞到了酒味，我們找的不是這個。」

糖葫蘆吐著舌頭，好像在咧嘴笑。

易爾泉摸了摸牠的腦袋，又將牠牽走了。一人一狗在院子裡行走，糖葫蘆又在後院瞎轉，扒出來幾罈埋在樹下的女兒紅。易爾泉很是無奈，但只得繼續牽著狗走。他們走過吳夫人的房間，裡面都是供奉的佛像；又去了唐嬸的屋子，裡面擺放著自己醃製的醬菜，還有幾罈子酒。直到糖葫蘆走到桃花樹下停住了，牠聞了聞樹根，開始用牠的爪子刨土。

「這次又是什麼——」易爾泉剛想笑，卻突然一滯。

糖葫蘆已經扒出來一些散亂的頭髮。

此時已經是中午，太陽照得人有些恍惚。易爾泉也恍了一下神，慢慢上前，用手去扒開地上的泥土。泥土鬆軟，幾下就被扒開了。

一張小巧而蒼白的臉從泥土中露了出來。

二 帳房先生

夏乾沉著臉。他一夜沒睡，憂心忡忡，而狄震則晃晃悠悠地走在前方，手裡牽著一條棕黃大犬。

大犬是狄震從衙門借來的，體形很大，二人從清晨開始就被這條狗牽著，如今走過了大半個府院，也說不清是人牽狗還是狗牽人。

「我說，夏小爺，別抱太大希望。下雨了，狗鼻子不好使。」

夏乾有些累了。他揉揉眼睛，強打精神問道：「你在找血衣？」

「對，衙門最好的狗被我帶出來了。過一會兒，衙門會派人在府院周圍搜索。不過，人數嘛……」狄震摸了摸下巴。「夏小爺，我說了你別嫌難聽。邪門了！衙門裡所有人都認定是韓姑娘幹的，人證、物證都在，證人還不止一個——」

夏乾忽然拉住了他。

「狗好像想往那邊去。」

他指了指後院。狄震一看，的確，這隻棕黃大犬好像一直想往後院跑，怎麼拉都拉不住。

狄震冷哼一聲。「我昨日瞅著後院古怪，就進去瞅瞅，誰知道被惡犬咬了，希望不要得病才好。哎喲！這狗真要進去，牠是想去打架？」

狄震使勁拉住狗，夏乾則率先往裡走去。

「你走這麼快做什麼？容易被咬！」

夏乾哦了一聲，趕緊停下腳步。他原本習慣於跟在易廂泉後面辦事，如今卻像跟班換了主人，有些不習慣。

狄震謹慎地探了探頭，看到了兩隻惡犬，不知是什麼犬，黑毛油亮，凶惡異常。狄震回身將棕黃大犬拴住，避免牠們撕咬，而夏乾也上前探頭，卻突然看清楚了。

「狄大哥，你看！牠們嘴邊……」

狄震這才愣住。惡犬嘴邊是沾著泥土的衣裳，青黑色，破爛不堪。

夏乾擼起袖子，準備上去搶。

「你瘋了！那狗會咬人！」狄震大喝一聲，可見他真的是被咬怕了。而夏乾從桃樹上折了一根粗壯的枝幹，好像要上前去和惡犬搏鬥。

惡犬狂吠起來，狄震趕緊撒開繩索，棕黃大犬竄了出去。

「夏小爺，躲開！」

夏乾往後一跳，棕黃犬立即撲上前去，三隻犬鬥成一團，狂吠不止。夏乾匆忙撿了掉在地上的衣服，二人跑到柳樹底下。

「你真是不要命了！」

夏乾氣喘吁吁，將衣服遞過去。「能看出什麼來？」

狄震皺了皺眉頭。「挺髒。」

夏乾有點沒好氣。「這還用你說！」

「泥裡扒出來的。」狄震用鼻子聞聞。「這倒是挺有意思的。後院距離浴房不遠，距離夏小爺你當日醉酒之處也不遠。我看過錢府地圖，三點直線，那個假的韓姑娘應該是能跑到這裡沒錯。那兩隻黑狗鼻子挺靈，總能從土裡扒出怪東西……等等！」

他一拍大腿，瞪眼道：「回去！」

夏乾一愣。「回哪兒去？」

狄震唾罵一聲，顧不得夏乾，自行折回了後院。院中，犬吠聲已止，進門才見三隻犬已經奄奄一息。

狄震臉色鐵青，捶了一下牆面。

夏乾跟在狄震後面，不明所以地進了院子。若換作易廂泉在此，定要安然站立，雙目緊閉，微微蹙眉，不吐一言了。

「真他娘的晦氣！」狄震低頭罵了一句。「都怪我方才太過衝動，放了狗。」狄震扠著腰，紅著眼。「衣上有土，是被人埋入院中的。」

語畢，他向院子裡走了幾步，見樹下的確有一小坑，而在不遠處的牆角，有個洞。狄震看了看，皺了皺眉頭。

「瞅見了嗎？夏小爺，這下只怕更難辦了。若我猜得不錯，你看到的韓姑娘是假的。假的韓姑娘一路奔跑至此，將假衣服匆匆埋到地下，隨後離開。要麼從這個洞爬出去，從內院到外院；要麼折回內院。但是，都會衍生出一個問題……」

「狗沒叫。」夏乾說道。

狄震點頭。「這狗的叫聲很大，可是當晚卻沒有。這又衍生了兩種可能：一是狗被迷倒；二是狗認識這個埋衣服的人。第一種可能微乎其微，因為這兩隻狗在之前不久還生龍活虎地咬了我，剛才也生龍活虎地咬了這隻棕犬。」

他走過去，踢了踢三隻狗的屍體，又走到狗食盆子前。「這都得拿回去查查。」

夏乾點頭。「若是第二種可能，那麼……」

「讓狗不叫，除非此人經常來餵食，能做到這點的人不多。但除了管家和下人，其他人只要早早準備，也可以做到。但我們不知道是何人，所以……」狄震哀傷地看了看地上的三隻狗。「要是這兩隻惡犬活著，我們就可以將錢府的人一個個帶到院子裡，看牠們不衝誰叫。這一來，沒準能找到。」

夏乾一愣。

之前下過雨，地上的三隻犬躺在泥濘裡，全身是傷，毛髮上也沾染了泥土和血塊。三具屍體橫在野地，也橫在夏乾心頭。

「夏小爺，你要不要回去睡一會兒？」狄震看了看夏乾的臉，見他眼眶烏青，精神也不好。

夏乾搖了搖頭，揉揉眼睛。「沒事。」

「我去一趟衙門，看看情況。你還是回去休息，在這兒也……」狄震想說「在這兒也幫不上忙」，但看夏乾那個樣子，就改口了。「總之，有消息我會告訴你。」

「衙門官差多嗎？」夏乾忽然問。

狄震警惕地看他一眼。「你做什麼？想劫獄？」

夏乾急忙道：「我不是……我沒有！」

狄震狐疑地看著他，夏乾趕緊把目光偏過去。「只是怕你們忙不過來。」

「總之，別在捕快面前動歪心思。」狄震拿手指了指夏乾的鼻子。「老實回去等消息。」

夏乾沒吭聲，磨磨蹭蹭不肯走。

狄震嘆了口氣。根據幾日的觀察，他知道夏乾其實很容易衝動行事，看他的樣子，真是鐵了心要把韓姜弄出來。這可怎麼辦？這案子直接放到府衙去審，韓姜的罪是板上釘釘的，不論她是否招供，基本都能被直接宣判。

「會不會是錢陰幹的？」夏乾問道。

狄震嘆了一聲。「這你可不能胡說。事發當時他可是跟慕容公子在一起，根本不可能抽身。」

「可內院只有傷心瘋了的錢夫人有空殺人——」夏乾話至此，愣了一下。「狄大哥，你說，會不會是錢夫人幹的？」

狄震沉默了一下，看向錢府院子深處。「你是說她殺了自己的姦夫？可我剛剛聽郎中說，錢夫人是真的瘋了，不是裝的。」

「就是錢陰。」夏乾焦躁地走來走去。「就是他、就是他！」

夏乾現在頭髮蓬亂、胡言亂語，怎麼勸也不肯回去休息。狄震嘀咕一句，打算自己溜走算了，卻被夏乾一把拉住。

「凶器是什麼？」

「韓姑娘的長刀。刀子鋒利得很，切斷了那個帳房的脖子。」

夏乾蹙眉。「可我記得當時浴房的門是從裡面閂上的，窗戶也是鎖死的。那帳房……是怎麼被殺的？」

「那浴房裝得並不好，棚頂有洞，木板子搭著呢！一掀就行。根據血跡方向可判斷，應該是有人上了屋頂，將長刀伸進去斬了帳房的頭。洞不大，刀可伸進去，人進不去。帳房當時躺在浴池中泡澡，池外有枕，頭直接枕在枕頭上，再用布巾蓋住眼睛。此時有人登上屋頂，刀子伸進來，一刀斃命。」

夏乾聞言，臉微微抽動。

「這麼大的力，是男人幹的吧？」

狄震搖頭。「是男人的可能大些。但是習過武的，男女皆可。」

「錢陰就沒有一點值得懷疑的地方嗎？」

「問題就在這兒了。帳房先生喝醉，是幫管家陪他去的浴房。隨後帳房先生進去，自己閂的門，之後被殺，從頭至尾，錢陰都沒怎麼接觸他。」

夏乾不死心。「會不會有幫凶？正好幫管家姓幫。」

狄震覺得有些可笑。「我姓狄，我難道是狄仁傑的後輩？夏小爺，幫管家要是殺人，他得等帳房先生進去，之後再登上房頂，拿刀斬——」

「很可能就是這麼回事。」

狄震搖頭。「他送帳房進去之後，就去找你談話了。在這期間，帳房應該還沒死。那時候窗戶上不見血跡。」

夏乾一怔。「誰說的？」

「慕容蓉。」狄震嘆了口氣。「他跟錢陰進書房談判之前，經過浴房，那時沒見窗上有血。」

夏乾很不喜歡慕容蓉，如今更覺得他是掃把星了。

「先殺人、後濺血，難道不行？」

「你說的這些，我都想過。」狄震掏掏耳朵，打個哈欠。「血有可能是後來弄上的，換句話說，帳房先生究竟是何時死去，根本不得而知。那個『假韓姑娘』的問題又解不開。但是……夏小爺，雖然疑點很多，可這案子真的難翻。」

天空早已下起濛濛細雨，整個府院似是籠罩在煙霧之中。水氣瀰漫在夏乾的身上，他覺得自己呼吸都有些困難。

狄震看著他的臉，別過頭去，輕聲道：「如今幫不上什麼忙，不妨再等等消息，實在不行就算了吧！」

夏乾一怔。雨滴打在他的臉上，有些疼痛。

趁他出神，狄震想要悄悄溜走，卻被夏乾一把拽住袖子。他紅著眼睛，拉著狄震不放。「狄大哥——」

狄震沒辦法了，反而求他道：「你別說了！我知道了。我肯定幫你破這個案子，行了嗎？」

夏乾感激地點點頭。「事成之後，報酬好商量。」

狄震重重地打了個哈欠。「先瞅瞅這裡吧！」

夏乾朝園內看去。三條惡犬屍橫門口，裡面有一破舊的屋子。

狄震自顧自地走上前去。「我昨日就想進去看看了。都說裡面有錢陰的寶貝……喲！鎖上了。」

夏乾也跟過去。只見烏色的木門上掛著一把大鎖，將整個門牢牢閂住。夏乾看了狄震一眼，問道：「你也懷疑錢陰？」

狄震似是哼了一聲，拔刀出來。「夏小爺退後。」

他砍了一下，並未砍斷鎖頭，又轉到窗戶一邊，打算砍爛木窗進去。

天空劃過一道閃電，隨即傳來隆隆雷聲，大雨點劈啪掉落。夏乾縮了縮肩膀。雨水早已將他的衣料浸濕，他覺得渾身發冷。

是淋濕的緣故嗎？

夏乾覺得不對勁，淋濕也不可能這麼冷。他退後幾步，退到院子口，頓時感覺溫暖了很多——原來是靠近這棟房子才覺得冷。

冷房子？夏乾眉頭一皺，裡面有冰？

「轟隆」一聲，狄震破窗成功，一股寒氣從窗戶內部冒出，就像是做飯之後冒出的煙霧。狄震暗罵一句，將窗戶拽下來，丟在一旁。

夏乾趕緊上去，這才發現狄震為何謾罵。

窗戶裡面是大塊的冰。它們將窗戶死死堵住，寒氣逼人。屋內漆黑一片，二人透過冰塊看不見任何東西。

「要麼找人拿鑰匙，要麼拆門。」

狄震點頭，揚起刀。他不再是那副醉醺醺的樣子，整隻手臂孔武有力，夏乾這才覺得，眼前的人真的當了十幾年的捕快，而且是江南地區最有名的捕快。

「哐噹」幾聲，木門應聲而落。刀入鞘，狄震搓了搓鼻子，率先進去了。夏乾猶豫一下，抱緊手臂，也跟著進去。

門口是塊巨大的冰塊。也不知錢陰從長安城的哪個地方運來這麼大的冰塊？又值多少錢？夏乾只是抱怨寒冷。前方有案臺，案上有燭。而狄震在前，掏出了燧石，「嗙嚓」幾下，屋子裡明亮起來。

夏乾這才看清屋內沒有陳設，只有桌子和冰。

案桌上躺著一個女人，三、四十歲，體態豐腴，身上蓋著毯子。狄震上前掀了一下，皺著眉頭。

「夏小爺敢看這種東西嗎？不知死了多久了。」

夏乾有些詫異。他看了看四周的冰塊，又看了看案桌上的女人。「她……她就是錢陰的寶貝？」

「看這臉，像是大夫人。因為與錢二夫人長得有幾分像。」狄震掀開毯子，藉著光亮看去。

突然，他嚎叫一聲，一下將蠟燭丟在一側。

夏乾趕緊上前急道：「怎麼了？」

「別過來！夏小爺，我想吐。」狄震一臉驚恐，用女屍身上的毯子瘋狂地擦手。

「真晦氣！沾上這種東西。錢陰真噁心！」

狄震開始罵人了。這是狄震罵得最狠的一次。然而他罵了半晌，夏乾也沒明白到底怎麼回事。

「夏小爺，你沒成親，你不懂吧？錢陰有這種癖好。」狄震平靜了一下說，就跟他真的娶過老婆一樣。

他指了指桌上的女屍，做了個嘔吐的姿勢。

夏乾愣了半天，好像明白了，也覺得有些噁心。

三　裸屍

糖葫蘆在一旁溜來溜去，看著眾人，有些不知所措。

易廂泉蹲下，慢慢將泥土清出去，綺漣的屍身也露了出來。吳府的下人都圍在這裡，很快，夫人和唐嬸都來了。人越圍越多，他們聚集在後院，哭聲、喊聲不絕。易廂泉被推搡開了，只得和孫洵一起站在屋簷下，兩個人只是站著，都沒說話。

雖然是炎熱的六月，可是綺漣的屍身並未腐爛，竟然還異常白嫩。她從土裡被扒出來之時，身上僅裹著一層白綾，而白綾之下若隱若現的，是女孩柔媚的、尚未發育完全的身體。

一個老人自宮上吊，一個少女的裸屍被挖出。吳府上下悲痛於綺漣的死亡，還悲痛於她死去的名節。綺漣死前的遭遇被埋在眾人的哭聲裡，成了下人們不敢提的祕密。

人越來越多。糖葫蘆待在一旁，好像被嚇壞了，趕緊去找易廂泉。

孫洵好像是怕狗，低聲道：「易廂泉，你讓牠離我遠些。」

她聲音有點哽咽。易廂泉微微側過頭去，這才看到了孫洵的側臉。她雙目泛紅，好像是剛剛哭過。

孫洵趕緊背過臉去。「你看什麼？快把狗弄走！」

易廂泉默默地抱著狗走了，轉身走進了梁伯的屋子，關了門，拽過梁伯上吊踩的椅子，直接坐了上去。

他看著房頂，默不作聲。

午後的陽光透過窗櫺射入這個原本陰暗的屋子，空氣中的塵埃飛舞跳動。陽光照在易痡泉的粗布白衫上，像是穿透了白衫，直擊心房。門框粗糙，關不嚴實，院內的哭泣聲清晰地傳入屋來。

那些嘈雜的聲音傳入易痡泉的耳朵裡，他摀住了耳朵。他的耳邊霎時變得安靜了。那些哭罵聲彷彿在瞬間消失了，但是一個小小的、稚嫩的聲音卻穿了過來，穿過耳朵，在他的腦中響徹不絕。

「六月細雨水中碎。青山翠，小雁飛。風捲春去，羞荷映朝暉……」

易痡泉趕緊鬆開耳朵，嘈雜的聲音傳了過來，但是在嘈雜之中，他彷彿還能聽見綺漣的聲音：

「大哥哥，下次來找你，你記得教我唱新的詞，或者教我剪紙花！還有做木頭風車！還要踢毽子……」

他放下手臂，覺得眼中很熱，好像有什麼東西要滴落下來。易廂泉木然了一會兒，院中仍然嘈雜不堪，但是他的心逐漸平靜下來。

屋子裡乾淨整潔。易廂泉終於穩定了心神，站起身來慢慢檢查著，不放過任何一個角落。從櫃子的角落到床鋪底下，全都搜索了一遍。當他發現那個精緻的小盒子，正準備打開時，孫洵推門而入，見此情景，喝止道：「不要打開，裡面是梁伯的……」

後面的話她沒說出口。

易廂泉還是打開了，端詳了一會兒。孫洵背過臉去。

「怎還沒送去官府？這種東西還是要快點送去才行。」易廂泉慢慢地說道：「否則會腐敗。」

他蓋上盒子，這才發覺不遠處的角落裡有一枚紙花。他拿起來看了看，是他自己做給綺漣的。

「地上是有血的。」孫洵說道。

易廂泉低頭一看。的確，地上有血跡，但不明顯，卻可以看出從櫃子這邊延伸至房梁底下。易廂泉看看血跡，又到窗臺前看著書案。

桌上有墨、有紙。而不少紙張鋪在上面，也隱隱有墨跡。

易廂泉詫異，一個花匠，居然會舞文弄墨。他拽了第一張下來，細細看去，不由得一愣。紙張很厚，全鋪在書案上，第一張紙上留有墨跡——梁伯曾經寫過什麼，故而墨印在了後幾張紙上。

易廂泉剛想點燈，卻見油燈亮起，孫洵已經把燈點燃了。

易廂泉將紙張呈現於燈下，仔細看著。

孫洵問道：「能看清楚是什麼字嗎？」

「窗臺上有鴿食，梁伯八成是寫過信。」易廂泉蹙眉。「但是墨跡不清楚……好像是『清白』、『忠義』幾個詞。」

易廂泉沉思一會兒，又道：「死前與人通信，那這封信的重要不可忽視。吳府一連串事件的源頭是官場之爭。他們為了各自的利益爭鬥，這才殃及吳大人的無辜兒女。而梁伯自盡，與綺漣之死脫不開干係。即便我最後真的查出綺漣的死法，知道事情真相，恐怕也只能查到梁伯頭上，卻很難找到幕後人的蹤跡了。」

以前，夏乾在他身邊時，問題總是很多。易廂泉說一句他問三句，弄得易廂泉一解釋就是半日。

孫洵不同，易廂泉說一句，她明白三句。

「梁伯並不重要，他背後的人才重要。我們在明，幕後之人在暗，而且與官場之爭有關，定然是個大人物。」

他說完，看了看孫洵。孫洵明白他的意思，挑眉道：「你要我去找萬沖，查查梁伯的底細？」

「對。查查他的家鄉，還有他什麼時候來的京城？還有，託萬沖去請京城最好的仵作過來。」

孫洵說道：「其實，我方才進來就想告訴你，吳府的人怕小姐名節不保，因此不讓請仵作。」

「名節肯定不保。」易廂泉說得很哀涼，聲音也很輕。

「我上前看了屍體，多半是喘病發作，死於窒息。可是……她腿上，有鞭痕。」

易廂泉一愣。

孫洵繼續道：「下人們都說……綺漣裸身而死，身上有鞭痕。這是先遭到虐待，接著再被……」

孫洵嘴巴雖毒，遇到這種事還是不太敢開口。而且她說得模模糊糊，也不清楚易廂泉這木頭一樣的人是否能聽懂。

易廂泉沉思片刻，點頭道：「的確有這種可能。」

「你……能明白什麼意思？」

「這有什麼不明白的？我又不像夏乾這麼傻。」

孫洵沒吭聲。

易廂泉嘆氣。「我得看一眼屍體。」

孫洵眉頭緊鎖。「這事就這麼結了？綺漣就這麼死了？她——」

易廂泉走到門前，「吱呀」一聲，一下子拉開了門。陽光照在他的衣衫上，也照進這間陰冷的房子。

「這事才剛開始。」

易廂泉轉身走進院子，走進混亂的人群中。幾名小廝見到了他，開始議論紛紛。

他看著眼前綺漣的屍體，眼眸微動，蹲下欲掀起她身上的白綾。

「你走開！」唐嬸一聲怒吼，狠狠地推開易廂泉。

吳夫人已經哭暈過去，被下人抬走了。如今唐嬸像是母雞護住小雞一般，擋在綺漣身前。她力氣很大，本以為自己能一把推開看似弱不禁風的易廂泉。但易廂泉只是躲開了，說道：「讓我看看她的傷痕。」

易廂泉問得沉穩，說得理所當然。

唐嬸生氣道：「你這騙子，還想怎麼樣？小姐的身子，你說看就看？」

孫洵才從屋子裡出來，聽了這話，倒是皺了皺眉頭。「若不是他，綺漣現在還躺在泥裡呢！看看怎麼了？妳還想讓妳家小姐死得不明不白？」

唐嬸哭得呼天搶地。「小姐的名節不能讓他毀了——」

孫洵最討厭這種咋咋呼呼的人，冷冷道：「綺漣死得冤，是不是完璧之身都未可知。這白綾顯然與梁伯上吊是同一種布料，綺漣定然是——」

「胡說！」唐嬸氣得發抖。「孫郎中，我敬您是名醫，但您不能汙衊小姐！」

「你們不請仵作，還想保留名節？汴京城都會傳言小姐是被姦殺的。」

孫洵向來心直口快，當著眾人的面，將那些大家不敢想、不敢提的事說了個底朝天。唐嬸站起來欲與她爭辯，然而在一旁的易庘泉，早已將綺漣的屍身檢查了個遍。

「孫洵，妳過來。」易庘泉掀著白綾，撕下一塊。「將這送去衙門，給萬沖。」

他的手舉在半空良久，孫洵沒有接過來，而是說道：「若是仵作不來，我就得幫著看屍體。你還是找個下人去吧！」

易庘泉未等她說完，搖了搖頭，直接將白綾塞入袖中，又抬眼對唐嬸道：「麻煩您去大理寺請一位姓萬的──」

他話還未說完，唐嬸冷哼一聲。

沒人幫他。

易庘泉緘默不語。他站起身來，看了一眼院中的各個人。這些下人神色不一，卻都對易庘泉投以鄙夷或懷疑的目光。這種目光與六月的陽光一同射在易庘泉身上，使得本該溫暖的光變得有幾分毒辣，讓人喘不過氣來。

易庘泉忽然有些想念夏乾，好像只有他會一直相信自己，雖然偶爾會滿腹牢騷，卻依然堅持跑腿。

他看了看陽光，覺得天氣有些燥熱，再等下去，屍體會腐敗，所以動作要快。

他閉上雙目，簡單盤算了一下即將要做的、要調查的事。這些事太多，多到他一人根本無法完成。

就在易廂泉盤算之時，他的袖子被拉住，袖口一鬆，白綾被人拿了出來。

「為了綺漣，我就跑一趟。」孫洵動作很麻利，語氣也很生硬。「將這個送給那個姓萬的，讓他去找人檢驗白綾的質地、產地與銷處；把你從浴房帶出的水，也送去查；如若可以，找個仵作來，再找冰來保存屍體；隨後派人去查找梁伯的身世──請問易大公子，可有遺漏？」

易廂泉感激地點頭。「沒有遺漏，就是這些。」

「行。」孫洵把白綾收好，頭也不抬。「你把案子破了，別讓我白走這一趟。」

語畢，她扭頭出了院子，走得有些趾高氣揚。易廂泉很明白，這是孫洵與旁人不同的地方。她其實非常聰明，也是少數幾個能知道易廂泉在想什麼的人。

「等等！」易廂泉突然喊住了她，低聲問道：「妳覺得綺漣的死因是什麼？」

孫洵的聲音不似往常一樣了，弱了下去。「看似是有外傷，我懷疑是喘病復發，救治不及時。」

「喘病為何復發？」

「原因很多，並不確定。但是浴房之中應當沒有誘病之物，因為我也有喘病，但久在此地，並未覺得不適。」

易廂泉點了點頭，便讓她離去了。吳府的院子裡少了孫洵的影子，獨留易廂泉一個站在日光下，影子短到幾乎看不見。

孫洵走後不久，吳夫人則被人攙扶著上前來。她雙目通紅、臉色慘白。她看著易廂泉，用枯瘦的手指揮舞一下，幾名下人立即上前來，手中拿著一個小包袱。

她看了看易廂泉，面無表情。

「拿錢走人吧！」

包袱攤開，裡面是白花花的銀子。

吳夫人以為易廂泉會提問，會推辭，會惱怒。可是他都沒有。

易廂泉只是淡淡地看了綺漣屍首一眼，並未言語，他的那張臉比吳夫人還要木然幾分，只是衝她點了點頭，竟然收了銀子，轉身走了。

吳夫人蒼白的臉上第一次有了紅暈，這是氣的。她伸手不客氣地指了指易廂泉。

「我們待你不薄，我女兒是清白的，到死都是！你這個人，做人要有點德行，拿了銀子，她的死相不許你出去說三道四！我們吳府遭人詛咒之事也不許外傳！我們……」

她絮叨著，似是從僵死的狀態活過來了一樣，將所有的怨氣都歸結於易脜泉，那話語中帶著刺，但那些刺是從心裡生出來的悲哀與憤懣。幾個孩子的接連死亡讓她變得麻木，麻木的外表之下掩蓋的卻是白髮人送黑髮人的巨大悲痛。

她說著說著，忽然哭了。

吳府的人又亂了。易脜泉沒說話，從院角牽了糖葫蘆，直接走出了吳府。只有糖葫蘆還偶爾回頭，不明所以地看一眼這個荒涼的院子。

正午的太陽倒是有幾分熱辣，而汴京城郊卻長著些大樹，能為行人遮蔭蔽日。前幾日下過雨的緣故，地上滿是泥濘。易脜泉的白色衣襬已經沾上了泥點，可他依舊往前走著。

他走到驛站停下了，用手叩了叩門。

小廝探出了頭，見是易脜泉，一歪嘴。「又是你？那日沒錢買馬，讓你向西走幾里去別的驛站瞅瞅，怎麼又回來了？」

小廝的語氣帶著譏諷和不屑，易甯泉卻不為所動，只是淡漠道：「可有信鴿？」

「這是汴京城外最好的驛站，馬好、鴿子好。你若沒錢，那就向西去──」

「最好的信鴿飛得多快？」

小廝歪頭思索。「一天一夜能飛到西域。怎麼，你要送信？」語畢，他伸手將屋內的籠子提了出來，裡面有隻紅嘴黑毛的信鴿。「長安以內五兩，若更遠，要七兩。若是沒有急事，勸你別用這麼貴的。」

小廝還在絮叨，易甯泉卻一屁股坐到了旁邊的青石凳上，看著太陽，摸了摸糖葫蘆的腦袋。

小廝見他不理人，問道：「你這人真怪，問價不送信？」

「不知往哪兒送，不清楚對方的住址。」

「不就是沒錢嗎……」小廝翻個白眼，酸言一句，「砰」的一聲關了門。

易甯泉不言，只是瞅了瞅吳夫人送來的一包銀子，把銀子踢到了一邊。他唯一有些感慨的是，以前夏乾在他旁邊，他一直沒考慮過錢的問題。時至今日，他才記起自己是個窮人。

四　知人知面不知心

「這些富人是不是有毛病？」狄震還在一通亂罵，拚命擦著手。夏乾有些幸災樂禍，卻突然覺得，如果是易廂泉在此，此時亂碰、擦手的應該就是自己了。他趕緊搖頭道：「這門被撞壞了，又該怎麼辦？」

「怎麼辦？」狄震啐了一口。「錢陰做這麼噁心齷齪的事，還關門怕別人知道。我非要給他散播出去！」

「這裡有個小抽屜。」夏乾斜眼看了一眼冰塊後面，使勁把冰塊挪開一點，趴在那裡看。「有點黑，看不清楚，感覺裡面是……書卷？」

狄震還在擦手。「這錢陰怎麼想的？把這東西和屍體放一起。」

「都是錢陰的寶貝嘛！」夏乾又拉了幾下抽屜。「會不會是錢陰的帳本啊？可帳本為什麼放在這地方？前幾日不都看過了嗎？」

「撬開看看。」狄震剛想拔刀，話音未落，卻突然一下子向後跳去。

院子裡的大樹上偶有蟬鳴，而狄震的動作迅猛，聲音卻極輕，像一陣風一樣向後吹去。他一個靈巧的迴旋，從屋子後面拽出一個人來。

「柳三？」夏乾有些吃驚。

「夏小爺，你怎麼一副要吃人的樣子？」柳三被狄震揪著領子，顯得更加可憐兮兮。狄震鬆開他，狠狠一推，柳三趕緊躲到夏乾身後。

夏乾心中明朗幾分——柳三在跟蹤他們。

他看了看狄震，以為狄震要開口問些什麼。然而狄震很安靜，他盯著柳三的臉，目光似利劍。可柳三斜斜地站著，像棉花，利劍無論如何都是刺不穿的。

良久，狄震才憋出一個字：「說。」

夏乾轉過身來看著柳三，柳三則垂下頭。「我最害怕捕快了，您可別嚇我，我只是擔心夏小爺。」

夏乾的眉頭皺了皺。柳三抬頭瞅了瞅他的臉，又接著補充道：「我也覺得韓姑娘是被冤枉的。」

「所以就跟著我們？」狄震的聲音低沉而沙啞，透著隱隱的怒氣。

夏乾把柳三拉到一邊。「狄震認真問你，你為何不認真答？」

「我認真答了，我就是覺得怪，覺得怪不行？我不願意跟那個慕容蓉待在一起，不行？」柳三雙手扠腰，帶著幾分怨氣。他眉清目秀，說話綿軟，如今這個樣子，讓人根本罵不下去。

可是狄震不吃這一套。他死死盯著柳三，剛要開口，卻被柳三打斷。

「夏小爺，這門是你們弄壞的？」

夏乾點頭。「鎖打不開，就將門整個取下，我們才進去的。」

柳三點頭，指了指門，又指了指遠處。「我覺得……」

狄震挑眉，冷冰冰地看著他。

柳三嘸了口口水道：「浴房也是這樣。」

「什麼？」夏乾一愣。

柳三順手一指遠處的院子。「就是死了人的浴房。我昨日看了一眼，那門似乎是整個釘上的，釘子都是新的。我猜，會不會有人將整個門卸下，進去浴房，出來之後再將門釘上？這樣門閂無恙，但人能……」

柳三話音未落，夏乾立即跑出院子。他知道柳三的話意味著什麼。浴房密閉，這樣只可能是帳房先生自行進入洗浴，隨後被殺。但如果正如柳三所言，有人將帳房先生帶入浴房，再出來將門封上，這樣，幫管家的嫌疑會變大。

夏乾一直向前跑著，只為了確認浴房的門究竟是不是後來才被封的，全然沒注意到狄震與柳三都沒有跟他出來。

柳三見夏乾跑出去，也想跟出去的，卻不料被狄震一把拉住。

天空灰濛，空氣中瀰漫著潮濕的氣息，而這樣的空氣會讓夏天顯得悶熱，讓人感到無法喘息的壓抑。柳三低眸，唯唯諾諾，低聲發問：「狄大哥，怎麼了？」

狄震一直是半醉半醒地走路說話，而如今他卻站立於院中，站得如同旁邊的夏季梧桐一般挺拔。若不是因為他平日裡像一隻喝醉的鴨子，誰能注意到，他長了一張鷹一樣的面孔？

他也有鷹一般的洞察力，還有十幾年捕快的經驗。

柳三在他面前，顯得有些瘦弱。

「狄大哥，您別嚇我——」

就在柳三說話之際，狄震出其不意地出拳。那一拳太快，快到無人看清，像是一隻收不住翅的海東青衝向前方，旁人看不清影子，只能聽見穿翅風聲。

眨眼的工夫，柳三邊嚎叫，邊抱著肚子在地上打滾。他叫喊著，卻被狄震一把拽住領子，怒喝道：「你小子是什麼人？」

「我叫柳……柳三風。」柳三半天才吐出一句完整句子，摀著肚子叫了幾聲。

「我是夏小爺的跟班。」

「你功夫是誰教的？」

「一開始是青峰賭場的老闆椿子，後來是長春樓的阿六。狄大哥，不，狄大爺！我說的都是實話，您可別打我！」

「為什麼跟著我們？」

柳三汗如雨下。「您難道懷疑我是殺手無面？我不是啊！我跟夏小爺差不多大，哪有這麼老——」

「呸！就你還殺手無面，你夠格？別他娘岔開話題！」狄震又狠狠踹了他一腳。

「不說？再不說，我讓你徹底變成姑娘！」

柳三疼得不行，捣著肚子，猶猶豫豫地說道：「有人……有人讓我跟著夏小爺，隨時彙報動態。」

狄震眉頭一皺。「誰？」

「夏至。」柳三吞吞吐吐。「夏家的大管家夏至。他們根本就不放心夏小爺獨自去西域，想讓人跟著，夏小爺又不同意。後來夏至找到我，給了我不少錢，讓我時不時地給夏宅寫信報平安。我尋思這差事也沒什麼壞處……狄大爺，您可別跟夏小爺說呀！他拿我當哥兒們，我可——」

「誰有你這種哥兒們？夏小爺真是倒了八輩子楣，攤上你這麼個齷齪奸細！」

柳三趕緊爭辯。「我只是彙報動態，我又沒害人，只是給父母報個平安而已，這是人之常情呀！我怎麼齷齪了？」

狄震嫌惡地擺了擺手，示意他滾蛋。柳三撐起身體，暗嘆一口氣，跌跌撞撞地「滾」出了院子。

狄震看著他走出院子。泥土上還留著他的腳印，狄震低頭看看，腳印清晰，走得很穩。狄震雙目微瞇，他知道，他這一拳又快又狠，而柳三被打，走路依然穩健，這樣的武藝已屬上乘。

難道柳三平時歪七扭八的樣子是裝出來的？

他暗嘆一聲，自己有要事在身，本已無心顧及其他，如今只願夏小爺別惹事。

五 幕後高手

從日出到日落，易廂泉一直牽著狗，坐在驛站門前的大石上，任憑往來車馬商人向他投來奇怪的目光。

他想將綺漣之死弄清楚，奈何線索卻過少。他暗嘆一聲，這案子格局簡單，明明身處汴京，又非荒郊野嶺，也並非連環凶殺，自己怎能破不了這種案子？

不應該、不應該。

他捋了捋狗毛，覺得是自己背負了悔意的緣故，這才影響了思考；抑或是夏乾不在，沒什麼人供他使喚；或是因為吳府人顧及名節，又不信任他……

這種小案，過了一日竟然無法破解，毫無進展。

死於水……

易厢泉搖搖頭，覺得此事純屬無稽之談，詛咒之論更是危言聳聽。

然而，他突然有一種想法——

這個案子會不會是被人設計好的？的確，「死於水」定然是設計好的。他平日所見案子，多半是臨時起意而殺人，又因巧合而謎團重重，故而無法破解；或是罪犯急於擺脫罪責，故弄玄虛；或是蓄謀已久，設計了免脫罪責之法，多半是仇殺。

綺漣之死並非以上所述。

易厢泉揉了揉額頭。綺漣之死涉及她父親的權力紛爭，顯然是位高權重之人所做，何況又有梁伯這麼個「替死鬼」，再查也查不到真凶頭上。用綺漣之死來威脅吳家，讓吳大人退隱朝堂，處江湖之遠。

這個案子是為殺而殺，是不帶情感的詭計。

易庯泉突然覺得，自己從一開始就錯了——他輕敵了。這不是一般的案子，逼梁伯自盡的那人是真凶，他的背後也一定有高人，而且是一個忍心殺掉無辜女孩，只為權力紛爭的瘋子。

案子的犯案手法未知，梁伯的行為很是古怪。但除去這兩點，此案有因、有果、有替死鬼，布局簡單，證據確鑿，不留一絲痕跡。而且，簡單到能讓他大意輕敵，並且一點破綻都沒有。

若是犯罪也分等級，這個從頭至尾不曾露面的犯罪者才是絕頂高手。

就在易庯泉沉思之際，糖葫蘆突然開始衝著遠方吠叫，高興地搖著尾巴。只見孫洵與一老者正徒步走來。二人的步伐都很快，孫洵走得風風火火，老者居然也不甘落後，步履輕快。

「人我帶來了，驗吧！」孫洵指了指身邊的老伯。

這老人看起來七、八十了，牙全部掉光，卻耳不聾、眼不花，紅光滿面，大家都稱其郭老，他是大理寺最厲害的仵作之一。郭老又諧音「果老」，有八仙之隱喻。郭老可稱得上是閱屍無數。

他有幾個怪癖——一是從不乘馬車，只徒步，故而幾乎一輩子沒出過汴京城；二是很少講話，更少說廢話，總是笑而不語。

易廂泉行了禮，顯然是認識他的。孫洵說道：「我將東西都送去了。水當場驗出來了，並沒有什麼大問題，有鹹味，可能吳家有用鹽洗沐的習慣。而汴京城內已經傳得沸沸揚揚——吳綺漣並未逃過詛咒，從浴房被人弄出來，姦殺致死。吳家上下都是滿身晦氣，定是吳大人做了傷天害理之事。」

「荒謬！」易廂泉的聲音很冷。「剛剛過了一日，京城竟能傳成這樣，當然是有人故意散播消息，給宮裡施壓。吳大人如何了？」

孫洵搖頭。「還在宮裡。據說他今日得知消息，急火攻心，病倒在宮中，正在被太醫救治。宮內也有傳言說他不吉，正招人作法事。只怕吳大人這次仕途也會受影響。他正當辭官歸鄉的年紀，這一病，八成真的很難東山再起。」

易廂泉嘆了口氣。

孫洵一口氣說完，疑惑地看著易廂泉。「案子看起來很簡單，但是卻毫無線索，究竟是什麼人能做出這種事來？為了所謂的爭鬥，能對孩子下手……」
易廂泉只是搖頭。「查到梁伯的生平了嗎？」
孫洵搖頭。「萬沖很忙，正託人去查。我們何時去驗屍？」
易廂泉未答，只是走到郭老面前，尊敬地問道：「您平日裡幾時歇息？」
「二更。」郭老微微一笑，並未過多解釋。
易廂泉點頭道：「那我們就一更去驗屍。」
孫洵的臉色微變。她雖是郎中，但也是不願意夜間驗屍的。易廂泉見她臉色不佳，笑道：「妳可以跟糖葫蘆站在外面。」
糖葫蘆的名字本就有幾分可笑，他這一句話本是關心，但在孫洵聽來頗具嘲諷之意。孫洵有些不高興。「非要晚上進去，莫非你被人家趕出府院，要翻牆頭？」
易廂泉沒言語。孫洵這才知道，她真的說中了。她大笑幾聲道：「喲！易公子也有被人掃地出門、翻牆進去的時候。」
易廂泉不慍不惱，問郭老道：「您可翻得動？」
郭老搖了搖頭，用手在身前比劃了一下。「這麼高。」

「足矣。」易廂泉點了點頭。「後院有堵籬笆牆壞了，正好這麼高。」

孫洵瞪眼。「你這個人，居然白天就偷偷看好了要從哪兒翻進去。」

易廂泉笑而不答，轉問郭老：「您定然已經聽過描述，覺得綺漣是如何死的？」

「未見屍體，不可作答。」

「梁伯的屍體您可曾看過？」

「自縊而死，死前自宮。」

易廂泉點了點頭，孫洵說道：「等看過綺漣的屍體，再下定論不遲。」

月出東方，群山寂靜，林間偶有蟬鳴。糖葫蘆在一旁安靜地坐著，而易廂泉也安靜地站著。天氣微微有些燥熱，也許只是他的心燥熱。一個死因明顯、凶手已定的小案，卻動用了朝廷最好的仵作，驚動了宮裡最尊貴的人。易廂泉只是嘆口氣，覺得夜色越發濃重，他的心也越發不平靜。

驛站的小廝從門中探出頭來，掛了燈籠，驚恐地瞅了瞅門口的三人一狗。興許是幾人關於「屍體」、「死因」等言論讓門內小廝聽了去，嚇壞了人家。

「我們先吃些東西，想必郭老也餓了。」易廂泉從懷中掏出布包，看了看小廝。

「還有，你們家的黑毛鴿值多少錢？」

小廝驚恐地道：「您要用牠燉湯？」

「當然不。」易廂泉攤開包袱，露出白花花的銀子，微微一笑。「送信。」

六　信鴿

「送信、送信！」夏乾拍案怒道：「用信鴿送信，居然要我十兩銀子？」

驛站老闆見狀，趕緊道歉。「是我們弄錯了，以為您要兩隻。」

夏乾冷笑一下。驛站老闆看自己衣著華麗、風風火火，口音不是本地，就想敲自己竹槓。若是換作平日夏乾心情大好，說不定也真給了。

可是他一夜沒睡，心情不好。

老闆顯然是看到了他憔悴的面容與黑色的眼眶，知道眼前的這個公子哥是個宰不得的肥鴨，便恭恭敬敬地拿來紙筆。

夏乾的字潦草得很。反正是寫給易廂泉，夏乾趁著記憶猶新，將這兩日自己所見所感，一字不差地寫下。他剛剛去看過浴房大門，竟然真如柳三所說，整個門似乎是被卸下重裝的。

他知道這個案子，有因、有果、有鐵證、有替死鬼，做得乾淨俐落，不留痕跡。僅憑自己的力量，一時半會兒根本解不開。

夏乾越寫越氣，這絕對是錢陰那個老奸巨猾的人做的，殺死姦夫，逼瘋自己的二房，順便找了韓姜當替死鬼，還弄了個裝著屍體的冰屋子……

夏乾匆匆忙忙寫了四、五頁紙，直到寫不動了才停筆，衝老闆道：「最快的鴿子是哪種？」

「是這個，好幾隻。」老闆提過一個籠子，裡面裝著一隻青毛鴿子。「飛得很快。一隻鴿子認一個城，不知您送哪兒去？」

夏乾挑眉。「汴京城，沒問題吧？」

老闆一提鴿子。「這隻，京城沒問題。」

夏乾心裡一喜，立刻將厚厚一遝信紙遞過去，老闆看了直皺眉頭，嚷道：「這也太厚了些……」

「捆兩隻腳。若是丟了，唯你是問！」夏乾又拿起筆，補上了時間。「我可記上時辰了，我讓接收人看看，到底什麼時間能到。」

老闆拍拍胸脯道：「不出一天一夜。不知您實際位址？」

夏乾想了想，不知易廂泉究竟在哪兒，也不知是不是出了汴京城，好在自家在汴京城有宅子，便寫下了自家的地址。

老闆一見，喜上眉梢。「您是夏家的人？」

夏乾翻個白眼。「多少錢？」

「八兩。」老闆趕緊道。

夏乾沒答話，先是讓老闆將鴿子送上天，直到牠變成一個小得不能再小的點，這才掏出錢袋，掏出十兩銀子。

老闆喜上眉梢。「謝小爺賞賜！您真大方——」

「再來一隻，送去揚州庸城。」

老闆臉一下就綠了，五兩一隻？江浙更遠、更貴啊！

「你說是十兩，兩隻！喏，這隻不准寫送信地址。」夏乾研墨，草草報了一句平安，往老闆那兒一塞。「給我飛！」

老闆還要說些什麼，夏乾卻已經出門了。門口的小孩七、八歲，好像是老闆的兒子。他騎著木馬，鄙夷地說了一句：「傻財主。」

「說什麼呢！」夏乾哼了一聲，不和小孩計較。他數了數錢，就想打道回府。街道上行人匆匆，長安城給他的感覺分外陌生。

夏乾踢著地上的石子，心中很是煩悶。

一個算命的又來招呼他。「這位公子，我看您印堂發黑，這幾日怕是有大難！您若是沒有遇到壞事，一準是身邊的親友給您擋災了——」

他這些話直擊夏乾心口。夏乾本就恨死了這些算命的，從汴京到長安，日日纏著自己要錢。但如今韓姜出了事，他心裡又不平靜了，花了點錢消災，直言自己倒楣。夏乾又恍恍惚惚地走了一陣，看到前面幾家鋪子排著長隊，這便是錢陰的商鋪了。夏乾在門口站了一會兒，心裡有些落寞。他也很想擁有自己的鋪子，更想救韓姜；長安城這麼大，如今不知可以信任誰，眼下的麻煩也難以解決。他就這樣一路胡思亂想，一路走走停停，回到錢府房間時實在是太睏，倒下便睡了。

醒來，夜幕已經降臨。

夏乾坐在床上發了會兒呆，又胡亂地吃了點東西，披衣起身了。

煙雨籠罩著六月的長安城，本應極度繁華的街道因為濛濛的細雨而籠上一層薄紗，往來行人稀少。夏乾身上的衣衫早已被雨水潤濕，濕乎乎地貼在身上。他走在長安乾淨的街道上，如在夢中，竟然走至衙門大門前。

恰逢狄震一臉陰鬱地走出來，見了夏乾，吃了一驚。

「夏小爺怎麼……」

「我要親自問問韓姜。」夏乾看著狄震，雙眼通紅。「問問她到底怎麼回事？當晚發生了什麼？」

狄震嘆息一聲。「我還是對你講了吧！衙門剛剛查出來，韓姑娘有案底。」

「什麼？」

「有案底。我不知究竟是什麼事，但估計不是偷雞摸狗的小事。長安這邊居然能查到，估計是大案。」

雨水沖刷了夏乾呆滯的臉，也沖刷了他的心。

「你是說，韓姜犯過罪？」夏乾很謹慎地措辭，生怕自己誤會。

狄震點頭。「而且犯的罪可不小，估計被通緝過。」

「通緝？韓姜？可是在汴京城的時候查過她，沒有案底呀！」

狄震有些不耐煩。「夏小爺，你怎麼變遲鈍了？」一句話問好幾遍。韓姜有案底，這事可假不了。如今不論她是否殺人，都凶多吉少。」

「她看起來不像是會犯罪的人，而且——」

夏乾突然愣住了。

猜畫時，韓姜第一次與夏乾在夢華樓相會，隨後青衣奇盜降臨，捕快抓捕。在眾多賓客之中，唯有一人翻窗落跑。

此人就是韓姜，她為何怕看見捕快？

夏乾的思緒亂了。他自恃識人能力高超，怎麼也不會想到韓姜真的犯過罪。

狄震紋絲不動地站在雨中，臉上的表情讓人琢磨不透。「你知道韓姜是罪人，你要怎麼辦？」

狄震很少問這麼可笑的問題，可如今他真的是很嚴肅地在問，就好像在等待一個他盼了許久的回答。

「我當然先問她，問她為什麼犯罪？有什麼緣由？」夏乾頓了一下。「再問她願不願意改過自新？」

狄震一怔，嘴角竟泛起一絲笑容。霧氣濛濛，夏乾不確定他是否真的笑了。

「夏小爺，我不是長安的捕快，可是也能捕捉到一些風聲。錢陰他……不會放過韓姜的。」

夏乾愣住。「此話怎講？」

「以我的經驗，這起案子九成是錢陰做的。本來只是懷疑，如今又探聽到消息，他給上頭打了招呼，要求重判韓姑娘。」

狄震的話如同巨石落入平湖，激起千層浪。夏乾急了。「這哪裡還有王法？」

「夏小爺，這事越來越複雜。長安城不是我的地盤，他們不讓我過多參與，恐怕這幾日我也進不了衙門了，你必須——」

「自己查。」夏乾像是下定決心了。「我知道了。」

狄震嘿嘿一笑。「瞅你一手墨水，怎麼，寫信去了？莫不是想千里迢迢找你易哥哥幫忙？」

根據以往經驗，若有解決不了的困難，夏乾不求上天，但會求易廂泉。而如今自己心裡的計畫被狄震看穿，夏乾有些羞愧。

「如果他幫不上忙，遠水救不了近火，我去找……柳三。」夏乾想了想，也想不出什麼人來。

一提此人，狄震的臉色微沉。他掏掏耳朵，懶洋洋地說道：「柳三估計在床上躺著呢！」

夏乾納悶。「病了？」

「差不多。」狄震沒再繼續這個話題，指了指衙門的紅磚綠瓦，慢悠悠道：「我剛才偷摸看了一眼。南牆有個狗洞，進去左轉幾丈之外，牆面最矮，翻過去之後，找腳底下第三個窗。內院正在換班，你有半個時辰的時間。」

待夏乾反應過來狄震說的是什麼時，這個醉鬼捕快已經轉身離開了。

夏乾摸了摸腦袋，心咚咚直跳。

「謝謝……」

細雨綿綿，狄震走在泥濘小路上，聽到這句小聲的道謝，停下了腳步、轉了頭。

「還是小心些！長安城的守衛都很懶散，但是不可掉以輕心。還有，錢陰是隻老狐狸，恐怕不好對付。」狄震聲音很低。「小心韓姑娘畏罪自殺。」

他的最後幾個字咬得很重，隨後頭也不回地走入雨中。夏乾木愣愣地看著他的背影，這才體會到他此話的含意。然而，雨越下越大，沖刷著長安城古老的牆壁，似是將泥瓦洗掉一層隱蔽色。

偌大的長安城，沒有人再能倚靠。

夏乾沒有猶豫，悄悄溜了進去，走到牆根下鑽了狗洞。

第四章 入府驗屍

一 深夜驗屍

「要是有狗洞就好了。」孫洵嘆息一聲。糖葫蘆過來蹭她的腿，孫洵皺了皺眉頭，猶豫了一下，卻也沒趕走牠。

夜深，天氣晴好。月亮本應是皎潔而美麗的，如今卻將吳府罩上了一層慘澹的白色。孫洵和糖葫蘆站在高牆之外，而郭老則在費勁地攀爬著吳府的牆。

易廂泉先翻過去了。他穩穩地站在了吳府的內牆一端，抬手準備拯救隨時跌下來的郭老。他沒有提燈，好在吳府的院中掛著白燈籠，有些可怖卻還算明亮。

夜半時分，翻牆而入，易廂泉竟也會做這種偷雞摸狗的事。而郭老翻得慢，他好像是許久沒有這樣活動了，用腳使勁搆著吳府院牆旁邊的大樹。

「小心些！」易廂泉開始擔心了。

終於，他踩上了。郭老鬆了口氣，又用雙手去抱著大樹。

「您放心，不會摔的——」

易廂泉話音未落，卻見郭老的手滑了一下，人倒是沒有摔下來，但他帶著一個箱子，裡面是他驗屍的工具。箱子「哐啷」一聲墜地，刀具嘩啦嘩啦地全部灑了出來。

這動靜可不小，高牆外面的孫洵也聽得一清二楚。她知道，像這種大戶人家總有人巡視。而這個高牆距離綺漣的臨時靈堂並不遠，夜晚有僕人守靈，且吳夫人也應該在這附近休息——

他們被人發現了。

孫洵嘆息一聲，牽著糖葫蘆上前打探情況。如果運氣好，他們二人被吳府下人從正門趕出來；運氣差，被人從高牆那兒丟出來。

郭老年事已高，應該不會被丟出來，可是那個「騙子神棍易廂泉」就難說了。

她附耳聽去，院內傳來推門聲，幾個人的腳步聲，不多，三、四個的樣子。他們見狀，感嘆幾句，見是易廂泉，則厲聲質問起來。「怎麼又是你？」

「你半夜進門做何事？不會來偷東西吧？」

而易楄泉三言兩語說明了造訪緣由，說了幾句「諸位辛苦，不要驚動夫人」，甚至還說了什麼守靈陰氣重、不吉祥……

孫洵嘆口氣，心想：易楄泉此番言論，誰能聽進去？到時一定會被人丟出來。

可是他沒被丟出來。在他最後一句「麻煩行個方便」之後，眾人皆是沉默了片刻，隨後竟傳來腳步離去的聲音，還有郭老不停撿刀具的叮噹聲。

孫洵瞪大眼睛——人群居然散了？他們居然讓易楄泉驗屍！

孫洵一屁股坐在路邊的青石上。易楄泉這個人就是很奇怪啊！她打了個哈欠，一切問題等他們驗完屍體再問。糖葫蘆過來蹭著她，她竟然也不再嫌棄了。一人一狗，就這樣在牆角等著。

而此時，易楄泉隨郭老悄悄地進了靈堂。綺漣躺在棺中，周圍都是冰，似是等著要見吳大人最後一面。郭老沒有多說一句廢話，麻利地動起手來。他褪下綺漣的壽衣，先著重看了看傷口。

易楄泉也在一旁看著。「死因是什麼？」

「喘病發作，呼吸困難，未能及時呼救。死後入水，並非溺死。」郭老認真地看著，指了指綺漣腿上的傷。「傷勢奇怪，應當是鞭上沾毒，生前所挨，誘發喘病。」

「何種毒藥？」

郭老搖頭。「不得而知。毒物千百種，若是食用毒，可開胃而觀；但沾於皮膚上的毒不易辨別。且這位小姐中毒症狀不明顯，只知道她死於喘病。」

易廂泉點點頭，認真思索著。但他覺得郭老得出的論斷用處並不大。

「可是，她身上的嚴重擦傷都是死後才有的。」郭老瞇起眼睛看著。「而且幾乎讓骨頭變形、關節脫臼。」

易廂泉一怔。「是被人毆打所致？」

「有可能。」郭老搖頭嘆氣。「應當是死前挨了鞭子，死後受了擠壓和擦傷。若說是被人折磨、凌辱之後的結果，是說得通的。」

他的此番定論，似乎又印證了「梁伯姦殺綺漣」一說。而易廂泉卻搖搖頭。綺漣消失於浴房而後死去，而凶手自宮之後自盡。種種事件，根本解釋不通。

案子看似簡單，為何總是解釋不通呢？

正當易廂泉煩躁不安之時，靈堂的門「砰」的一聲開了。吳夫人一行站在門口，見了易廂泉和郭老，臉色鐵青。

「你這騙子怎麼又來了？居然還敢帶……帶──」

帶個老頭子來。吳夫人的後半句話沒出口，因為現在「老頭子」已經成了吳府的禁忌。

她雙目恍惚，顫顫巍巍地上前，看見棺材中綺漣的屍體壽衣有些亂了，一下受了刺激，揪住一旁的易廂泉。

「你憑什麼又玷汙我家綺漣？你這個騙子！憑什麼？」她狠狠地拽住易廂泉的領子，嗚嗚哭起來。

唐嬸一把推開郭老，趕緊心疼地替小姐蓋上衣服，怒道：「你們怎麼進來的？這麼多下人，怎麼能放你們進來？」

易廂泉沒有言語，而是掙脫了吳夫人的手，理了理衣領，接著一言不發地扶著郭老離開。

「等一下！」吳夫人的聲音有些顫抖，精神恍惚。「既然你們看都看了，可有什麼發現？」

眾人都很是吃驚地看著夫人。吳夫人信鬼神，女兒暴斃，自然不允許他人去動她的屍體。如今易廂泉犯了忌諱，吳夫人竟然只來了這麼一句話。

求神拜佛不過是心裡有個寄託，但當事情真的發生時，求神拜佛也好，求衙門仵作也罷，只要能管用，便統統求了。她也想知道女兒的死因，即便真的違背了信仰。

易廂泉只是回頭，認真地說了一句：「沒有發現。」

四下無聲。沒有發現？沒有發現是什麼意思？

吳夫人一怔。她似是難以置信地看向易廂泉，半天也沒說出來一句。

易廂泉與郭老一同在眾人的注視之下走出房門，臨行前，易廂泉轉頭，又吐出兩個字：「抱歉。」

這兩個字如同警鐘一般，將吳府眾人從昏睡之中敲醒。下人們咒罵著、推搡著，易廂泉與郭老狼狽地出了吳府的大門，卻見孫洵和糖葫蘆已經在門口焦急地等待。

「怎麼樣？」

見易廂泉一臉狼狽，孫洵有些擔心。而易廂泉則搖頭道：「收穫並不大，是凌虐的痕跡，鞭痕死前留，毆打、擠壓的傷痕死後留。」

孫洵低聲問郭老：「小姐還是完璧之身，對嗎？」

郭老點頭。

孫洵驚了。「你們沒有在府裡說這件事？」

「沒有來得及說，何況說了也沒什麼用。」易廂泉坐下，摸了摸糖葫蘆的頭。

孫洵問道：「你們是如何支開下人的？」

「用銀子。」易廂泉揉了揉額頭。「一個人發五兩。」

孫洵愣住了。「你……你哪來這麼多？」

「吳夫人今日給我的，我收了。如今又退還給他們。」易廂泉抬頭，看了看空中的圓月，這才覺得雙目微澀，他已經兩日未睡了。

易廂泉苦笑道：「所有的事都平淡無奇，有因有果，但是……就是解決不了。」

孫洵看著搖搖晃晃的易廂泉，這才覺得心中不安起來。不是任何一個小案都能讓他熬夜成這樣，能讓他被人唾棄、被人趕出院子，能讓他思索兩日都毫無頭緒。

這根本不是一個簡單的案子。

月下，易廂泉坐在那裡，整個人顯得很單薄。

二 女孩的回憶

月下的小女孩一個人站在墓地前，顯得有些孤單。

她將匕首緊緊抓在手裡。而周圍的風呼呼作響，四下無人，只有一片荒墳。

小女孩抹起眼淚，一個可怕的念頭襲擊了她。要是師父出不來了怎麼辦？只剩下自己一個人了怎麼辦？自己要怎麼活下去呀？

突然，她身後的土堆鬆動了。

一個老頭從泥土裡鑽出來，像是土地公。

「師父！」小女孩哇的一聲哭了出來。

「噓，快走！」師父帶著一身土腥味，渾身髒兮兮的。他用烏黑的手拉起小女孩白嫩的手臂，匆匆地在月下行進。他們藉著月光走了許久，卻也未見一絲燈火。

「師父，點燈嗎？」

「盜墓人不點燈。」

「為什麼？」

師父皺皺眉頭，好像從未想過這個問題。「忌諱。」

儘管牽著師父的手，小女孩還是害怕，道：「我不是盜墓人，我可以點燈。」

師父似乎對她的說法頗為滿意，給了她橘子皮做的小燈籠。

小女孩點燃了，橘子燈明晃晃地亮了起來。

「下次可不許哭鼻子嘍！」

「我怕師父出不來，」小女孩又想哭。「那可就剩我一個人了。」

「誰說的?不會的，不會就剩妳一個人的。」師父轉過身去看著她，有些心疼地摸摸她的頭。

女孩的頭被拍上了一層土，她又哭了起來。「我以前在家裡，都不是這樣的。那時候……」

「把那些忘了吧！」師父停下了腳步。

「我忘不了呀！我好想我的父母，我想吃好吃的，我……」

師父沒有說話，頭也不回地快步走了。

女孩不哭了，快步地追上。「師父，等等我！」

師父停下來，轉身問道：「妳記不記得，我告訴過妳什麼？」

「家沒了，要學會自己生活。餓了就去找飯吃，睏了就去找床睡，窮了就去掙錢花，有危險的時候，就……」

「就什麼？」

「就握緊手中的刀。」

師父把刀遞過去，小女孩緊緊地攥住了。她擦乾眼淚，猶豫一下，還是問了：「那我能回到過去的生活嗎？」

「回不去了。」

女孩聞言，又想哭了。

「生活有很多種樣子，現在的日子很糟糕，但是只要活著，一切都有可能會改變。想要什麼樣的生活，自己去爭取。」

「怎麼爭取呀？」

師父摸了摸她的頭。「妳還是先學會拿刀吧！」

韓姜忽然驚醒了。

她下意識地想伸手去拿刀，但是她的刀已經被官府收走了。她閉起眼睛，再睜開來，看見的是漆黑的天花板，這才想起自己已經入了府衙的大牢。

身旁老鼠吱吱地叫著。她想取水喝，卻發覺身上腫痛難忍，根本站不起來。

「有人嗎？」韓姜叫了一聲，聲音已經啞了。獄卒聞聲趕來，卻只是冷漠地看了看她，轉身便走。

韓姜忍了忍，用一隻手拉住欄杆，另外一隻手伸去搆水壺。終於，她取到了水，咕咚咕咚地喝了起來。

老鼠又在叫。韓姜把水壺砸過去，叫聲便停了。

她慢慢地躺在地上，呼出一口氣，又回憶起衙門大堂發生的事。

她那日在錢府喝酒，之後便睡著了，醒來便渾身是血地躺在衙門大堂上挨板子。

整個過程她都不清不楚，但隱約從審訊中猜出幾分來。

她被陷害了。

長安城是一個遠離汴京的地方，而韓姜幾乎沒有什麼朋友。她努力地回憶錢府裡發生的事，只記得喝了酒後，便回自己的房間睡下了。之後……

韓姜用盡力氣發出聲音，想再把獄卒叫來。

不遠處走來了兩名獄卒。其中一個人抱著手臂，冷聲喝道：「什麼事？」

「有些情況我想問清楚。」韓姜硬撐著想要站起來，但是根本站不起來。

獄卒冷笑道：「問什麼？妳殺了人還來問我們？」

「我沒有——」

「城西邊那個什麼墓，是妳盜的吧？去錢家的當鋪典當，沒錯吧？妳還有案底，幹了不只這一次吧？」

韓姜沒有作聲。

獄卒罵了她幾句，轉身便要走。

韓姜連忙道：「二位大哥，不知可否幫我送個信？或者讓人來探視？」

一般這種事都是要銀子的。獄卒收了錢，往往能辨很多事。但是如今獄卒卻搖了搖頭。「上頭指示了，不行！」

他們這句話裡竟然有些同情的意味。韓姜還想說些什麼，獄卒卻走了。

牢房內空空蕩蕩，老鼠又叫了起來。

如今這些事很突然，情形也不是很好。看獄卒的態度，像是有人打過招呼要「照看」自己了。可韓姜不知自己得罪了誰，也不清楚事件原委。她長大之後再也沒有哭過，只是如今覺得有些沮喪。必須找到自救的方法，否則……

牢房內很暗，只有一個很小很小的窗戶透著光。韓姜看了看窗戶，只能瞧見窗外些微天色。

也不知還能看到幾次這樣的光。

突然，窗戶變黑了。

一個腦袋從窗戶裡探進來。窗很小，只能讓腦袋進來。

「韓姜！是我呀！哈哈哈！」

夏乾歪著脖子，衝她叫喊著。

三　案底

萬沖急匆匆地來到醫館，敲響了門。待他進去，正好看到易廂泉和孫洵在議事。他快步上前，對易廂泉道：「那個叫韓姜的姑娘有案底。」

易廂泉一怔，一下子站起來。「猜畫的時候不是查過，沒有案底嗎？」

「她用了個假名。如今他們不知在長安城遇到了什麼事，長安府發書信給各個地方府衙，結果被查出來了。」

易廂泉有些慌了。他原本想快點解決這邊的事，早點去長安找夏乾。如今吳府的事越來越複雜，夏乾那邊看起來也有不少麻煩。

「你們說的韓姜——」孫洵翻著紀錄冊。「個子挺高，穿著青黑衣衫，拿著刀？」

「對。」萬沖點頭。

易廂泉看向孫洵。「猜畫時，我一直在獄中，從沒見過她。難道妳見過？」

孫洵沒說話，帶著他們來到醫館的後院小屋，推開門，發現裡面有一個浴盆。

「那個叫韓姜的姑娘，有個師父。師父生了重病，前一陣一直在這兒用藥浴泡著，不久前才被人接走。這病消耗錢財，那個叫韓姜的姑娘幾百兩、幾百兩地往醫館送銀子，看得我都揪心。一個女孩子，哪兒來這麼多錢？」

「這事我們會再查。」萬沖點了點頭。「妳知不知道，是什麼人把韓姜的師父接走了？」

孫洵搖頭。「用了一頂不錯的轎子，但不知是什麼人。」

易廂泉沒有說話，只是用手不停地敲擊桌面，好像有些焦慮。

孫洵見他這樣，知道他心裡不安。「你們別著急。我上次見那姑娘，她是跟夏乾一起落水被送來的。我替她看了看，身子骨不好，勞累得很。剛好了沒幾日，又把她師父送來了，委託我照看。雖然只接觸幾次，但我覺得那姑娘……不像個壞人。」

萬沖直說道：「這可不敢妄言，什麼樣的壞人都有。」

孫洵不高興了。「那你們就好好查查，老來這裡彙報叫什麼事？易廂泉是大理寺卿嗎？」

萬沖愣住了，很少有人這麼直接說他。

易廂泉問道：「梁伯那邊的背景查清了嗎？」

「鄆城人，妻子早亡，熙寧七年大旱的時候，家中老人餓死，他和他的孩子來到京城，被別人救濟。但是幾年之後，孩子也病死了。他就一直在京城做花匠，去年被介紹入吳府。」

易廂泉眉頭一皺。「救濟？」

「我問了問有經驗的官員，他們以前碰到過這種事。鬧了旱災，朝廷會派人救濟，但總會有別有用心的人趁著大旱的時候散布歪理邪說，也有人會以救濟百姓的名頭雇用災民，但目的往往不純，可能會將災民收為己用，留作日後威脅朝廷的籌碼。」

易廂泉皺皺眉頭。「熙寧七年……」

孫洵接話道：「如果我沒記錯，荊國公王安石罷相，也和這次旱災有關。它直接影響了新舊黨紛爭。吳府的殺人案中，梁伯只是行凶的刀。但如果梁伯是在那年被人『救濟』的，那只能說明對方早有準備，從熙寧七年就開始謀劃對朝廷不利的事。」

萬沖看了孫洵一眼，有些佩服她了，什麼話都接得上。

「還是去查查吧！」易廂泉站起來對萬沖說：「我把吳府的案子解決了，就盡快去長安。我知道燕以敖不在，這幾日你們要辛苦一些。」

「應該的。燕頭兒不在，我們的確很忙。牢房忙著修整，我們還要加派人手去盯著。」萬沖以前一向心氣高，做什麼事都很有衝勁。如今燕以敖不在，大小事都由他盯著，也有些疲憊了。

孫洵塞了一包藥給他。「拿去補補吧！」

萬沖趕緊推託。「我家有郎中的。」

「那就拿去給你兄弟們喝，死不了的。」

萬沖謝過，又對孫洵道：「慕容家曾經丟了個女兒，好不容易找見了，都說那姑娘最近到了京城，但卻沒了消息。如果見到，你們就和官府說一聲。」

孫洵冷哼一聲，官府就知道給富人家做事。

萬沖和二人道別之後，又急匆匆出門去了。易廂泉坐下沉思了一會兒，臉色不是很好。

孫洵搬來了醫書，道：「與其坐著，不如翻翻書，想想怎麼回事。」

「這些書我看過不少，沒有什麼進展。」易庯泉聞言，嘆了一口氣。

孫洵隱隱覺得擔心，卻又不願意口頭表露出來。「或者休息一下。你再不休息，明日可就一覺睡到土裡去了。」

易庯泉揉了揉額頭道：「這次的案子不一般，只怕一、兩天查不出來。但如果在此案上耽誤太久，我又怕夏乾那邊出事。」

孫洵冷笑道：「是啊！易大公子想了兩日無果，碰了一鼻子灰，全天下的人都說是姦殺，而偏偏有謎解不開。」

「我以往所解案子，小案三、五日解決，大案頂多七日。庸城西街一案難在牽扯人數過多，凶手設計縝密，而我又行動不便；吳村一案難在太過離奇、巧合，是百年難遇的案子；而猜畫一案則難在一切消息都不精確，經歷太久、線索模糊。而此案——」

「太過簡單。」

易庯泉點頭道：「看似簡單，看似沒有可查的東西。連最好的仵作都給出了虐殺的答案，卻無法解釋綺漣如何從浴房消失後入土？凶手為何自宮、自盡？」

孫洵嘲笑道：「那是你無能——」

「我的確無能。」易廂泉站起身來。「妳先查查醫書，也許能查到一些線索，比如綺漣中了什麼毒，誘發喘病。我去客房睡一會兒。」

不等孫洵應允，他搖搖晃晃地走著，終於，一頭扎進了被子裡。他幾日沒有睡好，今日終於有機會睡上一覺。

孫洵皺了皺眉，一句話也沒說，只是點了燈，開始查書。她大概是少數幾個比易廂泉還要勤快的人了，做一個郎中，少不了每日勤勉地問診，還要勤於閱讀。這些事她已然是習慣了，一邊看，一邊慢慢做箚記。

她打開了她的本子，裡面密密麻麻地記錄著病症和藥方。孫洵的字大而規整，但箚記的前幾頁字體卻小而娟秀。那是她師父溫寧寫的。

溫寧的箚記停留在了熙寧九年。

孫洵看著箚記，發了一會兒呆。她跟著溫寧在洛陽學了很多年的醫術，之後才轉來汴京城，繼續跟著名醫學習。但沒過幾年，傳來噩耗。

熙寧七年，溫寧在家中被丈夫所殺。她的丈夫在當時很有名氣，姓邵名雍。出了事之後，孫洵很快就到了洛陽，又四處打探易廂泉的下落。當時易廂泉外出遊歷，很難尋。隔了差不多一年，易甯泉才知道家中出事，匆忙回到洛陽查案。又查了一年，四處奔波卻沒有結果……

就在此時，門被敲響。抓藥的姑娘跑進來說道：「有人問診。」

「這幾日不接。」孫洵揉揉腦袋，頭也沒抬。

「我看那姑娘可憐就接下了。好像是孤身一人來投親戚的。」

孫洵放下筆，瞪她一眼。「妳呀！」語畢，還是很快出門去了。

醫館不大，出了門走兩步就是正廳，正廳兩側是抓藥的地方。

孫洵坐定，看著來人。是一個姑娘，二十歲左右，可能更小一些。有張小巧的臉，像是從南方來投親戚的小丫鬟。

「眼睛不好？」孫洵拿著毛筆在她眼前晃了晃。「夜盲症嗎？」

「是舊疾了。」眼前的姑娘邊掏錢袋邊說著。「我只是想來拿些藥。」

她慌慌張張開始翻錢袋，錢掉了幾枚，找又找不見。

孫洵嘆了一口氣，幫她撿起來了。「以前可曾吃藥？」

「我家先生……」姑娘的聲音突然弱了下去，半晌，才說道：「算是我的兄長了，這是他的藥方，我一直吃的。」

孫洵查了眼睛，號脈之後又拿來她的藥方看，皺了皺眉頭。「方子還行，但是我覺得加幾味會好一些。我用藥更猛，妳要不要換我的藥方試試？」

姑娘猶豫了。

「妳這藥單看著很舊，應該用了很久。不能一直這麼喝，妳家先生沒有說過？」

「他去世了。我來這邊投親戚。」姑娘說得很慢，也很平靜，好像已經習慣了。

孫洵有些心軟了。「不在南方住了？來京城，妳就有地方住？」

「南方也有人收留我的，是我找到自己親生爹娘的消息，就上京來看看。我是被人送來的，說到了城郊有人接應。但是那裡亂糟糟的，沒找到人。」

孫洵嘆息，城郊一帶是吳府的事，弄得官道都堵了。

「我給妳開藥方，明天來取藥。」孫洵寫著藥方，見姑娘還是坐著不動，問道：「怎麼了？」

姑娘搖搖頭，額前碎髮微微動著。

「有事就說。」

「可不可以在此借宿？」

「妳不是有錢住客棧嗎？」孫洵一挑眉毛，看這姑娘的神情，似乎是懼怕。「怎麼了？」

「我不知是不是我看錯了，怎麼會這麼巧呢？」姑娘捏緊了袖子。「我……很小的時候被人拐跑了，和親生父母失散，後來一直住在南方。那個人販子，我還記得他的樣子。」

孫洵這次沒有抬頭，她覺得這個姑娘多慮了。

「我剛才在汴京城郊，好像又見到他了。我想報官，可是……」

「想報官，明天起了再報。」孫洵並不在意這個事。「把名字告訴我。」

「曲澤。」

孫洵笑了。「穴位？妳投奔的親戚又是哪家？我明天找人把藥方給妳送過去，省得迷路了。」

「慕容家。」她小聲地說著。

次日，陽光甚好。窗外飛過一群色彩斑斕的鳥兒，穿破湛藍的天空，停在夏季碧綠的樹上。陽光灑進屋子，易廂泉這才慢慢睜開了眼，發現竟然已是中午。

他很少賴床，如今卻落得跟夏乾一樣，不由得心中煩躁。易廂泉洗漱完畢，想出門，卻發現孫洵一臉幸災樂禍地坐在桌前看著什麼。

「夏乾來信了！」孫洵揚了揚手中的信。「說在長安遇到了大麻煩。」

易廂泉趕緊走過去。「他還說什麼了？」

孫洵將信往桌上一扔。「字真潦草。」

易廂泉沒吃飯，一字一句地看著信件，隨後回屋執筆，書寫回信。他寫了兩封回信，一封回信描述了吳府的事，說自己走不開，另一封回信解答了夏乾的疑惑。

不久他便出門去買信鴿了，這使得他幾乎傾家蕩產。

孫洵的醫館裡今日人倒是不少，她問診了幾個時辰，腰痠背痛，停下休息後才問易廂泉：「吳府的事你自己都解不開，你還去問夏乾，他能知道什麼？」

易廂泉搖頭。「他知道得可不少。說不定真的能看出什麼端倪，或是聽說過什麼毒物，或是見過什麼——」

「我不信。」孫洵一擺手，打斷了他。「夏乾那邊遇到的麻煩，你怎麼解決？」

易廂泉只是略微一笑。「即便他寫得潦草，但是寫得精細，我也大致看懂了。這也是一個凶手確定、死者死因確定，又混雜著密室的案子。說來真是湊巧，乍看之下與我們的如出一轍，卻好解一些。」

孫洵一愣。「你解出來了？」

「仇殺畢竟是仇殺。」易廂泉推開窗，呼吸了一下清新的空氣。「希望夏乾看了信之後，能早日幫韓姑娘洗刷冤屈。」

四　計謀

「妳只是盜了一趟墓，取了鐲子之類的去當鋪典當，就被帳房盤問。而妳與錢陰無冤無仇？」夏乾伸著脖子，趴在小窗上。

韓姜依舊蜷縮在一角，應和一聲，但她蒼白的臉上冒出汗珠。

夏乾從懷中掏出一小瓶藥，精準地扔到了稻草上，又從袖子中掏出徐夫人匕首，也扔了下來。

「早就備好的金瘡藥！還有，妳把匕首放到懷裡。這匕首我都是隨身帶著的，萬一遇到危險……」

見韓姜不對勁，夏乾有些擔憂。「妳……挨了多少板子？還是不只是挨板子？」

韓姜沒有回答，只是閉起了眼睛，一動不動。

夏乾仔細地看了她的傷勢，突然道：「韓姜，動一下妳的左腳！」

韓姜沒動。

夏乾急了。「是不是骨折了？」

「小傷而已。」韓姜的氣息有些微弱。「放心，其他地方還好。你還是快些走吧！偷溜過來總歸是不安全的。」

她雖然這麼說，夏乾這才意會到，韓姜的傷勢遠遠比他預想的要重。若換作平時，他一定要大呼小叫地感嘆官府為何這麼可惡。

然而此時卻緘默不語了。他猶豫了一下，問道：「韓姜，妳能走路嗎？」

韓姜嗯了一聲。「腿沒斷。」

在韓姜的心裡，「腿沒斷」就是「可以走」。夏乾知道眼前的這個姑娘不管武藝有多高超，眼下這般模樣定然是遭了重創。從韓姜的吐字可看出，她氣息微弱，若是不及時看郎中，只怕有性命之憂。

夏乾急道：「我去找府衙，讓妳去醫治——」

韓姜聞言，搖了搖頭。「別管我，你快走。」

「可是——」

「你快走吧！管不了我的。」

夏乾開始焦慮不安，狄震的話還在他的耳畔迴響：「小心韓姑娘畏罪自殺！」而他此刻才明白這句話的真正含意。看著韓姜像破布一樣地癱在地上，他心裡很難受。

突然，他眼前一亮。

「記得我來時看見最左邊的牢房口有一扇大窗，雖然有柵欄擋著，但大小應當是夠了……韓姜，妳能出來！」

「什麼？」

「越獄。」夏乾的聲音變得很輕。「從那個大窗戶出來。」

韓姜擠出一絲笑來。「我算過，守衛半個時辰查一次牢房，若我不在，定然會全城搜捕。何況窗上有柵欄，衙門又是天羅地網。」

夏乾搖頭道：「當年庸城城禁六日，那才叫天羅地網，青衣奇盜照樣從易廂泉眼皮子底下跑了。這個世上沒有什麼是不可能的。」

說完這段話，韓姜咳嗽一陣。夏乾知道她狀況不佳，遠聽守衛說話聲嗡嗡作響，這才發覺換班時間即將過去了。

夏乾匆忙從懷中掏出一些銀子扔下去。「妳快把我給妳的東西收起來，銀子發給獄卒，即便不能醫治，也能對妳好些。明日此時我還會過來見妳一次，把計畫告訴妳。

最遲明天半夜，我一定把妳帶出去。」

韓姜搖頭。「我說過，天羅地網，不可能——」

「可能！」

「你有計畫？」

「沒有。但一定能救妳出去，明天等著我！」夏乾的最後一句話說得底氣十足。語畢，他整個身子縮回去，麻利地鑽狗洞出了府院。

牢內，韓姜伸手將夏乾給的東西塞進懷裡。隨即腳步聲匆匆而至，韓姜想坐起身來，奈何渾身疼痛，只得躺在地上一動不動。

只見兩個獄卒走了過來，和剛才的獄卒不是同一批人了。

「就是她吧？好像死了？」

聽了這話，韓姜警惕了。她沒動，只是不動聲色地抓緊了胸前的徐夫人匕首。

「昏了？我看她鼻子前面的稻草還在顫。」

另一人拉了他，說了一句：「倒不如趁著夜晚再來，反正一個女子，傷得這麼重，也好解決……」

這兩人聲如蚊蚋。韓姜需要很費力才能聽得清楚。

另外一個獄卒猶豫了一下，輕聲道：「傷這麼重，說不定都不用我們動手了。」

二人唏噓一陣，瞅了瞅韓姜，終於還是轉身走了。

「可惜，這麼年輕的姑娘，是做錯了什麼事，讓人為難成這樣？」

腳步聲漸漸消失，韓姜躺在稻草上，再也按捺不住，眼眶紅了起來。她白白挨了拷打，白白背負了罪名，但不知究竟為何？眼下，她奄奄一息，幾乎無力站起走動。明日不知要面臨什麼？危險也不知何時會降臨？

若不是因為這兩個獄卒的對話，她也不會第一次有這麼強的求生欲望。她要找到那個陷害她的人，她一定要活著出去。

先要活過今日。

韓姜閉起眼睛，輕輕打開金瘡藥的瓶塞。既然危險不知何時會來，她必須做好一切準備。徐夫人匕首微微反光，韓姜抓緊了它，就像是抓緊了自己最後的救命稻草。

第五章 生死賭局

一 三個孩子

中午時分，孫洵還在問診，而易廂泉卻站在書房中不斷地翻著醫書。這令他回想起庸城傅上星醫館裡的書籍，那時他閱讀了不少，無非是關於草藥、病症與毒物的知識，但是易廂泉並不是過目不忘的人，只是記住個大概罷了。

而縱觀孫洵醫館中的書籍，類別很明確，主治的是婦女之病、老人之病以及孩童之病，比傅上星醫館中的書少了許多。

易廂泉閉起眼睛，綺漣之死疑點太多。

綺漣從浴房消失，而浴房僅有兩個出口通向外側：排氣口、入水口。

吳府在汴京城郊的別院，原本就是為了讓吳家人在冬日洗浴溫泉所建造的。而為避免「死於水」的詛咒，溫泉的使用更加謹慎了，且別院中的池塘一律抽空，連蓄水水缸都矮了半截。

偏偏綺漣愛洗浴，身子又不好，所以溫泉水洗浴之事未斷。下人會挑水進府，再燒開使用。浴池水位放滿也才到綺漣的脖子，人不容易被溺死。綺漣洗浴時，門被門上，但下人也離得不遠。

排氣口和排水口正對後院梁伯的屋子，是正門口下人眼界的死角。

易廂泉從不信邪，他看過排氣口和排水口，太過窄小，尤其是排氣口，只能入一個手掌；排水口雖然略大，但若要整個人從排水口鑽出來，即便是個瘦小的女孩，難度也是很大的。

浴房中無密道，門閂完好，溫泉水無疑，綺漣確定入了浴房，消失得無聲無息——易廂泉推斷，綺漣是自己從浴房中出來後遭遇不測的。

可是她為何出來？怎麼出來？

綺漣是不是在浴房中看到了什麼？

不、不對。易廂泉搖了搖頭，她身上的傷痕是死後造成的。若不是毆打，是擠壓呢？若是她從窄小的排水口爬出呢？可她那時已經死去了，死人怎麼爬出排水口？

易庥泉暗笑自己胡思亂想。何況，她腳上的鞭痕是死前造成的，應當是受過虐待。而身上的傷痕，也許並不是排水口擠壓所致，而是打傷，或者別的什麼……還有一種猜想。如果兇犯一開始就藏在浴房，殺掉綺漣之後再出來呢？但這樣就更加複雜了。如今綺漣到底怎麼從浴房出來的，尚未可知；如果再加上一個兇犯，那更難破解了。兩個人都要從密閉的浴房中出來，這又要怎麼做呢？

易庥泉有些惱怒了。

為何這個案子就是解不開？

他將書一丟，看了看窗外的陽光，還是覺得有些疲倦。汴京城的街道很是繁華，叫賣聲不斷，一群小孩子在街上蹦來蹦去，唱著不成調的歌：

吳家孩子死得冤

燒香拜佛把經唸

易廂泉這才想起，吳大人自出事之後就沒回家。據說，是驚厥昏迷於宮中，被太醫救治，隨後又作法、去晦氣……

不對。

易廂泉是不沾染政事的，但他換個角度一想，又會得出別的定論。吳家事件的起因，不過是吳大人在朝堂上遇到了小人。而那個「朝堂上的小人」則以吳家孩子來威脅，讓吳大人歸隱田園。那吳大人手裡一定有對方的把柄。

如今，吳大人的孩子全部死去，那個「對家」就少了威脅的籌碼。吳大人有可能一怒之下，把事情始末一五一十地呈報給聖上。

易廂泉嘆了口氣，皇宮之中一定是血雨腥風。

此時，醫館的門被敲響了。前廳都是病患，而被敲響的卻是醫館的後門。易廂泉打開門，卻見是吳大人的親信，有過數面之緣。

「吳大人請您去一趟，今日子時，天字酒樓。」

易廂泉蹙眉。「可有要事?為何在那兒相見?」

「易公子有所不知，那酒樓是吳大人朋友所開，算是自己的地方，面談更加安全。吳大人已經回家處理家事，晚上會歸來與易公子商討。即便夫人有對不住您的地方，吳大人還是願意信任您。」

易廂泉驚訝。「我不懂官場之事，恐怕愛莫能助。」

「不。」隨從搖了搖頭。「大人因綺漣小姐之死暴怒，與那個對家有過接觸，而對方說……三小姐雖死，二小姐還在。」

易廂泉愣了一下。

隨從臉色陰沉。「對方是這樣說的。易公子有所不知，二小姐死於荷花池之中，而池底全是碎石，她的臉被扎得認不出五官。」

易廂泉這才有些明白。他不知道吳大人所謂的「對家」是何人，但是他確定此人陰毒異常。吳大人手中掌握著一些書信，但證據並不充分，卻能與這位「對家」彼此牽制。而「對家」出招，將吳大人的三個孩子謀害致死，那麼此時的吳大人會怎麼樣？

對於即將退出朝堂的元老，沒有什麼比家庭更加重要。人生最悲痛之事莫過於白髮人送黑髮人，而吳大人連續經歷了三次，任何人都會被壓垮。他記恨「對家」，就一定要將證據全部呈於聖上。

這就是那位「對家」的高明之處。他留了一張底牌，就是吳家二小姐。在吳大人經歷了比死亡更強烈的悲痛之後，短時間之內，對方卻又忽然給了他一線希望。

吳大人是朝廷元老，經歷過變法，朝堂的爾虞我詐屢見不鮮。然而政客過招向來是不見血的。經歷三個孩子連續喪命的大悲，之後突然變得大喜，即便是吳大人這樣呼風喚雨的人物，也未必不會落入圈套。

吳大人一定會跟那位「對家」談判，他會不惜一切代價換取二小姐的命。

易廂泉眉頭一皺。「大人打算怎麼做？」

二　計畫

柳三眉頭一皺。「夏小爺你打算怎麼做？」

「不知道。」

夏乾於房中來回踱步。自昨夜看過韓姜至今，已經是正午時分。他與柳三如今正在客棧中，本來想直接搬出來住的，但夏乾總覺得無法洞悉錢陰動向，故而並未冷臉說要搬出，只是藉口在客棧議事。

柳三愁眉苦臉。「我覺得韓姑娘凶多吉少，錢陰會不會買凶殺人？」

夏乾生氣道：「若是前朝，長安城怎麼說都是一國之都。天子腳下，錢陰居然能幹出這種事來！」

「這不是改朝換代了嗎？夏小爺，我上街打探了一下，長安城就是不太平。富豪商賈和官府勾結，隻手遮天，好多老百姓都知道這些事。要不錢陰怎麼在長安開了這麼多鋪子？」

夏乾有些詫異。「所以錢陰才敢陷害韓姜？」

「這顯然不是一次、兩次了。富商多多少少都認識一些官府的人，夏小爺，你爹難道不是這樣？」

「只記得我小的時候，他經常出去和人喝酒，回家就吐。這些年很少見他這樣了。但他說，人要講責任和底線，違法亂紀之事絕對不沾，殘害百姓之事堅決不做。」

柳三點點頭。「怪不得你爹瞧不上錢陰。夏小爺，你聽我一言。這事解決之道無非有三，一是你去找錢陰談判。」

「我？」夏乾詫異。

「給他一些好處，換韓姜出來。這也是錢陰陷害韓姜的目的之一。」

「他要錢？」

「對，商人最講究這個。但是估計會付出很大代價，夏小爺你要慎重考慮。第二，想辦法把這些事上報京城。但是只怕牽扯多、影響大，查到最後可能還會罷免一批地方官。其實這才是治本的辦法，但未必能做成，說不定連你也會被打擊報復。」

夏乾考慮了一陣，忽然道：「冰屋裡有一個抽屜，我懷疑裡面有帳本，也許裡面有行賄紀錄。」

「我找時間去一趟，把東西偷出來看看。」

「但是錢府有家丁呀！我和狄震溜進去兩次了，只怕再溜進去很是困難。」

柳三拍拍胸脯。「包在我身上，一會兒就給你取來。但只怕即使那真的是行賄紀錄，交到京官手裡也需要些時日。更何況，如果案子破不了，找不到真凶，我們也口說無憑。而且如果不巧把帳目遞交給了不合適的人，我們的麻煩可就大了。此事還需要從長計議。」

夏乾覺得這兩種方案都不可行，搖了搖頭。「還有別的方法嗎？」

柳三把頭一歪。「咱們用些歪門邪道把韓姜救出來，然後快速離開長安城這個是非之地。這事錢陰做得不地道，但他大部分人脈都在長安，一旦咱們離開長安，錢陰估計也很難追究。」

夏乾點點頭，覺得最後一點還是有可能做到的。

柳三反坐在椅子上，蹬著腿問道：「要不要問問狄震？」

夏乾閉眼搖頭。「狄震這個人表面上不正經，實則是個十足十的官家人，越獄這種事他肯定是不會做的。」

柳三寬慰道：「好在小白臉慕容蓉和老黑臉伯叔都支持咱們。」

夏乾說道：「自從說了韓姜的案底，我可算是懂了幾分了。猜畫一事格外奇怪，伯叔作為幕後人的代表，當然希望韓姜同行。」

「這又是怎麼一說？」

「伯叔他們需要韓姜的本事。」夏乾皺著眉頭。「我估計他們千里迢迢雇用韓姜前往西域，是要挖什麼寶貝。據説韓姜絕對是這一行的高手，在短時間內也找不到替補的高手，故而伯叔一定是希望韓姜平安無事地抵達目的地。」

柳三問道：「小白臉為啥幫忙？」

夏乾哼唧道：「不知道，也許他閒。」

「你為啥要幫忙？」

「我願意！」夏乾敲了一下柳三的腦袋。「你能不能想點正事？怎麼幫我把人拐出來？」

柳三嘿嘿一笑。「咱們繼續想想，說不定能有好辦法。我只是覺得，我們越來越聰明了。」

二人默契地點了點頭，對著彼此傻笑了一下。窗外陽光燦爛，街上車水馬龍，叫賣聲不絕。夏乾推開窗戶，指了指遠處的城門。「不知守衛情況怎麼樣？」

「我出去看過。長安城的守衛很多，若是夜晚出城，定會被盤問。」

夏乾皺眉。「這讓我想起城禁時，青衣奇盜就是躲藏在城內數日，到時候順著人流出去。」

「那得有內應。」柳三無奈道。

夏乾挑眉。「你怎麼知道青衣奇盜有內應？」

柳三擺擺手。「你以為就你知道？汴京城裡說書的都知道。」

夏乾狠狠嘆了一口氣，在案桌上鋪開長安城的地圖，指指點點。

「按我所說，韓姜直接用斧頭把鎖鍊劈開，再用火把柵欄烤熱扳開，從小窗鑽出。之後向西，過橋，從開元門出逃，我們在外接應。」

柳三搖頭。「時間、時間哪！夏小爺！這麼遠，韓姑娘受了傷，怎麼跑得快？利用換班時間，所謂的『半個時辰』，指的只是那換班的人遲到早退，故而在子時有半個時辰的間隙，實則這段時間可長可短。若是短了，不可能跑過這兩座橋。」

語畢，他用手指戳了戳地圖。牢獄與開元門之間有兩條河，河流橫穿長安城。夏乾皺眉道：「這個地段視野過於開闊，一旦有人發現韓姜越獄，只要站在衙門口，就能看見她，一箭射來——不行，這辦法不行！」夏乾冷靜了一下，喝了口水，又道：「她可以躲在衙門裡，天亮再出來；或者往西南走到西市，倒是可以遮蔽；要麼躲到水中船上，隨船出城。」

柳三搖了搖頭。

「問題不在於越獄，也不在於逃跑，而在於這二者之間。」柳三用手指了指衙門附近。「這是原來唐宮的位置，現在的衙門。門口有四條河，無論去哪個方向，在跑到四座橋之前都沒有遮擋物。一旦過了橋，人就安全了。換言之，她在被發現越獄的時候，絕對不能站在衙門和河岸之間，否則會被亂箭射死。但按照路線一，要是直接躲在衙門，我覺得不可行。衙門捕快太多，天亮之後，她還是要走這些路。到時候滿城都是官兵……」

「那怎麼辦？」夏乾使勁地撓頭。

柳三安慰道：「沒說逃不了，就是風險大。」

「現在的問題是時間不充裕。這個好辦，青衣奇盜調虎離山，我們也可以吸引守衛注意，讓韓姜安全出逃。」

柳三苦笑道：「夏小爺這麼喜歡跟青衣奇盜學？」

夏乾搖頭。「難不成還要跟易廂泉學？學了半天，案子都沒破。案子要破了，還用越獄？」

柳三將地圖一鋪，雙手扠腰。「調虎離山不是不可行。找個人裝成韓姜，站在橋口，而真正的韓姜躲在衙門裡。待他們發現有人越獄，這個假韓姜往西市跑，帶著衙門的人也跟著，之後真韓姜從衙門出來……」

「空城計？青衣奇盜就是這麼偷走犀骨筷的。」夏乾搖頭。「兩個弊端——第一，衙門不會像庸城府衙一樣變成空城；第二，誰來跑？」

柳三一怔，指了指自己。「我？」

夏乾沉默了一會兒，道：「我知道你練過武藝。但是，還有弊端——以庸城府衙為例，青衣奇盜身手敏捷，眾所周知。可韓姜是受過重傷的人，跑起來這麼快，會不會被人發覺？」

柳三搖頭。「捕快哪有這麼精明？你那位聰明的易哥哥又不在，危急時刻，誰能想到這麼多？跑就是了。夏小爺你顧慮怎麼這麼多？」

夏乾看了看柳三，嘆道：「你不會出事吧！那可是真箭。」

柳三聞言，愣了一下，搖頭笑笑。

夏乾看了他片刻，突然覺得柳三這個人變得有些陌生。

「柳三，你沒告訴我，你為什麼要救韓姜？」

「因為夏小爺你是個好人呀！你的事，就是我的事。」柳三頓了頓，低下頭去。「其實……有些事我沒有告訴你。」

「你替夏至做內應的事吧？我早就知道了。」夏乾擺了擺手。

柳三愣住了。「你知道？」

「知道啊！也不是什麼大事。」夏乾哼唧道：「看你們鬼鬼祟祟的樣子就知道。你不就是想賺些錢花嗎？這樣豈不是一舉兩得？」

柳三沉默了一會兒，才道：「這件事是我對不住你。總之，我是不會害你的。那我就去準備一套衣服跑路，我們今晚就能救人。你一會兒趁著中午換班，再去一趟衙門，把計畫告訴韓姜。」

「咱們再想想別的辦法，我不能讓你去冒險——」

柳三拍了拍他的肩膀。「有你這句話就夠啦！我知道，若是我入獄，你一定也會救我的。」

夏乾怔住，摸了摸頭。

「怎麼，你難道不會救我？」柳三哼了一聲。

夏乾愣了片刻，突然道：「我有主意了！風險還是有的，但是小了很多。柳三，咱倆真是越來越聰明了，果然能想出好辦法來！哈哈哈哈！」

三　尋找失蹤的吳府二小姐

實在想不出什麼好辦法。

易廂泉在屋裡踱步，思索著事件的來龍去脈，有些不安。

雖說和吳大人約好了夜半子時相會，但是易廂泉早早就到了。天字酒樓如同夢華樓一樣，是汴京城的大酒樓，他們約在二樓的房間見面。

子時，吳大人準時到來。

易廂泉站起行禮，仔細瞧了瞧吳大人。他年過五十，可是頭髮全白，雙目深陷，面色鐵青，走起路來似要跌下去。吳大人雖然一臉病容，眉宇間卻帶著正氣。

易廂泉再一細看，吳大人雙手長年握筆，是個典型的文人，頗具大家風範。觀其面色，定是生過大病、心神不寧，應當是幾夜未眠了。

不等易廂泉開口，吳大人卻先發話了。他坐在椅子上，身上骨頭都要散架一般。「綺漣的事我都知道了。我不指望知道她的死因，只是如今汴京城大街小巷都在傳她被害一事，傳得難聽，可憐的孩子、可憐的孩子……」

吳大人原本是嚴肅的，在說及最後幾個字的時候一下子變了。他顫顫巍巍地拿過酒杯，喝了很多杯，半天也說不出話來。

屋子裡很靜，只有易廂泉和吳大人二人。香爐不停地冒著煙，卻只讓人覺得心中有些哀傷，氣氛也變得更加壓抑。

吳大人喝了很多杯酒，好像喝多了酒，才有力氣說出話來。

易廂泉不忍直視，只是開口問道：「沒有保住三小姐是我的錯。但聽說二小姐並沒有死，消息可靠嗎?究竟……」

自從二小姐過世，府中從未有人再提她的名字，故而易廂泉連其名諱都不知道。

而吳大人的眼睛突然亮了，他看著易廂泉，語氣中帶著懇求。「務必要找出綺羅，算是老朽懇求你……」

他的聲音很是微弱。

易廂泉垂下雙眸，沒有看他的眼睛。他怕辜負吳大人的信任。

吳大人又喝了幾杯酒，把自己灌個半醉，才道：「我知道有些為難你，但我也是沒辦法，相信你能體諒……遇到這種事，是不能找官府的，我就是朝廷大員，還能找誰？啊！那混帳東西說過，若是敢再對旁人透露一星半點關於他的事，綺羅就性命不保！好啊！好一個陰毒小人！這讓人怎麼受得了？我的孩子一個個全都死了，直到那個人告訴我二女兒綺羅還活著！我吳某人為朝廷鞠躬盡瘁，那又怎樣？連孩子都保不住！我原以為我可以……可以將這害群之馬揪出來，繩之以法……如今，我錯了、我錯了，我錯了呀！」

到了後來吳大人開始語無倫次，嗚咽不停。易廂泉第一次見到一個位高權重之人淚流滿面，瘋了一般重複著話語，直到旁邊的香爐焚斷了香，蠟燭淌乾了淚。

易廂泉有些承受不住。他想開口安慰吳大人幾句，卻又覺得自己安慰的話語蒼白無力。

「都是我的錯。」吳大人喃喃地說著。

「大人，這不是您的錯，您沒有錯。」

「可是我沒能保住我的孩子——」

「錯的不是您，是做這件事的人。他今日害了您和您的孩子，不知背後又害了多少人，這才是我們決心抓他的目的。」易廂泉看著吳大人，神情很是堅定。「我師父、師母也被奸人所害，我曾悲慟萬分，但我知道自己絕不能退縮。」

吳大人慢慢放下了酒杯。

「我雖然不知您背後的『對家』是誰，但那人絕不是第一次做這些惡事。也許之前也有人決意將其繩之以法，卻失敗了，使得那人恣意妄為，才有今日的局面。吳大人……」易廂泉站了起來，走到了他身邊，認真地道：「您不能放棄，絕不能放棄。我們一定要將那惡人送入大牢。」

吳大人看著易廂泉，輕輕點了點頭。

易廂泉為他倒了一杯水，吳大人安靜地坐了一會兒。窗外很安靜，吳大人的心慢慢地平靜了下來。他掙扎著，想將女兒的臉從眼前抹去。而易廂泉比他安靜得多，只是靜靜地坐著，沒有再說什麼。

吳大人這才正眼看了看易廂泉，覺得他太年輕了一些。

「你師父、師母被害那年，你是不是年紀不大？」

「十九。」

吳大人搖頭。「我五十多歲，還沒有你活得明白。」

「您只是一時走不出來，人都是這樣的，需要時間。」

易廂泉把水遞過去，吳大人飲了，嘆了一口氣。

「您可以和我說說情況。比如，您每次都是如何同那位『對家』聯繫的？恕我冒昧，您是怎麼知道綺羅小姐沒死的？」

吳大人深吸一口氣，從懷中緩緩掏出一封信和一個玉佩。「信是綺羅的親筆，『安好，勿念，思歸』，寫得方方正正；玉佩乃是她自幼就戴著的，上有缺口。」

「二小姐溺死於荷花池中，是怎麼一回事？」

「老大死了之後，全家都……但我從未把那個小人的警告當回事，誰知綺羅就出事了！那日中午，綺羅獨自在花園散步，直到午飯時，下人去尋，這才發現綺羅已經倒在荷花池裡，面部被池底的碎石扎毀。我找過仵作，說是綺羅先被人按在水中溺死，隨後被人劃破了臉……天哪、天哪！」

吳大人沒有再說下去，而易廂泉卻是滿腹疑問。「池底為何是碎石而非卵石？」

吳大人搖頭。「池邊有假山，當初府中造假山時的碎石都放入荷花池中了。綺羅的外貌相當出眾，他們都說，長大要是入了宮，一定是榮華富貴享不盡的。」

「她的臉全被劃破了？」

「我們當時認為是溺死之後被石頭扎破的。可仵作說，是被人劃破的。唉！這又有何區別？人死不能復生，我當時只覺得悲憤交加。我膝下一共三個孩子，個個聰慧善良……我常常忙於政事，只能偶爾與他們說說話。可是如今卻再也說不得了，一句都說不得了……」

易廂泉揚了揚玉佩。「當時，玉佩可在那屍體身上？那屍身，難道真的不是綺羅小姐？」

「玉脆生得很，當時發現時已經碎了，想來應當是假的。他們早就想好，找個屍體來以假亂真，帶走真的綺羅，就為了看到我這副樣子。」

吳大人說完，目光冷了下來。

「除此之外，可還有什麼其他的線索？」

「幾乎沒有。我之所以拜託易公子找綺羅，是因為我和那個小人還在對峙。我說，我已將部分罪證交與可信之人，一旦綺羅出事，立即呈報。證據雖然不多，但足以使得聖上起疑。而他呢？那個小人要我供出那個可信之人的名姓，把證據銷毀，並且自毀清譽，自行懇請讓聖上罷我的官。如果我答應，便把綺羅放出來。」他停頓了一下，眸色暗下去。「事已至此，再爭什麼都沒有用。我揭露此人，只是為了讓他不再插手朝廷之事。唉！要我自毀清譽，這些我都可以做到，只是我怕……」

「怕他不放出綺羅。」易廂泉接話道：「這個小人做事陰冷果決，說不定見大人您罷官，遂將綺羅殺掉省事。」

易廂泉在思考之時，就變得特別不會說話。吳大人聽聞，臉色一下子變得灰白，他顫抖著手，灌下了一口水。

「一定要找到綺羅，一定要找到！我……再也承受不住這種得而復失之苦。」

二人都沉默了一陣。吳大人靜靜地坐了一會兒，似乎平靜了不少。原本哀傷的眼底有了一點亮光。他轉頭看看易廂泉，道：「綺羅的事就拜託你了。我在朝中還有親信，也會派人去找。」

易廂泉沉思一陣，道：「人海茫茫，找人並不那麼容易。請您將綺羅小姐的習慣、性格詳細告知於我。」

吳大人抑制住痛苦，講了一些綺羅的習慣。最後才道：「易公子，綺羅的字條被送來的時候，墨還沒乾。」

易廂泉一愣。「也就是說——」

吳大人第一次露出了笑容。「我的女兒可能就被困在汴京城。」

易廂泉點點頭，站起身來。「我這就想辦法尋人。」

吳大人沒有說話，卻看了易廂泉一會兒，目光有些奇怪。

易廂泉問道：「您可還有事？」

吳大人只是搖了搖頭，欲言又止的樣子，卻沒有再說什麼。今日他顯然是累了，多說一句都會覺得疲憊。

易廂泉收拾了東西，覺得今日還是讓吳大人早點休息，若有其他線索，改日再來拜訪也不遲。

四　賭局

「易廂泉的師父、師母去世，又不知道自己的爹娘是誰，如今已經沒有親人了。他入獄的時候都是我去看他。現在換成了妳……」夏乾趴在小窗口，趕緊說道：「總之，那些捕快居然沒有為難妳？」

韓姜搖頭。「你還是少說兩句，快點離開這裡。」

夏乾皺了皺眉頭，接著從懷中掏出一布包燒餅、一個裝著雞湯的水囊，直接扔了下來。

「我買的。妳吃掉之後，把布包、水囊塞到懷裡，這就看不出來了。吃飽飯，才有力氣跑動。牢裡的東西根本不能吃。」

他又哐啷哐啷地扔了一把小斧頭、幾塊燧石，還有一支火把。「把這些東西塞到稻草裡，今天應當不會有人來查。我早晨來了衙門，一則探聽情況，二則想進來探監。妳都不知我花了多少銀子，嘴皮子都磨破了，他們居然連進都不讓我進。韓姜，我敢肯定，錢陰為了收買衙門這幫人肯定花了不少錢，費了不少人力。我下了血本，都沒能進來看上一眼。」

韓姜看著他，覺得有些恍惚。

「夏乾，謝謝你。」

夏乾怔了一下，突然結巴了。「妳……妳出來再說。我昨日想了一夜，我腦子雖然沒有易厢泉好使，但也想出了能逃出來的主意。長安城牢獄的守衛很是森嚴，幾乎難以逃脫。子時換班，這是我們唯一的機會。」

「不可能。長安城的守衛數量多，即便出來，不出半個時辰，就會被抓回去。」

夏乾說道：「這可不像妳，怎麼能打退堂鼓呢？計畫很複雜，但前面的部分與妳無關。妳只要記得，到時候用火將鐵窗柵欄烘烤變形，再用斧頭把柵欄扭開或者砍斷。我會在外面接應，也或許是慕容蓉。」提到這個名字，夏乾心情又不好了。「之後，我們會將妳帶出長安城，伯叔在城郊，還有馬車和郎中。妳好好養傷，保存體力。」

韓姜只是笑了笑。

夏乾見她這種態度，有些生氣。「我連續幾日都沒怎麼睡過覺，想了一夜，將一切辦妥，妳還不信任我？」

此時腳步聲傳來。換班時間剛過，夏乾嘆一句「糟了」，甩下一句「不見不散」，立即將腦袋縮回去。

腳步聲響起，是獄卒來了。韓姜匆忙將夏乾所給的東西以稻草掩蓋，又躺回去，裝作什麼也沒發生一樣。夏乾應當花了不少銀兩，這些獄卒只是遠遠看了牢房一眼，確認韓姜還在，就離開了。

韓姜見他們離去，這才慢慢撐著起身，拿出稻草下的食物慢慢吃了起來。

她沒有告訴夏乾，今日早上，衙門來派人繼續審問。她被帶到堂上，沒有大官，全都是獄卒和官差。

韓姜一眼就見到了昨日看押自己的兩個獄卒，四十歲左右。她看著他們，平生第一次哀求了他們。

她請求他們明天再用刑。

錢陰對她不利，在場的所有人都心知肚明；錢陰要她的命，所有人對此都了然於心。獄卒、官差，終究是官府的人。但凡是有良知的人，都對錢陰的做派有些牴觸。但上級的命令不可違抗……

韓姜忍著痛，雙膝跪地，緩緩地行了磕頭禮。

在場一片死寂。

只有韓姜自己知道，她跪天跪地跪師父，從未給其他人下跪。如今的堂上，幾個獄卒站成一堆，享受了這種可能折壽的待遇。

韓姜二十歲，跟那獄卒的兒女差不多大。

不知是夏乾使了銀子的關係，還是獄卒真的心軟了？他們只作勢打了她兩下，就放她回來了。

韓姜側躺在牢中，拚命地吃著餅。她在陽光下，覺得全身都溫暖了不少，哪怕是身上的傷口，也不似昨日這麼疼了。

她看了看小窗，她很喜歡這個小窗。它讓陰暗的牢房有了光，它能讓夏乾探進頭來，說一句：「喂，韓姜！」

東西吃完了，韓姜慢慢舒了一口氣，覺得又有了力量。

突然間，一陣嘈雜的聲音傳來。韓姜習慣了牢房的死寂，這一陣聲音著實讓人不安。她朝門口望去，見幾個獄卒拉著一個人進來。那人尖聲尖氣，不停地咒罵著。

「我沒偷！我沒偷！」

隨即，一個華衣公子哥搖著扇子從門外進來，指了指牢房，很有涵養，但是隱含著怒氣。「讓她住這間，陰面。」

「呸！仗著有錢就胡作非為！」

吵嚷聲一片，但是韓姜一下子就聽出來了。

這兩個人是柳三和慕容蓉。

第六章　救援計畫

一　晝圓

待易廂泉出門，正是日薄西山之時。他先是接了幾日不見的吹雪，去夏家取了行李，又去了一些地方辦事，之後便要去找孫洵了。

他手持幾炷香。香是點燃的，煙霧飄散在空氣中，縈繞在他周圍。他左手抱著吹雪，右手拿著香，懷裡塞著一大堆卷軸，有點像作法的道士，但他不以為意。

元豐五年六月，汴京城一如既往的繁華。在這個人口眾多之地，又不知有怎樣的流言蜚語被人們在茶餘飯後津津樂道。男子之間的談話多半關於西邊戰事、南北商貿、朝廷政策，大臣之間的勾心鬥角，抑或是青樓歌姬裡誰最漂亮。

或者談論命案。

易廂泉走過茶館飯鋪，正是用晚膳的時候，籠屜冒著熱氣，酒樓門口往來之人絡繹不絕。擺在彩樓歡門下的飯食小鋪，總有露天桌椅。男人們吃著飯食，談著一些話語，這些話語傳進易廂泉的耳朵裡。

這些話是關於一個小姑娘的慘死，一個朝廷大員的失勢，一個荒誕的詛咒。談話之人或驚恐、或惋惜、或嘲笑，或說著不堪入耳的話語。

易廂泉從來不去管這些流言，但當他聽聞綺漣的死，被描述成一些帶著調侃的葷段子，便一下子停住了腳步。

吃飯之人見狀，都停下碗筷，愣愣地看著眼前的古怪青年。

幾人相對而望，若是夏乾在，定要上前嘲諷理論的。然而易廂泉站在此地，只是冷漠地一言不發。他明白這種爭論毫無意義，只要查不出綺漣之死的真相，就擋不住人們的詆毀。

他輕撫著肩上的吹雪，待走到轉角，一個轉身，卻將吹雪一下子丟了過去。

吹雪極度靈敏，一下子跳上那幾個食客的案桌，滾了幾下，打翻了飯菜瓢盆，菜湯灑了一地，隨即靈巧地跳上屋頂，消失不見了。

幾個食客愣了片刻，這才知道發生了何事。然而在他們的一片咒罵聲中，易廂泉和吹雪早就走得沒影了。

待易廂泉走進孫家醫館，掐滅了香，習慣性地直接進去。而孫洵剛剛問診結束，見易廂泉進門，挑眉道：「沒被吳大人留下當女婿？」

孫洵說話一向沒輕沒重，好在易廂泉不喜不怒。但如今不同，易廂泉聽聞此言，臉唰一下變了顏色，默不作聲，直接進門去了。

孫洵一愣，這才知道易廂泉生氣了。

她覺得自己的話過分了，內心有些不安。

她在門口徘徊了一陣，易廂泉才出來，道：「幫我做點事，我有事要出門。」

若是以前，孫洵是絕對不應的。可是見易廂泉臉色難看，只怕出了大事，這才應了。又問及他與吳大人的談話內容，而易廂泉只是三言兩語地回答了。

孫洵卻吃驚不小。

「二小姐沒死？」

易廂泉點頭，將懷中的東西放於案上鋪好。「不好說。給吳大人的書信說不定是偽造的，即便吳大人說字跡很像二小姐的手筆，但依我之見，不一定是二小姐寫的。」

他將字條鋪好，指了指道：「字跡看似沒問題，可墨太重、寫得太慢。就像是思考良久、生怕寫錯一樣，故而下筆格外沉穩。字跡是可仿的，譬如我寫柳字，但凡能將柳公權字摹得很像的人，都很容易摹仿我的筆跡。」

孫洵拿起紙條蹙眉。「這並非綺羅真跡？」

「不好說。」易廂泉開始研墨，隨口道：「玉佩應該是真貨。真可惜，發現綺羅屍體時我並不在場，如今屍體火化，線索難尋。」

孫洵放下紙張，看了他一眼。「你在場又怎樣？綺羅就能不死了？」

她這一句，直擊易廂泉的心裡。

是啊！在又怎樣？易廂泉心裡想到這兒，臉上未有什麼表情，只是手中的力道加重幾分。他研好墨，在紙上重重畫了幾道，又立即點燃香。

易廂泉道：「待到墨跡消失，看看用了多久？吳大人說，信到他手中時，墨跡並未乾透。」

孫洵一下就懂了。香霧之下，二人沉默了，各自想著心事。待墨跡乾透，易廂泉滅了香。

「墨跡乾透需要半炷香。」他鋪開汴京城地圖，丈量了距離。「用馬車或者驢車送信容易引人注目，應該是走路送的。我從東街走到夏家用了一炷香。吳大人接信之時處於宮中花園涼亭。將東街夏家距離折半，以吳大人所處地作圓，就得到——」

他畫了一個圓。孫洵一看，驚訝道：「怎麼可能？沒到宣德門！」

「是啊！不僅沒到宣德門，皇宮哪個門都沒到。這字是在宮裡寫的。」

孫洵愣住半晌未說話。易廂泉嘆道：「再看這圓與建築交會之處，不是花園就是魚池，還有就是這裡了。」

他用手指戳了戳，上面的確有一棟建築與圓交會。孫洵看了看，問道：「何人住在此地？」

「這一帶應當是後宮妃嬪的住處。」易廂泉嘆了一聲，捲起卷軸。「我去拿給吳大人看一看。」

孫洵道：「紙張質地和墨的質地查了嗎？」

易廂泉點頭。「貢紙，墨是上好的墨。」

兩人看著紙張，又是一陣沉默。兩人都是聰明人，沉默都是有默契的。孫洵挑眉道：「你是不是覺得哪裡不對？」

易廂泉嘆道：「我沒破出綺漣的案子。那個案子看似簡單卻很複雜，幕後之人不僅心狠手辣，而且聰明異常。而這個紙張……」

「疏漏太大。」

易廂泉呼了一口氣，皺了皺眉頭。「就算線索都是假的，又有什麼用？」

孫洵坐在椅子上。她看了易廂泉良久，才道：「此事蹊蹺，小心為上。」

易廂泉點頭欲出門，孫洵一下子叫住他。「旁觀者清，綺漣之死，其實你並沒有什麼責任。」

易廂泉未吐一言，只是默然走進蒼茫夜色中。孫家醫館的燈還亮著，他只顧著往酒樓走，卻沒注意到，不遠處似乎有人跟著他。

易廂泉一向謹慎，但是這個跟蹤之人技術實在高超，故而難以被發現。而且，易廂泉的心已經亂了。

他想找到綺羅，想查清綺漣的死因，他覺得自己有些對不起吳家。

三日之內，他必須及早確認宮中之事。哪怕只有一絲希望，他也一定要找到二小姐綺羅。

二　越獄

「關上三日就差不多了。」慕容蓉整理了一下衣領，對旁邊的獄卒微笑了下，賞了一錠銀子。「她偷了我的錢，好在被追回來了。皮肉之苦就免了，畢竟是女子，也沒犯多大事，罵一罵就罷了。」

相較於夏乾的喜興，慕容蓉整個人就呈現出一種謙謙君子的形象，衣著華麗、談吐斯文，出手還闊綽。獄卒接過銀子點頭道：「您放心，一定罵！其實，這偷錢是用不著坐牢的，打個幾十大板，放了也就老實了。」

慕容蓉搖頭。「我家訓甚嚴，素來以慈悲為懷，遇上這種賊，只要關幾日即可，切莫動刑見血。」

獄卒忙道：「關上幾日，一定放。即便要現在放人，公子也只要說一聲……」

韓姜沒有出聲，心中有些疑惑。她在牢房的最裡面，隔著十幾個牢房柵欄，只能稍微看清遠處的走廊盡頭發生了什麼。

這兩人肯定是夏乾弄進來的。

獄卒將牢房的鎖打開，將扮成女人的柳三推了進去。柳三此時的走路姿態與語氣都像極了姑娘，獄卒絲毫未察覺。

一般的犯人進牢房，都是兩個獄卒押著犯人的，也許是柳三打扮的「女子」太過瘦弱，也許是慕容蓉太過鶴立雞群，竟然只有一個人押著柳三，另一人拚命與慕容蓉說著話，可能還想討些賞錢。

「知錯能改，善莫大焉。」慕容蓉一臉平和，就像是那普度眾生的菩薩。

就在此時，柳三一個轉身，竟然一下子將慕容蓉推倒，伸手撓了他的臉，尖聲尖氣罵道：「用得著你說！你個小白臉真當自己是菩薩？」

事發突然，獄卒萬萬沒想到柳三與慕容蓉竟在地上廝打起來，起先，柳三占了上風，撓了慕容蓉幾下，隨即抽過牢門鎖鍊，對他一通狂砸。

慕容蓉怒道：「你居然打我？你居然真的打——」

「呸！不打你打誰！」柳三尖聲尖氣。「老娘看見你這種富家公子哥就來氣！偽君子！動不動就裝好人，噁心！」

韓姜可有些明白了，柳三這些話可能是出自真心的。她不明所以，看兩人在地上互毆，竟覺得有點好笑。但她也有些緊張，因為她並不知夏乾的越獄計畫，但夏乾這個人往往是想不出什麼迂迴之法的。會不會是讓她趁亂逃脫？

不，現下不是子時，若是現在逃脫，根本沒有成功的可能。

獄卒將兩人拉開，不住地勸著架。韓姜愣愣地看著掛彩的兩人，很是詫異，獄卒竟還未發現柳三是男人！

獄卒罵了柳三幾聲，忙問慕容蓉怎麼辦。而他壓抑怒氣，似是思考了一陣。「皮肉之苦還是免了。」

柳三啐了一口，一臉不屑。見狀，慕容蓉怒道：「別給她飯吃！」

獄卒點頭應了一聲。韓姜哭笑不得，慕容蓉的脾氣未免也太好了。

「慕容公子，說實話，她偷的銀錢可不多，我們都沒備案……」

「算是我欠你們個人情。關她幾日，若肯反悔，便放了吧；若是執迷不悟……」

他沒有說下去，只是生氣地瞪了柳三一眼。

柳三雙手扠腰，尖聲尖氣地嚷道：「你看什麼看？就這破牢房，老娘我待不了幾日就能逃出去！」

獄卒聞言，冷笑一下，將牢門鎖嚴。

慕容蓉有些不屑。「逃與不逃是妳的事，就妳這種人，這牢房關妳都是給妳長臉。你們說是不是？」他轉頭，對著獄卒笑笑。

獄卒趕緊點頭稱是，直罵柳三事多。

慕容蓉交代幾句，便轉身離去了。就在此時，他停住腳步，看了韓姜一眼。

韓姜立即警覺，她以為慕容蓉要告訴她什麼事，或是傳達什麼話。

可是慕容蓉一言不發地離開了。

隨著腳步聲遠去，韓姜心中的疑慮越發多了起來。柳三離她很遠，只能勉強看清人形。畢竟所犯罪責輕重不同，柳三所處位置更靠近門口，也更貼近獄卒所在之處。

二人根本無法交流。

只聽得柳三又雙手扠腰罵了幾句，十足像個潑婦，譬如「有本事來打我」、「信不信我今晚就翻牆出去」、「偷你錢怎麼了」之類，叫得獄卒煩了，幾次想抽他。

韓姜自然明白夏乾的意圖，他定然是將柳三送進來助她越獄，可是她不明白此舉的意義。她只知道，若是夏乾與柳三上演這齣戲，可能會演得更好；而夏乾卻委託了慕容蓉，不是因為夏乾臨時有事，就是因為衙門的人都認得他。

韓姜嘆了一聲，試著扶牆站起。她自己只能勉強走上幾步，根本跑不遠。

太陽西沉，夜幕降臨。韓姜垂目，今夜過去，明日等待她的是嚴刑拷打。若是今夜出不去，只怕凶多吉少。

子時的更剛剛打過。那一聲聲梆子敲擊在韓姜心裡，是期待，也是擔憂。

獄卒的說話聲與腳步聲都遠了。韓姜立即抬起頭來，只聽遠處傳來一陣鎖鍊碰撞聲，柳三速度極快地從牢房出來跑到韓姜這邊，脫下衣服，低聲道：「速度快！」

「你……怎麼出來的？」

「今天白天趁亂偷摸把鎖換了。」只見柳三脫下一身女裝，裡面的衣服竟然與韓姜一樣。而在這一剎那，東邊響起震耳欲聾的爆炸聲。

韓姜瞪大雙眼，而柳三卻道：「斧子！把鎖劈開！」

韓姜立即從稻草中抽出斧子，行動異常迅速，問道：「這爆炸聲是怎麼回事？」

「夏小爺雇人放的爆竹。」柳三見鎖被劈開，立即將門打開。「一則為了掩人耳目，二則為了調虎離山。」

二人燃起火把，將不遠處的柵欄烤熱，用斧柄將其撬開一人寬。韓姜有些發愣，因為這一切發生得太快，而柳三的行動十分迅速，只見他快速跑開，將劈開的鎖鍊放入他原先的牢房，再退回韓姜的牢房，一下關上門，又將鎖鍊重新鎖好。

韓姜很是吃驚。「你不走？」

柳三搖頭一笑。「韓姐姐這麼聰明，妳還不明白我們的計畫？」說罷，從懷中掏出一塊布來塞到自己嘴裡，接著又從懷中掏出一捆繩子來，含含糊糊地說了句：「給我綁上！」

韓姜根本來不及多想，只是聽從命令。綁畢，柳三又含含糊糊地喊了一句：「別多想，妳快跑！」

韓姜費力地爬上了窗，臨走時，她看了柳三一眼，才有些明白這越獄的計畫。

不遠處，夏乾正站在月光下，快速地朝她招了招手。

韓姜跌跌撞撞地朝他跑過去。六月的空氣有些微熱，她拚命地呼吸著，這才發覺自己真的自由了。

三　有耳

入夜，易廂泉已進入酒樓與吳大人會談。而吳大人見了他手中的圖，臉上神色陰晴不定。

易廂泉指了指地圖，問道：「不知吳大人是否知道這是誰的住處？」

吳大人搖頭。「不可能是這裡。」

「為何？」易廂泉皺了皺眉頭。「綺羅小姐就算不在這裡，寫字條的人也在，應當是與幕後人一夥沒錯。」

「不可能，不是一夥。」

易廂泉見狀，更是詫異。他不明白吳大人為何這麼固執。只聽其嘆息一聲。「這裡是舒國公主的住所。本來皇上忌諱我們與宮內人有牽扯，奈何舒國公主與我的兩位女兒關係甚好，算是故交。」

「不管關係如何，都有可能——」

「不可能。」吳大人有些急躁。「舒國公主為人聰明智慧、識大體、嫉惡如仇，深得皇上信賴，不可能與小人為伍。」

易廂泉只是平靜道：「有必要查。」

吳大人看著他道：「易公子，坦白說了，不可能是舒國公主。我……把證據給她了，你明白嗎？」

易廂泉一怔。證據，也就是那位「對家」的罪證，居然給了舒國公主。不過想來也正常，朝廷紛爭無數，那位「對家」自然會排查吳大人在朝中的知己、好友，可偏偏想不到這份罪證在皇上的親妹妹手上。

吳大人嘆息一聲。「也許是哪個環節出錯了？易公子，你再想想。」

易廂泉後退一步，腦袋有剎那的空白。不過他很快恢復過來，快速思考著，片刻之後，他得出了一個令他不想面對的答案——

他們知道東西在舒國公主手上。

易廂泉開始踱步，但是吳大人的心卻靜如止水。「如果綺羅回不來了，我心裡也有準備。」

「不一定。」易廂泉說道。「我已經安排了人，天一亮就進宮去。我和您在這裡等消息。」

吳大人點了點頭，拿了一些酒來，晃了晃酒壺。很多酒壺都空了，看來這幾日喝了不少。

「您可以休息一下。」易廂泉乾巴巴地說，但是他知道吳大人不會聽他的。

果然，吳大人搖頭。「睡不著。」

長夜漫漫，離天亮還有好幾個時辰。吳大人飲了很多酒，易廂泉也喝了不少。醉酒的人情緒很容易反常，二人各懷心事，喝了一杯又一杯。

「您看起來……」

「平靜多了。」吳大人慢慢舉著酒杯。「想想上次喝這麼多酒，是因為什麼事來著？對，是因為大宋出兵伐夏失敗……我年輕時讀聖賢書，參加科舉，只為有朝一日能在朝堂獻計、獻策，我希望這個國家變得更好。有人為了江山，可以犧牲自己的性命，可以拋棄妻兒。我原以為我也可以，但如今……不行的，我做不到。」他的手開始發顫。「這幾日我一直在想、在想……我這一輩子什麼沒見過，到頭來卻落得這樣的下場。我的孩子……」

他含混不清地低語了幾句。

易廂泉沒有說話。吳大人在他面前沒有了朝廷大員的樣子，只是蒼老又落魄。

「不會結束的。」易廂泉忽然說道。

吳大人側過頭來看他，有些訝異。

「這件事不會結束的。您的親眷去世了，但您還活著。我們不應退縮也不應恐懼，因為該恐懼的人不是我們，是那些惡人。」易廂泉很是堅定。「我們一定會把對方繩之以法。」

吳大人輕輕點了點頭。

兩個人又說了一些話，易廂泉問了吳大人一些有關「信件證據」的問題，但吳大人都避而不談。易廂泉心中有了分寸，這些事涉及朝中大事，是問不得的。而吳大人大概只想讓自己找到二小姐綺羅，關於朝廷的事盡量少問。

二人談了一會兒話，刻意避開了沉重的話題，講了一些吳大人年輕時候的事。從寒窗苦讀、進京趕考，再到後來入朝為官……吳大人一邊喝酒，一邊講述他生平遇到的事。談及那些年少時的志向、未曾實現的理想，吳大人重新拾起了一點勇氣。他講了一會兒，精神似乎放鬆了很多，說著說著，竟然睡著了。易廂泉就靜靜地坐在一旁等他醒來。吳大人只睡了一個時辰，待他再醒來時，天空微微發白。

易廂泉站起來走到窗前，看向外面，離太陽完全升起還要好久。他們大概還要在此等待很久，但屋內更加明亮了。易廂泉這才想起，今日將行李搬來搬去，將佩劍和金屬扇子都帶在身上了。他將東西卸下，放到案桌上，自己又再次坐下。

吳大人的目光落到了易廂泉的佩劍上。

「是鷹？」

易廂泉這才意會到吳大人問的是自己劍柄上的圖形，遂拿起來看了看，道：「不知道。這劍從出生起就跟著我了，可能是我父母的。」

「這隻鷹，我是見過的。」吳大人伸手接過佩劍，低頭看了看。「我進京趕考那年，在京城認識了一位鐵匠。那時候他還不會打造這些複雜花樣，只是在紙上繪出來了而已。鷹嘴很圓，我們還為此爭論了很久。」

易廂泉聞言，身體一僵。

吳大人也很詫異，他看了易廂泉一會兒，問道：「你的父母……」

「從未見過，也不清楚名姓，似乎因為火災去世了。」易廂泉說得很快，側過頭去，好像不想談這個話題。

吳大人見他是這般反應，也沒繼續問，只是低頭端詳劍柄。

易廂泉的心緒卻亂了起來。他趕緊喝了一杯水，又看看吳大人，欲言又止的樣子，又低下頭去。

「也許只是巧合。」吳大人將劍放回去。「但那個鐵匠和你長得有些像。之前和你講話的時候，我都會想起他來。那時我進京趕考，在異鄉很是孤獨。我們偶然相識，經常在一起吃麵。他說他不是個鐵匠，只是不得不留在京城，只能這樣餬口，但他也不想回家鄉去。我問他很多事，他卻三緘其口，但我們性格相合，居然聊得很投機。我希望大宋國力強盛，他則希望天下太平，再無紛爭。」

易廂泉很認真地聽著，但是沒有開口問，像是想問又不敢問。

「我中舉之後在外地做官，回到汴京之後，他已經不在了。他當時說，以後有機會去看大海，所以我猜他在沿海的某處定居。易公子，他是不是……」

「應該不是。」易廂泉像是自己否定自己。「我不認識他。我也從未去過海邊，小時候一直住在洛陽。」

吳大人點了點頭。「他不和你一個姓。他的姓氏不常見，姓拓跋。」

「姓……什麼？」

「拓跋。這不是中原人的姓。這樣算來，他可能是西夏[1]人。」吳大人若有所思。「不過這個姓氏也可能是他編的。他天天胡言，不曾告訴我真名，只說自己叫拓跋海。那『海』字，就是他給自己取的，真是胡來！」

吳大人又說了幾句，居然笑了，他自綺漣死後根本沒有笑過，像已經忘記了怎麼笑似的。

沒等他說完，易廂泉突然向後退了一步，一掌將門拍開。吳大人根本沒來得及反應，易廂泉就追出門去。只見一道黑影從門下溜過，閃到了窗戶跟前，易廂泉立即從懷中抽出扇子，打了出去！

「易公子！」吳大人驚叫一聲，易廂泉把扇子打過去之後立即跟到窗前，而窗裡、窗外都沒有人了。

黎明之際，天色昏暗。一陣冷風將易廂泉吹醒，吹得他不寒而慄。

吳大人慢步出來，驚道：「方才究竟——」

易廂泉立即拽著吳大人回房，又喚了隨從侍衛前來照應。他臉色極度難看，對吳大人道：「大人，休要出門，一定要小心，一定要小心！」

吳大人急忙問道，「窗外有人？」

1 西夏：國號大夏，主要以党項族為主體，包含漢族、回鶻族與吐蕃族等民族的國家，活躍於今日內蒙古一帶與甘肅省西北邊。因位於中原西北方，又稱為西夏。曾於唐朝時稱臣，北宋時再度立國。

「中計了。」易痌泉望著窗外，陰沉的天空讓人心底發寒，街邊偶有犬吠，卻令易痌泉思緒煩亂。他轉過身來對吳大人道：「我們的對話被人聽去了，若我猜得不錯，這是陷阱，那人在附近守了一夜。換言之……」

吳大人坐回椅子上，臉色陰沉起來。

易痌泉不語，只是走到案桌邊看著那幅汴京城地圖，想著從吳府事發至今，發生太多事，而這些麻煩事他沒有解決掉任何一件——這是前所未有的。

易痌泉深吸一口氣，想讓自己冷靜下來。

綺漣之死未能解決，對方竟然設下這樣一個局，等著易痌泉入套。未乾的墨跡、汴京城的地圖、交會的房屋、舒國公主的住所……

易痌泉想了一會兒，這才開口問道：「他們是不是早就有所懷疑，那些證據在舒國公主手中？」

「也許。」吳大人氣若游絲，冷笑一聲。「現在他們是確定了。」

「舒國公主會不會有危險？」

吳大人搖頭。「皇宮重地，還算安全。」

易廂泉思考片刻道：「如今他們已經確定，那便會實行如下舉措——一是進宮謀害舒國公主；二是派人取走證據；三是挑撥聖上與舒國公主的關係，讓她有口難言。大人覺得，那位『對家』會使用什麼手段？」

「最後一種，慣用手段。」吳大人的鬍鬚也有些顫抖。「也不排除偷走的可能。對於位高權重之人，他們一向比較謹慎，一般不會輕易暴露自己的行跡。若是要殺人，也往往會用更加隱密的方式。」

易廂泉點頭，拿來筆墨。「大人，我們必須做最壞的打算。待取來筆墨，請將那人的罪狀悉數寫下。」

吳大人嘆氣道：「根本寫不滿一張紙。我查了許久，只不過查出點點蛛絲馬跡，證明朝中有這麼一個人存在。他沒做官，卻控制著朝廷的諸多官員，掌控著他們受賄罪證，掌控著他們的妻兒性命。而我的部分證據，指的是一部分大臣的受賄帳目、往來書信、威脅信，還有一些小人物的口供。」

易廂泉蹙眉。「還是比較全面的？」

吳大人搖頭。「若有人證還好，可如今證據根本不夠，只能證明這些大臣作風有問題，聖上就算見了證據，頂多勃然大怒，將幾個微不足道的小官革職查辦，而真正的罪魁禍首卻很難浮出水面。那個人究竟在不在汴京城？多大年紀？甚至是男是女？我一概不清楚。」

易廂泉心中暗暗吃驚。以吳大人的身分地位，查一個人的字跡易如反掌，而對於此人，他查了這麼久，竟毫無發現。多半是因為吳大人在查這件事的時候是孤立無援的。那位「對家」能掌握住這麼多大臣，必然有不少眼線。能值得吳大人信任的人很少，在朝堂上，很難知道誰是對方的人。

「我與他通常是在宮中聯絡，以書信形式談判。他好像總能知道我身處何方，隨時能派人來傳話。我卻查不到他的行蹤。」

易廂泉在屋內踱步。「會不會就是宮中之人？」

「說不準。」吳大人眉頭緊皺。「此人的意圖不明顯，只是一味惑亂朝綱。若說是宮中之人，倒不如說是敵國奸細的可能來得大。還是那句話，身分、地位，一概不知，目的也不明確。」

易廂泉沒說話。吳大人又道：「但是，他的往來書信有落款。」

易廂泉挑眉。「是圖符？還是暗號？」

「是姓。」吳大人閉起雙目。「一個字，白。」

易廂泉臉色越發難看。且不說姓的真假，即便是真的，汴京城有多少姓白的人？農戶、商人、官員，數不勝數。

「有權必有財。」易廂泉略微思考。「不知汴京有無姓白的大戶？」

吳大人搖頭。「早就查了，沒有可疑的。易公子，你都無法想像，這個人怎能存在得這麼……虛無？」

「大人有何打算？」

吳大人苦笑一下，沒有答話。

易廂泉道：「雖是圈套，綺羅未必真的死去。現下最好將事情告知舒國公主，讓她小心；若是來得及，將證據轉移最好。」

吳大人看了一眼窗子。「夜半時分，誰都無法入宮。臣子與舒國公主見面本就不妥，如今趁著天亮進宮，也只得低調行事。易公子，我知道你安排了人，但最好還是親自和公主見上一面，講述事發過程，而且……」

吳大人猶豫了一下。

易廂泉接話。「那位『對家』說不定也會再跟您聯繫，我去談判。」

吳大人點頭。「易公子是聰明人，定然明白我的私心。我只希望易公子能從其口中問出綺羅下落。」

「我這就想辦法進宮。」易廂泉點點頭，站起身來想要離去。他走到門口，猶豫地回望了吳大人一眼，又問了一個問題。

「他……是個好人嗎？」

吳大人一時沒反應過來，片刻才明白，易廂泉問的是那個叫拓跋海的年輕人。

「他是個很好的人。很喜歡開玩笑，想去看大海，還喜歡在紙上畫小人。」

易廂泉微微笑了一下，舒了口氣，好像很滿足似的，踏著最後的夜色，匆匆離開了酒樓。

四　掉包計

韓姜爬出小窗朝四周看去，周遭盡是高牆，固若鐵壁。

夏乾見她出來，匆忙來扶。

韓姜欲張口詢問，夏乾急道：「事不宜遲，我立刻將妳送出城！」

他拉著她從圍牆的狗洞鑽出，洞口停一小車，四周空曠無人。朦朧月色下，由唐宮改建而成的衙門靜靜地立在這裡，巍峨卻又透著幾分詭異。而在距離衙門不遠處則有一白色石橋。

韓姜又要張口問什麼，夏乾扶她上車，用布罩上。「快走！妳看見那橋了，這段路最不好走，若是被發現越獄，他們直接從屋頂放箭，我們兩個都會被萬箭穿心！」

韓姜默然，夏乾推著她瘋狂地向石橋跑去。而他身後的衙門內牆則傳來一陣腳步聲。那是換過班的衙門守衛，他們匆忙地走過內院，開始巡邏了。

夏乾第一次跑得這麼快。

「有人越獄！」

衙門內有人高喊，隨後是一陣腳步聲、說話聲、吵鬧聲。韓姜瞪大眼睛，扯掉身上的布。「被發現了？」

夏乾上氣不接下氣，急道：「把布蓋上！」

「他們發現了越獄——」

「是柳三，不是妳。」夏乾汗如雨下。「他們不會來追的，柳三的牢房空了，在他們眼裡只是丟一個小賊。慕容蓉早就囑咐衙門了，這種偷錢小賊，跑了也就罷了。我們打聽過，長安城的府衙發生過好幾次小賊越獄的事，長安城的士兵很懶散，小賊跑了，從來沒出來抓過。出了這種事，官員也只想把事情壓下來。」

果然，雖聽聞吵鬧之聲不絕，卻不見有人出來。二人迅速跑上石橋，待過了橋，則是夜市了。街上偶有醉酒的行人、進貨的商販，但都在主路上走著。夏乾迅速拐向一條小路。這條路是他白天看鋪子的時候發現的，人跡罕至。他們再走一陣，周圍變得很安靜，就只能聽見車輪滾動的聲音了。

韓姜蜷縮在推車上，一路沒有吭聲。夏乾推著車路過一個小山坡，從山上能看到遠處衙門的牢房。夏乾看著那邊的火把閃動，心中越發不安，放慢了推車的速度。

「出事了？」韓姜問道。

「沒事。」夏乾趕緊回答，又開始推車。直到把小車推到城門附近的一座荒涼馬廄前面，夏乾上前敲了敲馬廄的門。

慕容蓉急忙探出頭來，問道：「成功了？」

「一切順利。」夏乾欣喜地喘著氣，扶韓姜坐起。「天一亮，待城門開了，我們就裝成運貨的出去。伯叔的車停在城郊接應我們。」

韓姜看了慕容蓉一眼。「慕容公子也在？」

夏乾點頭。「嗯，他來這邊幫忙。妳和他先出城，我晚些再出去。」

慕容蓉問道：「看韓姑娘傷勢不輕，現下可還撐得住？要不要吃些東西？」他打開自己的包袱，拿出食物和水。

韓姜沒有動，直視夏乾道：「你們的計畫，就是用柳三換我出來？」

她的言語中帶了幾分譴責的意味。夏乾累了兩夜未休息好，好不容易把韓姜救出來，卻聽到這句話，頓時有些不開心。「對，沒錯。」

韓姜搖頭道：「這是什麼主意？這怎麼能行？」

夏乾有些生氣。「難道要我眼睜睜看著妳在牢裡被人打？」

「柳三裝成我的樣子躺在我的牢房裡，但他怎麼逃出來？」

夏乾解釋道：「這樣做能拖延時間。當他們第二天發現『韓姜』變『柳三』之時，妳早就出城幾十里了。」

韓姜看向慕容蓉。「你也同意了？」

慕容蓉道：「韓姑娘放心，柳三是手腳被捆、口中被塞布的。他只會說，半夜睡覺突然被人打了後腦杓，醒來就這副模樣。」

韓姜轉頭對夏乾道：「他們不會輕易放過柳三。錢陰要的只是一個替死鬼，只有牢裡的『韓姜』畏罪自殺，錢府一案就此結案——他們根本不會管牢裡的是誰！」

聽了她的話，夏乾的腦袋嗡嗡作響。「那妳說怎麼辦？與其柳三要裝成妳的樣子躲過亂箭，還不如這樣賭上一把，至少不會被萬箭穿心。」

「夏乾，你救過我，我至今感激你。」韓姜語速很快。「你這一次又救了我，我無以為報。但我只想說，我韓姜的命不值得你冒這樣的風險，何況還要把柳三的命也搭進去。」

夏乾有些生氣了。「我千辛萬苦救妳出來，如今妳說這些話又是什麼意思？」

夏乾話未說完，卻被慕容蓉打斷。他直接摀了二人的嘴，低語道：「別吵了，外頭有人！」

三人立即沉默，大氣也不敢喘。就在此時，馬廄外真的有兩個男人。他們身材高大，走了一會兒，便倚靠在馬廄外的柱子上。

這個馬廄在城門客棧附近。那客棧收價低廉，是外地人進城落腳的首選，但客棧中的客人魚龍混雜，常有人打架滋事。

透過馬廄的門縫，夏乾看到其中一個人臉上有鬍茬，頸上一道疤，另一個人則有些胖。二人掏出酒囊，對飲起來，喘口氣，緩緩談起話來。

胖子輕聲道：「一會兒怎麼辦？」

傷疤男子翻個白眼。「多喝點酒，又不是第一次幹這事。一刀下去，拿錢走人，收屍也不用管。你還指望她做鬼來害你不成？」

馬廄後的三人本擔心眼前這兩人賴著不走，如今聽到此，三人都是一身冷汗。

夏乾用口形問道：「什麼意思？」

韓姜臉色泛白，做了一個抹脖子的動作。這兩個人的聲音她認得，是曾經在獄中「探望」她的某一班獄卒，當時應該是去探查的。

慕容蓉吐了五個字，雖聽不見音，卻也能知道他說的是什麼——

「殺手，是老手。」

胖子瞅了瞅遠處。「那可是衙門！」

「衙門？去地府咱們都敢接。」疤痕男子低聲笑道：「銀子都結了，還能怎麼辦？你要感謝那幫捕快不敢動手，否則錢老闆哪這麼容易給錢？」

胖子道：「總覺得去衙門做這種事……」

他咕嘟咕嘟地將酒喝乾，顯得有些緊張。

「怕了？」疤痕男子嘲笑道：「真像個娘兒們，你還不如娘兒們。咱再喝會兒，約定的時辰還沒到。」

「還是快走吧！從這兒走到白石橋，還要好遠的路呢！」

「急著投胎嗎？」疤痕男子啐了一口。

「急著領錢哪！」二人收起酒壺，罵罵咧咧地朝東邊走去。

韓姜臉色蒼白，拉了拉夏乾的袖子。「你們聽見了嗎？你們知道剛才那二人是做什麼去的？」

夏乾緘默，他的臉也變得蒼白。慕容蓉也沉默著迴避韓姜的目光。此時東邊的天空紅得愈來愈明顯，而遠處偶有行人經過，那是排隊出城的行人。再等下去，集市的人會越來越多。

韓姜扶著馬廄的柱子站起來。「柳三不僅手無寸鐵，而且雙手被縛，也無法呼救。絕對不能留他一人在那兒。」

夏乾趕緊扶住她。「那兩人也許只是喝醉了，又不是真的殺手，哪有這麼巧，錢陰今夜買凶殺人，又被我們碰見——」

慕容蓉平靜道：「別欺騙自己了，夏公子，如果不去救柳三，他可能會……」

夏乾沉默了。他看了看天空，看了看遠處的衙門，又看了看韓姜與慕容蓉。

韓姜明白夏乾目光的含意，她一把拉住他。「你別去！」

「我都沒說我要去哪兒，妳攔我做什麼？」夏乾甩開了她的袖子，看了看城門。

「你們在這兒等著，待開門之後立刻出城。一個時辰後，我在城郊與你們會合。」

語畢，他推開馬廄的破門就要出去，還背上了弓箭匣子。弓箭是提前準備好放在馬廄裡的，柘木弓匣子透著陰沉之色，比黎明的天空更加灰暗。

「夏乾！」韓姜語氣不善。「你沒那個本事——」

慕容蓉趕緊勸解。「時間寶貴，莫要爭吵。韓姑娘說得不錯，夏公子，這事開不得玩笑——」

「你們有更好的辦法嗎？」夏乾問道。

韓姜和慕容蓉沉默了，夏乾朝他們笑了笑。「放心，我身上還有不少銀子，我去攔住他們，看看能不能把事情談成。背著弓箭只是以防萬一。」

朝陽的腳步很輕，輕得根本就沒有將黑夜完全驅逐出境。星光微弱，使得夏乾的影子在夜幕之下顯得有些孤獨。

韓姜怔怔地看著，夏乾的背影越來越遠，遠到她根本就看不清楚。

慕容蓉嘆氣。「夏公子說得不錯，也許能用錢解決問題。我們如今只好等在這裡，待城門開啟再出去。」

韓姜搖頭。「慕容公子，你有所不知。若是有組織、有靠山的團夥，根本不會為金錢所動。」

「若妳執意回去換柳三，這更不是個好主意。夏公子之前就猜到妳這種心思，怕妳不配合。他說，一旦出了變故，我一定要送妳出城。」

韓姜沒有作聲。

慕容蓉勸道：「計畫是我們想的，不是萬全之策，但也是應急之法。而且……夏公子真的對妳很好，妳不要讓他為妳擔心了。」

慕容蓉見過很多姑娘，也非常了解女孩子在想什麼。他以為韓姜聽了這些話，多少會感動，至少會理解夏乾的苦心，然後乖乖跟著自己出城。若是執意不走，想用自己把柳三換回來，慕容蓉依然準備了另外一套說辭等著她。

卻不承想，韓姜只是站在原地，看著府衙，似乎有別的想法。

「慕容公子，你現在去報官，說有人越獄。」

慕容蓉吃了一驚。「不行！」

「不是說我越獄，是說柳三越獄。至於原因……你說你早上遛彎，在街上碰到一個和他很像的人。」

慕容蓉搖頭。「這個理由未免太牽強了。」

韓姜沒有理會，繼續道：「之後，官府發現柳三被替換成我，他們就會把柳三重新關押，或者安排獄卒在那兒守著。你一直在那裡看著柳三，確保他是安全的。再多叫一些獄卒、官差去牢裡。即便衙門收了錢陰的好處，但也不是人人都收了錢的。只要事情鬧大，人一多，殺手一定無法下手。而官府要出來搜人，短時間搜不到這裡。你讓夏乾回來，將我偽裝成貨物，帶入錢府。錢府內院一個下人都沒有，官府礙於錢陰的面子又不會搜查，在那兒會很安全。」

慕容蓉很是吃驚，但是靜下來細想，韓姜的想法不無道理。

韓姜又道：「如果我真的逃了，很快就會有官差前來追捕。我身上有傷，被抓到的可能極大。但若是我回錢府躲著，你們想辦法將案子破了，之後讓狄震將案情寫下，呈報京城上級，事情才有可能妥善解決。最壞的可能，也不過是我重新被抓回牢裡去，但至少拖延了幾日。在這幾日裡，至少大家都相安無事，說不定你們還能和錢陰談判，事情尚有轉機。至於夏乾的計畫……我明白夏乾想要顧全我的安危，可是我要顧全整個大局。」

韓姜說得句句有理，慕容蓉自然聽得懂韓姜之意。此法風險均攤，比夏乾做得更加穩妥。

見慕容蓉有所動容，韓姜補充道：「慕容公子，你是聰明人。這件事夏乾是斷斷不會同意的，所以我必須等他離開，先行說服你。剛才我們路過了一座小山，登上山坡，整個衙門盡收眼底，夏乾在那兒停住了。他做事是離不開弓箭的，雖然距離遠，但他可以通過小窗將箭射進去。」

慕容蓉搖頭。「小窗太小，怎麼可能射箭進去？」

「我了解夏乾。他很自信，認為自己的箭術無人能敵。他先射入一箭，告訴柳三有危險。這樣等殺手進入牢獄，柳三會將殺手逼至小窗，等著夏乾放第二箭。」

慕容蓉怔住了。「這麼說來，脫險也不是不可能，那為何還要——」

「慕容公子，若是夏乾真的為保柳三性命射了箭，那他就……」

「他會殺人。」說到這裡，慕容蓉立刻明白了韓姜的意圖，思索片刻便做出了決斷。「我現在就去報官。韓姑娘，妳可真是……」

面對這個姑娘，他實在想不出形容來，只是拍拍她的肩膀，轉身快速去了府衙。

他轉身跑去，獨留韓姜一人站在馬廄。天空越發明朗起來，明朗到陽光都從雲際冒了出來，照著長安城的牆垣和屋瓦。馬廄的茅草棚頂也多了一絲暖意。

韓姜慢慢蹲下，藏在馬廄的角落裡，而雙目盯著遠處的府衙。府衙後面太陽一點點升起，夏風吹拂，浮雲微動。

命如浮雲，風起雲散，飄忽不定。新的一天就是一場新的賭局。

韓姜的目光柔和卻堅定，這場賭局他們一定要贏。

第七章　難解謎局

一　暗夜之耳

柳三一個人躺在牢房中，他口中被塞著布條，雙手被縛。然而他的雙目卻是異常明亮的。

子時剛剛過去，有腳步聲傳來，這是第一班換班的獄卒。這些獄卒巡視到此，很快就發現柳三的牢房空了，鬧騰一陣，也不見有人去找，此事竟然作罷。

在這整個過程中，柳三一直趴在稻草上，一動不動。他知道，自己要裝作暈倒的樣子，又不能立即將面部暴露出來。待到天明，他嚎叫幾聲，招來獄卒，說韓姜昨夜襲擊他，將他打暈並關入此地，兩人還互換了衣服。

到那時，韓姜也逃脫了。

柳三趴在稻草上，毫無睡意。今夜的驚險算是已經過去，待到明天天亮，等待他的不知是什麼？也許衙門會把他當作受害人放掉，也許會當作同夥抓起來，也許會把他當作「韓姜」直接殺掉，再把這件事報給錢陰。

柳三腿上藏了匕首，對於明天白天的事，他並不擔心，但絕不會掉以輕心。

他一夜未眠，直到天色微亮，獄卒的腳步聲又一次近了。

柳三皺了皺眉頭。這腳步聲太過奇怪，不似獄卒平日巡邏時那般悠閒，反而帶著幾分緊張和混亂。

但柳三不敢抬起頭。腳步聲越來越近，兩個獄卒停在了牢房前面。

「是她嗎？」其中一個人問著。

柳三皺了皺眉，此人聲音很是渾厚，還帶了幾分粗魯。

而另一個人語速很快。「應該就是，裡面的牢房僅她一人。」

牢房的鎖響了，是鑰匙開鎖的聲音。此情此景，是柳三萬萬沒想到的——兩個男人在天不亮的時候來到韓姜的牢房，定然不是好事了。

可是柳三還是沒有抬頭，他不需抬頭，只要耳朵在，聽得見就行。

他聽見那兩人離他越來越近，也聽見了刀子出鞘之聲。柳三知道來者不善，於是他輕輕地動了動，想要掙脫繩索。

掙脫繩索是一門技術，變戲法的人都會，可是掙脫的速度、動作卻因人而異。而今，柳三是在有兩名「觀眾」的情況下掙脫，而且要不被他們察覺。

但是柳三卻從容不迫。他雙手微動，也不知是怎麼做到的，繩子真的鬆開了。繩索一鬆，他雙手下滑，令人難以察覺地滑向雙腿，想拿出腿上藏著的匕首。

就在這一剎那，一枝箭忽然從窗外射了進來，直接插入牆面，將牆面射穿。兩人皆是啊了一聲轉身望去，箭羽沒入牆面微微顫抖。

「怎、怎麼會——」

就在兩人專注於箭時，柳三抓到了絕佳的時機一躍而起，像是一條浮動於空中的青色絲帶，看似無力地飄動，卻在空中速度極快地舒展。他一掌下去，直劈其中一人的後腦杓。

那人倒地，而另一人詫異地回過頭去，柳三卻飛起一腳，踢掉了他手中的兵器，抬手就抽出了腿上的匕首，直接架到了大漢的脖子上。

這個帶著傷疤的大漢雙目瞪圓，見匕首已架到脖頸之處，撲通一聲跪了下去。

而柳三穿著韓姜的青衣，身形也削瘦。大漢這才微微看清，眼前的人分明不是女子，而是一長相清秀的男子，細一看，感覺有點脂粉氣。

大漢見狀，寒光從雙目中冒出，殺心又起。柳三則輕蔑一笑，壓了壓手中的匕首。大漢脖頸之處被壓出了血痕。

大漢再也不敢造次。「饒命！」

他們經常動手的人都知道，匕首所抵之處是要害。大漢立即明白，憑這匕首所抵的精準位置，憑對方極快的身手，眼前的「小白臉」一定是個高手。

「錢陰派你們來的吧？外面還有獄卒做內應，對吧？」柳三踢了他一下。

大漢沒有說話。

柳三皺了皺眉頭，繼續道：「錢陰給了你們多少錢啊？」

大漢依舊沒有說話。

「裝啞巴？一看就是老手。」柳三賊兮兮地道：「我只能跟你們說，原來牢房裡的姑娘跑了，你們現在只能空手回去。喲！別用那種嚇人的眼神瞧我，小爺我可不是被嚇大的！」

柳三學著夏乾囂張的樣子繼續道：「我可知道你打什麼主意。錢陰要牢房裡的人的性命，但沒說是誰的命。你想隨便殺個人去交差，對不對？嘖嘖！繩子都帶好了，等著來個『畏罪自殺』呢！錢陰真狠，何必為難一個姑娘呢？這麼不懂憐香惜玉，真不是男人！」

柳三胡言，大漢聞言又有了動手的念頭，卻被柳三用匕首硬是按了下去。柳三明明歪七扭八地站著，大漢竟然無法動彈——匕首像黏在了他的脖子上一樣。

大漢側目，看了看柳三的手臂，纖瘦卻有力量。大漢頓時明白了，眼前這個人，乍看柔弱而不堪一擊，但實則深不可測。

不怕武藝高強的人，不怕聰明絕頂的人，就怕琢磨不透的人。

眼前的人就讓他琢磨不透。

大漢像是第一次聽進去了柳三的話。「我沒法交差。」

「扣錢？」

大漢苦笑。「道上的規矩，可能更慘。」

柳三歪頭，柔和一笑。「那沒辦法。你就帶話給錢陰，算是將功補過。第一，慕容那小子盤點了長安城錢陰所有的店鋪，藉著帳房出事，還看了不少帳目。讓錢陰小心著點，他一旦疏忽，慕容家獅子大開口，會侵吞他長安城所有產業。」

他的一番話讓大漢吃了一驚，趕緊默唸，生怕記錯。

「而第二點，」柳三的聲音變得更低。「我不知錢陰為何選這個牢房中的姑娘做替死鬼，但他應該慶幸你們還沒動手。錢陰勾結黑白兩道，將長安城弄得烏煙瘴氣，你們以為他還能快活幾日？京城的官都是吃白飯的？」

大漢不明所以地看著柳三。

柳三接著道：「那個姓韓的姑娘身手不凡，有人派她來這邊做事，所以才走了這一遭。此人權傾朝野，哪裡會將長安城這點勾當放入眼中？轉告錢陰，趁早息事寧人，不要追究。」

大漢還在回味那番話，柳三卻突然抽回了匕首，退居牆角。

「聽完了就帶上你的相好，快滾！我還得睡一會兒。」柳三指了指地上昏迷的大漢，一臉嫌棄地說著。

二　飛鴿傳信

夏乾站在高坡上，架起弓箭對準牢房小窗。那窗戶很小很小，如今隔著街道相望，小得只有指甲蓋這麼大了。

人人都說百步穿楊，而夏乾如今與小窗的距離遠在百步開外。兩個大漢剛剛與獄卒打了招呼，進了衙門去。夏乾瞪大眼睛看著，他不敢相信，衙門竟然無法無天到了此等地步。素聞錢陰隻手遮天，可在光天化日之下派人去衙門殺人，這都不能用「目無王法」形容了。

夏乾架起弓箭，手有些發抖。

上次射箭傷人還是在庸城時，全衙門的人都撤退，獨留自己在客棧射箭。而觀今日情形，不容樂觀。夏乾只能保證自己一箭射入，若是柳三聰明，便知曉在搏鬥時將人引到窗前，讓自己放第二箭。

若是一箭穿心怎麼辦？那兩個大漢要死在自己手中嗎？

這樣……是殺人嗎？

夏乾一下子放下了弓，呼吸急促了起來。他知道，一旦自己放箭殺了人，追憶便永遠會停留在此時此地。他會在垂暮之年反反覆覆作著同樣的噩夢，夢到這個衙門，還有這扇小窗。

可柳三呢？若是不救他，他就會遇害。

想到柳三，夏乾又急忙架起了弓箭，手開始發抖。他急匆匆地放了第一箭，偏了。那箭被夏風吹到了不遠處牢獄的牆上，直接折成了兩截。他放了第二箭，又偏了，這次射到了不遠處的柳樹上，深深地扎到了樹幹裡。第三箭，還是偏了。

夏乾放下了弓，垂下頭去。韓姜和柳三任何一個人出事，他都會愧疚終生；放箭殺人，也會愧疚終生。無論怎麼選，他一定會愧疚，但如今時間已經不多了。既然下定決心去救柳三，那就要準備放箭，射得準一些。

如果認真思考並且做出了最後選擇，就不要懷疑與猶豫了。

夏乾又架上了弓箭，「嗖」的一聲，一箭放出，直接從小窗射入。此箭意在提醒柳三，注意窗口。

下一箭恐怕就是要射殺人了。

卻聽一陣腳步聲匆匆傳來，夏乾詫異回頭一望，是慕容蓉。他一個富家公子哥倉皇地跑在街道上，有些好笑，而夏乾覺得有些恍惚，放下弓箭問道：「出事了？」

「沒有。」慕容蓉氣喘吁吁。「韓姑娘有新的主意。她此刻還在馬廄，你回去，送她進錢府。我去通知官府越獄之事。怎麼？那兩個殺手已經進去了？」

夏乾似是明白了一些，轉身抬起弓箭。「他們進去了。柳三現在情形危急，什麼都不如箭快。」

「聽韓姑娘的話。」慕容蓉按下他的弓箭。「你不能殺人！」

二人還在僵持。慕容蓉看著他的手臂，冷靜道：「你的手在抖，持弓是很難射中的。與其在這裡浪費時間，不如聽我們的話！」

夏乾臉色蒼白，慢慢放下了弓箭。

「聽韓姑娘的。你回去，盡量不要在府衙露面。我現在去報官。」

夏乾一咬牙，轉身跑回馬廄。慕容蓉看著他離開，才迅速跑向衙門。

此時，太陽已經漸漸升起，夏乾穿過小巷，來到街角馬廄之處。韓姜安然地坐在馬廄角落裡。見夏乾來，她疲憊一笑，扶著欄杆站起來。

夏乾見狀，趕緊扶住她。「沒事就好。」

「柳三那邊怎麼樣？」

「我等了一會兒，根本不見有動靜，慕容蓉進了衙門，也不知柳三怎麼樣……」他的聲音越發微弱。柳三若是今日出事，那將是夏乾此生的夢魘。

「你去找慕容蓉看看衙門情況，先不要管我。接著再託人傳話給伯叔，讓他不要再等了。」

她一說這話，夏乾頓時明白了。慕容蓉把夏乾叫回來，不是為了救韓姜，只是不想讓夏乾動手殺人。

夏乾心裡五味雜陳，只是搖頭道：「我去了也挽回不了什麼，我先送妳回去，再去衙門等消息。」夏乾讓韓姜鑽進麻袋，用小車推著她走到街上。

古老的長安城街道靜默在夏季的陽光裡，街上飄著烤饃與烤羊肉的味道。行人匆匆，多半是起來做生意的小販。這些古老的地磚、街上的棚子、店家的旗子……今日的長安城和往日沒有什麼不同。

夏乾轉身走入人少的小巷，奮力推著小車，像是幹不慣這種活，其實是因為他的手還在發抖。

韓姜整個人蜷縮在麻袋裡，只露出了一點點臉。她的雙目很好看，黑如水銀，透過袋子縫隙看著夏乾。而夏乾也看著她，看著看著，就忘了腳下的路。直到被一顆小石頭絆到，車子顛簸一下，歪了。

「妳遮好，別被發現了。」夏乾趕緊伸出手去，拉了拉麻袋。「慕容蓉應該已經進了衙門，他們八成發現了柳三被替換之事，說不定現在已經派人來搜捕了。」

「柳三……會沒事吧？」

韓姜像是在自問自答。夏乾有些緊張，一緊張話就變多了。「不知道。我把妳送回去，就去衙門看看。慕容蓉去得應該還算及時，柳三不會有事的，一定不會有事的！可能我的朋友都要坐一回牢，易厢泉、柳三、妳……」

「我也是你的朋友嗎？」

聽她這麼問，夏乾莫名慌張了一下，車又歪了。

「妳別和我說話。」夏乾覺得有點慌。「我今天有些混亂，我……」

「你記得給伯叔也傳個口信，讓他不要再等了。」韓姜沒有說什麼，只是把麻袋拉上了。

夏乾舒了一口氣，把車推得歪七扭八。直到錢府門口，他才停下，找個小孩把口信送去，又將韓姜的麻袋封好。

錢家下人忙問道：「夏小爺，這袋子裡裝的是什麼？為何如此小心？」

「珍玩。」夏乾不以為意道：「我與慕容蓉一同淘來的，眼下放到錢家房裡去最是穩妥。你家老爺不在？」

下人一聽，搖頭道：「與幫管家查帳去了。」

夏乾聞言心中大喜，塞給大家一些銀兩，抱著麻袋就進去了。「我進屋休息一會兒，還會去弄些稀罕物件帶著。這些東西貴重得很，之後我會託鏢局帶回汴京城，也算不白走長安這一遭。」

下人忙接手要搬，夏乾擺手道：「貴重的東西你們還是不要碰了，丟了、磕了都是麻煩。我來搬，壞了也怨不得你們。」

下人們趕緊撤回了手。夏乾這才回想起先前幾日聽到的傳言，錢陰吝嗇無比，對待下人也是異常嚴苛，大家都睜一隻眼、閉一隻眼地幫他做事，也只有幫管家唯他馬首是瞻。

錢家房屋多得很，而夏乾的房間比較僻靜。待他抱著「麻袋」進屋之後，終於累得站不住了。

韓姜從麻袋中出來，走到床邊躺下，見夏乾還站著，又起身問他道：「你不去瞧瞧柳三？」

她一句話就戳中了夏乾的心。他臉色立即暗了下去，卻沒有動。「我……」

「你是不敢去？」

夏乾的目光躲閃。「我怕去了，看到他出事。」

二人面對面站了片刻，竟不知該說些什麼。突然，一陣腳步聲傳來，不知是誰走來了？院子裡住的幾人都不在，此人分明是向夏乾這屋走來的。

夏乾一下子竄起，慌忙扶著韓姜躲到床底下。敲門聲傳來，夏乾心虛地問道：「是誰？」

「小的是錢府門房，有您的信鴿，昨夜到的。」

這一句話瞬間讓夏乾心中的石頭落了地。不僅是落了地，簡直是欣喜若狂——易廂泉的信！

夏乾幾日前將錢府發生的殺人案告知易廂泉，如今回信來了，真相必定也來了。他趕緊出門接信，卻見下人遞來的是完整的一封信，而不見信鴿。夏乾覺得有些不對勁。「怎麼回事？」

下人見狀，有些畏懼。「信是幫管家給我的，讓我在您歸來之後送到。」

飛鴿傳書僅能單程飛行，價格昂貴。應當是汴京城大驛站飛往長安城驛站，之後送往錢府。幫管家讓送來的，證明此信曾落入管家之手。

夏乾趕緊拆開信來，只有一頁紙。

夏乾愣住問道：「只有這些？」

下人點頭。「幫管家就給我這些。」

夏乾匆匆一看，信上沒有告知真相，也沒有任何提示，只有易廂泉講的那些吳府的事。

夏乾有些懵了，打發掉下人，溜回屋子去，就坐在凳子上發呆。

虛驚一場之後，韓姜又趴回到床上，接過信來看。

「易廂泉這是怎麼了？」韓姜將信翻來覆去地看了幾遍。「不對！這封信是第二頁，上面還有第一頁紙留下的墨印，而且沒有開頭。」

夏乾接過來一看，問道：「難道是幫管家心虛，將第一頁紙抽走了？」

「應該是。」韓姜嘆息一聲。「若是易公子在第一頁紙中將真相如實道出，他們恐怕也知曉了。我們打草驚蛇不說，又無法知道真相。」

夏乾在屋內來回踱步。「這麼說來，絕對是錢陰殺了帳房！真是無法無天，整個長安城都是他家的嗎？」

韓姜又看了看易廂泉的信，道：「易公子拜託你解的案件，有眉目嗎？」

夏乾喪氣道：「我哪裡知道？」

韓姜把信疊好收在袖子裡。「等慕容公子回來一起商量，他也是聰明人，通曉西域很多語言，吐火羅[2]文也懂。見多識廣，說不定可以幫上忙。」

「吐火羅文」是什麼？夏乾愣了片刻之後才想起來。這是猜畫時出現的題目。

「他會解吐火羅文？」

韓姜點頭。「對呀！你為何這麼問？」

夏乾這才明白，自己在猜畫一事上一直有誤解。猜畫一共五幅，一共五位解答者。夏乾解出了仙女圖。而第一幅怪異的水果圖，易厢泉推斷答案是要將珠寶打造成水果的樣子，這才得解。故而此解的解答者應為有錢人。

慕容家與夏家都是富甲天下的，夏乾一直打心底認為慕容蓉解的是第一幅畫。

韓姜則搖頭。「慕容公子與我交流時曾說過，他解的是地圖殘卷。他自幼喜歡語言，又曾到西域閱讀經書以及類似的文字殘卷，故而認識一些吐火羅文。」

夏乾聞言，覺得有些難以置信。他以為吐火羅文和回字形暗號都是青衣奇盜解的，如今怎麼又亂了？

見夏乾稀裡糊塗，韓姜則嘆道：「這件事還不急，你先去衙門看看，總逃避是不行的。」

夏乾點點頭，想到柳三，心底又慌了。

就在他要開門的時候，又一陣腳步聲傳來，離這裡很遠，並未走近。韓姜慌忙躲到床下，夏乾上前戳破窗戶紙，緊張地察看來人是誰。

他的目光穿過院子裡的紅花綠葉，終於看清了來人。

錢夫人。

夏乾記得，錢夫人得了失心瘋，一直被關在長安城郊的房間裡。可眼下，她正慢慢地走來。較幾日前的豐腴，如今她似是瘦了很多，又老了幾十歲，晃晃蕩蕩地在錢府徘徊，乍看之下倒不像瘋子。

但夏乾仔細一看，錢夫人雙目渙散，好像又……不像正常人。

那些樹木垂下的細細枝條陰影將錢夫人的臉分割成幾塊。她僵硬地、慢吞吞地走到錢陰的房前，左顧右盼了一下，溜了進去。

2　吐火羅：古時聚居於新疆塔里木盆地一代的少數民族。語言、文字源自一支已滅絕的印歐語系。

三　進宮

太陽已經升起，照在宮廷的紅磚綠瓦之上。而在這些華美磚瓦的另一側，就是整個汴京城最美、最奢華的園子——大宋的皇宮。不似唐宮恢宏，卻多了幾分典雅。高牆內的陽光彷彿都比牆外的陽光多了幾分貴氣，給花草都繡上了一絲金邊。

在花枝綠樹的掩映下，兩個太監壓低了帽子，穿過花園，走過精巧迴廊，繞過假山亭榭，匆匆從正殿往後宮走去。

其中一位小太監輕車熟路，步履匆匆卻輕巧無聲。而跟在後面的那個太監卻沒有這麼安分，時不時抬眼望一下四周，也並無卑躬屈膝之態，似是一位遊客。

二人走至會寧殿北邊的假山上，在雲歸亭停住了。第一位太監低語道：「已經派人將舒國公主叫醒，她片刻就會出來會面。」語畢，他點了點頭，慢慢離開。

只留下一個太監站在亭子裡，好像和周圍的景致沒有什麼不合。

這位太監穿著一身很新的衣服，不太合身。他只是安靜地站著，等待天際放出一絲光亮來。這抹暖色將東邊的迴廊映得清晰好看。

一個人影突然冒了出來。

是一個宮女，或是類似宮女的女人——衣著典雅、頭髮烏黑。在宮裡做慣了事的人，行走間、言語間多半是小心翼翼的，但這個宮女不同。她只是一味急匆匆地走，直奔涼亭。

宮女步入亭中，見了小太監，並未多作他言，只是輕聲問道：「你……是不是易廂泉易公子？」

小太監躬著身，輕輕點頭，卻並未行大禮。「見過舒國公主。」

他的聲音很小，還有些沙啞。

宮女一愣，隨即輕笑。「吳大人派來的人，果然靠得住，一見便知是我。我聽說出了事，這才變裝前來面談，卻不知出了何事？」

「大事。」易廂泉嘆息一聲。「吳大人叫我送來親筆信，實際情形已經在書信中言明，請您拿回去之後再過目，閱後即焚。還有，不知吳大人委託您保管的物證，如今可還穩妥？」

舒國公主說道：「好得很。信在哪裡？為何要拿回去再看？」

「物證在哪兒？」他沒有回答舒國公主的話。

「吳大人囑咐過，不可以講的。此事本與我無關，但我一來念著往日交情，二來又看不慣朝中有人作怪。也難為我一個女子……」

易廂泉卻說道：「吳大人說，物證可能要轉移。」

舒國公主搖頭道：「不可轉移。」

「只怕公主有危險，證據被人取走，倒不如放在我這裡穩妥。公主是不是沒帶在身上？我可以一同去取。」

公主搖頭。「不必多說了，我早與吳大人商量好，證據不可轉移。你也不要問在哪兒，我是不會說的。」

金色的太陽越升越高，像一盞巨大的燈，緩緩照亮了整個皇宮。

公主的容顏卻在金光之下模糊了幾分。她嘆了一口氣，道：「將吳大人的書信給我，你就回去吧！我會小心的。真是的，你這個人，問你什麼也不說，弄得我怪心慌的，也不知出了什麼事。信在哪兒？」

「公主也是什麼都不肯說呀！也沒有言明您手中東西放在哪兒啊！也不知您來這

兒做什麼，逛園子嗎？」

語畢，二人困窘沉默。而易廂泉卻率先開口，他掃了一眼公主的腳踝，問道：「公主沒有纏足？」

聞言，舒國公主大驚，面上帶著一絲紅暈道：「看你眉清目秀、語氣溫和，誰想你膽子好大，居然——」

易廂泉從懷中掏出一封信來，遞了過去。

公主立即止了聲。她怔怔地看著易廂泉手中的書信，上前一步取了過來。她的手碰到了易廂泉的手，而易廂泉則微微蹙眉。

舒國公主的手上有繭子。

就在這一剎那，迴廊的另一側突然冒出一夥人來。是一群宮人，他們之中有男有女，個個衣冠整齊，彷彿是一群小蟲見了糖，一下子從宮裡的紅磚綠瓦裡密密麻麻地鑽出來，將涼亭一下子包圍，準備啃食。

舒國公主見狀，竟撲通一聲跪地不起，聲音顫抖，道：「饒了我，請您——」

為首的宮人上了年紀，額頭皺紋已現，面目含威，似是掌管宮女之事的女官。她傲慢，甚至帶著幾分得意地掃了涼亭中的二人一眼，冷喝道：「私通？」

「舒國公主」聞言又砰砰砰砰磕頭。「我只是替公主前來取信，此人並非與我私通，請您明鑑！」

易廂泉站於一旁，像是什麼都看透了，帽子壓得有些低。

女官看向他，冷笑一聲。「你竟然與舒國公主有私情，此等醜事——」

「不必上報皇后？」易廂泉問得淡然。

「當然會上報，皇后與皇上都必須知道。」女官見狀，有些趾高氣揚。「此事關乎舒國公主的名譽，當然不可輕易了事。」

易廂泉看了看女官，看了看跪地的「舒國公主」，看了看這演了一齣戲的眾人，說道：「我猜，你們應當是要取了這位『舒國公主』手中的書信，再偽造書信轉遞聖上手中，來個私通之罪。將我處死，再將吳大人牽連其中，讓聖上嚴辦，最後再將舒國公主問罪，下嫁別處，處理得乾乾淨淨。對不對？」

聞言，女官冷笑不答，命人上前將跪地宮女的信件取回。

易廂泉只是站在晨霧裡，一聲不吭。太陽似乎也想將他染上那層金邊，但是他背過臉去。

信到手了。女官斜著眼，抬著下巴，冷笑著將信件抖開，快速低下頭，想看看吳大人寫了什麼。

然而她看信的剎那，還是有些吃驚——

「這……這是什麼？」

四　白菊

易廂泉翻了個白眼。「這是藥方。」

女官有些吃驚，將此信翻來覆去，看了幾眼，似是有些明白。「怎能是藥方？這藥方看著就不對，什麼藥以白菊為主方？」

「白菊，敗局。」易廂泉語出譏諷，咄咄逼人。「送給你家主子的。」

女官聞言一怔，臉上一陣錯愕，隨即變得鐵青。「藥方又如何？私通一直都是死罪。當年仁宗寬厚，宮女犯事，最終還是以杖斃論處。藥方又怎樣？還不是——」

「我是來給舒國公主看病的，誰知道你們找了這麼個冒牌貨？」易廂泉不屑地朝跪在地上的宮女笑笑。「演得不像，誰都能看出來這就是個宮女。」

女官聽了之後，頓感惱火。「我們即刻押你去見太后，人證也在，你以為你今天能逃得過？」

「易廂泉」抬起了頭。

晨光下，孫洵揚起了她的臉，看看眾人，又輕蔑地搖搖頭，指了指地上跪著的宮女道：「她是假的，我就一定是真的？我壓著嗓子說了這麼半天話，你們連是男是女都聽不出來？怎麼當差的？」

女官臉色微變。

孫洵冷聲道：「雖然妳我心知肚明，我還是要將這套詞說完。我長年給吳大人家的小姐看病，吳家小姐與舒國公主交好，也曾提過我的醫術。我對於女子的身子調理頗有心得，這才被叫來瞧瞧舒國公主的病症。至於扮作太監……只怕是以醫者身分入宮，會引得宮中太醫不悅。」

她語速極快，說完一通，見女官臉色青黑，遂笑得更加得意。

孫洵上前幾步，又道：「我不知道妳主子是誰，但也請妳去回個話：『你防我，我又防你；你騙我，我又騙你，這都是何必？壞事做盡，是要遭報應的。』」

女官未動，僵立片刻，還是讓人將孫洵帶下去，涼亭的一干人等都遣散了。

而在孫家醫館，易廂泉把茶水喝了一杯又一杯，心中有些不安。

舒國公主與吳大人商議時，吳大人囑託過，唯有自己亡故，舒國公主才得以將信件公布。如今那位「對家」既知東西在舒國公主手中，就會把信件弄到手，再以旁門左道來使得聖上不信任自己的胞妹，待舒國公主遠嫁，一切就都順利了。

思來想去，易廂泉提出一個辦法，讓孫洵代替自己入宮。一來孫洵可以將行醫作為理由，二來孫洵是女子，也不用避嫌。但他並沒有打算這樣做，畢竟要牽扯無辜的人涉險。但在和萬沖商量對策的時候，卻被孫洵聽到了。她聽了這個計畫，一定要替易廂泉前去。

孫洵做了決定，誰也攔不住的。

如今算算時辰，差不多了。

易廂泉坐立不安，起身推開窗，看著西邊。那邊是宮門的位置，太陽已經升起，宮門閃著粼粼金光。金色雖然高貴，但是永遠比不上鮮花的紅豔和碧草的青翠，反而讓人覺得分外陌生。

又等了片刻，宮中終於有人傳話，孫洵被暫扣。

這樣的結果在意料之中，不好也不壞。易廂泉嘆了一聲，但竟然覺得安心了不少。暫時被扣，說明孫洵沒有性命之憂，但不知被誰扣下了？現在當務之急是要去找吳大人，想辦法把孫洵救出來。他一定要看著她全身而退。

汴京城的清晨是熱鬧的，那些商販都會以最飽滿的熱情吆喝起來，迎接新的一天，這一天與往日並沒有什麼不同。天氣越來越熱，易廂泉一邊走，一邊想著最近發生的事，覺得自己總是處在被動一方。

從他留在吳府的那日起，無聲的戰鬥就開始了。這場戰鬥讓易廂泉毫無準備，而直到戰鬥進行到一半，他才意會到自己面對的是一個隱形的、強大且可怕的敵人。

易廂泉走到東街街口，看見了酒樓的後門。他一向都是從後門進去的，而吳大人則是在後門一層偏右的房間裡。酒樓的後門正對著一排破舊的棚子，興許是以前的馬廄。棚子隔壁則是一條小小的巷子。

周圍很是荒涼，一般沒有什麼人。

可是易廂泉忽然停下了腳步。

附近有人。

有一個小廝模樣的人在敲窗戶，他敲得很是認真。

易廂泉定睛看了看，那窗戶是吳大人所在之處，錯不了，右邊第二間。那小廝敲了半刻，吳大人皺著眉頭，小心翼翼開了窗子。

小廝遞上一封信，吳大人慢慢探出了頭。

電光石火之間，易廂泉腦中嗡的一聲。他快速衝上前去，將腰間金屬扇掏了出來。而吳大人的整個身子越探越多，晨光照在他有些破舊的衣服上，染上一層很淡的金黃色。他慢慢伸出手來，似要接過小廝的信——

「退回去！關窗！」

易廂泉拚命地喊著，他快速地往吳大人的窗口跑去。在這一剎那，吳大人不明所以地扭頭看向離他越來越近的易廂泉，手僵在半空。

小廝腳下輕巧一轉，閃到了一邊，腳下生風，飛速地向街口跑了。

易廂泉已經跑到了吳大人跟前，打開金屬扇子擋住了吳大人的心口。轉瞬金屬扇子就如同冰冷的煙花一下子炸開，無數的金屬碎片變成了凌厲的刀鋒，一片片地向四周襲去。易廂泉下意識地閉緊了雙目，只覺得手前有可怕的陰風襲過，再一睜眼，只覺得天旋地轉！

一枝冷箭穿透了易廂泉的扇子，直接插在了吳大人心口。

吳大人眼睛微眨，有些錯愕地低頭看看自己的心口。這位曾在朝中呼風喚雨的老臣，伸手試圖捂住胸口。

然後，他緩緩地倒了下去。

易廂泉跳進了窗，想辦法做最後一點努力。他大聲地喚人過來，又伸手想去止住吳大人胸口的鮮血，但吳大人眼裡的光芒漸漸消失了。

房門外駐守的親信聽到動靜，推門進來，看見地上倒著的大人，震驚不已，立即上前扶住吳大人，準備救助。

「怎麼回事？」親信顫抖著雙手，蹭得滿身是血，抬眼望向易廂泉，卻愣了一下，目光瞥向遠方，猝然大喝：「易公子，小心！」

易廂泉立即一個回身，竟有一枝箭再次朝著小窗射來，他躲閃很快，用腰間的劍柄一擋，使得箭偏了，擦著他的右臂飛過去，插到了客棧的櫃子上！

這一箭是想要易廂泉的命！

正對著酒樓窗戶的是一片廢棄的棚屋，棚屋後面依稀可見一輛馬車。箭自馬車而來，此箭過後，馬車絕塵而去。

箭過驚魂。這次易廂泉只猶豫了一瞬。方才敲窗小廝自東向西跑去，馬車東行，追小廝？還是追馬車？

東街已經開始做生意了，小廝混入人群，再難尋覓蹤跡。即便找到又怎樣？不過是那位「對家」手中的一個小卒。

易廂泉選擇了追馬車。他知道，以人之力追馬是力不可及的事。若有百姓見到，定然會記得；若是走了小路，則會留下特殊的蹄印。

易廂泉立即追上去，額間的血不斷湧出，漫過了他的左眼。這是方才金屬扇子破碎之後劃出的傷痕。他用袖子擦了一下，但血又不斷地流出來。

剛才那兩枝箭讓人不寒而慄。夏乾是最好的弓箭手，可以百步穿楊。然而這個謀害吳大人的人，不僅可以百步穿楊，箭從馬車射出，穿過廢棚，穿透金屬扇子，最後再穿透吳大人的整個身體——他的力道比夏乾大得多！

而方才的第二箭，是朝著易廂泉射的。

易廂泉心中有些恐懼，但想起吳大人的慘狀，他心中更多的是憤怒。易廂泉追了很久，直到出現一片石板路，而石板路則通往汴京城門，出了城則是城郊野路了。他尋了很久，只看到一個小孩子蹲在那兒玩石子。易廂泉走過去詢問，小孩看到他滿身是血的樣子，有些畏懼。

易廂泉怕嚇到他，擦了擦臉上的血，又把自己沾血的外衣扯下來抱著，這才蹲下去問道：「有沒有見到一輛馬車？」

「好像見過，馬車裡坐了一個男人。」

「男人？多大年紀？」易廂泉連忙又問了幾句，小孩卻一概不知。

易廂泉見狀，又尋了一會兒，竟毫無線索。今日的風有些冷，吹得他的心也靜了下來。他決定回到吳大人居住的客棧，卻見已經圍了很多人，有官兵、有看熱鬧的百姓。他擠過去，卻見幾人抬著吳大人的屍首出來。屍首蓋著白布，白布還沾著血。

「這吳家真慘呀！」幾名百姓堵在那裡議論著。

易𢈢泉想上前去看一眼，卻又被擠得退了出來。他遠遠地看著那具屍首被抬到驢車上，驢車又緩緩地把屍首拉走。客棧的小桌子上還擺著酒杯，裡面還殘留著不少酒液，那是自己昨夜和吳大人對飲時留下的。香爐還在燃著，只是那些香灰飄然地落下，幾點火星閃了幾下，便滅了。

易𢈢泉看著屋子，有種奇怪的感覺。吳大人好像只是暫時離開屋子去休息一會兒。他大概是去見他的兒女，去見他年輕時的友人。

易𢈢泉的眼前忽然出現了一片大海，海邊坐著一位年輕的鐵匠。之後，海消失了，鐵匠也消失了。關於那位鐵匠的故事，易𢈢泉再沒有辦法去問吳大人了。他心中好像有什麼東西空了。也許心中的那個位置本來就是空的，無所謂有，無所謂無。

「所以說人呀！哪裡管你多麼位高權重、掙多少金銀，有什麼用呀？惹了仇家，一箭射下來，什麼都沒嘍！」

「聽說是遼國奸細做的，吳大人之前剛上書奏過這事，這不就被人……」幾個百姓議論著。吳大人的親信紅著眼，上前驅散了百姓，卻發現了易廂泉，急忙將他拉到一邊。「易公子，你不能在這兒逗留！必須去一個安全的地方！」

他說的是方才的第二箭。易廂泉顯然是有危險的。

「我知道。」易廂泉只是點點頭。「聽之前站在這兒的百姓說，似乎是遼國奸細做的？」

「那枝箭的確像是遼國製的，這是方才趕來的官兵說的。但一切都不能確定，細查之後才能下定論。這事我們已經上報了，大理寺會派人來跟著你。這幾日千萬不要亂走，你也看到了，我家大人，他……」親信哽咽著，沒有說下去。

「節哀。」易廂泉輕輕道，轉身就走到了大街上。

孫家醫館的小夥計陸元見到易廂泉衣服破了、臉上有傷，忙上前來問。而易廂泉沒有說話，只是寫信讓他送往大理寺找人幫忙，自己則去房間上藥。

屋內很安靜，陽光很好。易廂泉坐在孫洵的銅鏡前，慢慢地將臉上的血擦拭乾淨，一點一點仔細包紮好。

鏡子裡的他臉上有傷，雙目發紅，精神極差。易廂泉對著鏡子看了一會兒，彷彿在和自己對視。他的眼睛就像湖裡的水，看著看著，醫館、吳府、汴京城……似乎一切都消失了。這一連串令人措手不及的事件、謀殺與暗殺交織的陰謀，都在易廂泉的眼前慢慢鋪開。

從進入吳府那日開始，綺漣從密閉的浴房失蹤，梁伯自宮、自盡，再到綺漣的屍體被找到，之後吳大人收到書信，再到吳大人死亡……

此案一定有一個很關鍵的地方被漏掉了，正是這個關鍵將一切都攪得不清不楚，但沒有任何一個人能給易廂泉一點提示。

易廂泉冷靜了下來，決定自己把所有的思路釐清。

他掏出了紙張，開始研墨書寫。

第八章 扭轉乾坤

一 夏乾的提示

一晃一上午快過去了。正午的太陽灑下，夏乾與韓姜在屋內對坐，沒人說話。

錢夫人進了內院，就一直沒出來。如果她一直在院子裡站著，倘若夏乾現在出門，就會被錢夫人看到。錢夫人現在瘋瘋癲癲，不知會惹出什麼事來。

而慕容蓉與柳三都沒有消息。

韓姜何嘗不知夏乾心中焦慮，可如今卻別無他法。他們被困在房間裡，進退兩難，形同死局。夏乾一邊靠在窗邊看情況，一邊讀著易厢泉的半封信。他看著看著，便將信一丟，心煩，自然什麼都看不進去。

韓姜伸手撿起易厢泉的信。「他信中所說的吳府案件，你可有什麼眉目？」

夏乾還在窗邊張望，隨口答道：「易廂泉都破不了的案子，我是解不開的。韓姜，我剛才就在想，幫管家既然檢查了我們的信，又把信抽出去了一頁，會不會是因為易廂泉的來信中寫了錢府血案的重要線索？」

韓姜也有了一絲希望。「也許易廂泉在京城報了官？」

夏乾眼中一下子有了光。「萬一他來找我了呢？也許他正在趕來長安的路上。」

「如果他沒來呢？」

「他沒來，」夏乾有些悶悶不樂，「那我們再想想。」

韓姜回憶了一下。「我們一點點來想。我只是之前去錢府當鋪和帳房先生打了照面，之後再進錢府，喝了酒水就暈了，再醒來就在大牢。」

「誰給妳的酒水？」

「錢夫人、丫鬟，都給了。在酒席上也喝了不少。說起錢夫人，她進內院已經多久了？」

「至少一個時辰。」夏乾瞅了瞅門外。「當日我眼瞅著她神識混亂地大叫，拖著屍體就出來了，方才看她的目光也渙散得很。妳說，她是不是真瘋了？」

「也許是吧！」韓姜將信件翻來覆去，想找到一些上一頁的墨痕，可是一丁點痕跡都找不到。「你說，易公子真的能給出重要的線索嗎？」

夏乾趕緊點點頭。「很有可能，他就是很厲害！總能找到解決問題的辦法。」

韓姜笑笑。「我從未見過他，只覺得你口中的易廂泉是個聰明的好人。他就沒有失策的時候嗎？他破了這麼多案件，就沒有仇家嗎？」

夏乾撓撓頭。「以前破小案子的時候，沒什麼仇家吧！大案……就是青衣奇盜的案子了。」

「還是很危險的。」韓姜搖頭。「可能你不覺得。但我們行走江湖的都知道，世道險惡，易廂泉的這個差事很容易有仇家。你常常同他在一起，都要注意安危才是。」

「等他來長安再說吧！我打算再找一家驛館，悄悄給他送信。」

「那也是好幾日之後了，只怕有變故。」韓姜抖了抖手中的信件，挑眉道：「易廂泉竟然在汴京城遇到麻煩。這個吳府的案子倒是不容小覷，女孩子消失在浴房之中，之後被埋在土裡……」

夏乾心神不定，本來是不打算想案子的。但韓姜卻很是認真。「你說，吳府浴房會不會和咱們這個一樣，有小窗、排水口之類？」

「一般都有。」夏乾點點頭。「我之前去過華清池，那裡的浴池的確有排水口，不過很小，恐怕無法讓人出入，更何況一個小姑娘，好端端地為何要鑽排水口？」

「擠一擠說不定可以出去？」

「怎麼擠？砍胳膊、砍腿？」夏乾打了個哈欠，漫不經心道：「硬擠出去，胳膊、腿都變形啦！豈不疼死？」

他話一說完，自己一愣。

韓姜也愣住了。

「擦傷！」二人異口同聲說了這個詞。

韓姜使勁點點頭。「應該沒錯，擦傷是死後造成，很有可能是姑娘死後從浴房排水口被擠了出去。」

夏乾轉而又搖頭道：「既然是被老頭虐待過，定然遭過鞭打，如此說來老頭在浴房裡打了這個女孩，之後女孩死掉，老頭把她塞出了浴房？自己藏在浴房中，待眾人來了之後悄悄溜走，再埋人？」

「不可能，疑點太多，而且不合情理。一個大活人，怎能說藏就藏？他哪來的時間埋人？」

夏乾嘆氣。「可咱們也沒見過吳府的浴房，萬一可以藏人呢？人躲在水裡呢？嗯……我果然想不出來。妳還是好好休息吧！」

「我有傷，又喝不得酒，只能看這個打發時間。」

「妳這樣，妳師父不說妳？」

韓姜淡淡道：「師父病了，管不了我。」

「妳師父得了什麼病？」

「不容易好的病。」她的雙目垂下去。

就在此時，院內卻傳來一陣急促的腳步聲，敲門聲響起。

「是我，開門。」

門外傳來慕容蓉的聲音，有些疲憊。

二 來人

敲門聲響起，孫家醫館的夥計立即去問道：「是誰？」

「自家主子不認識？」

聽見這話，易廂泉匆忙從裡屋跑出來。門開了，只見孫洵站在門前，似是匆匆跑來。她罕見地朝易廂泉笑了，但這笑容轉瞬即逝。

「你受傷了？」

「沒事。」易廂泉回答得很是敷衍，卻問孫洵：「妳平安回來了就好。他們有沒有為難妳？」

「你這是刀片割傷的。」孫洵看著傷口，厲聲問道：「究竟出了什麼事？」

「吳大人死了。」易廂泉平靜地說。

孫洵一驚，連忙拉他進屋看傷。易廂泉講了他的經歷，之後便是一陣沉默。

孫洵把他的傷口重新包紮，之後一邊洗手，一邊道：「現在要怎麼辦？」

易痾泉沒說話。

「自身難保。」孫洵說著，轉過頭來看了他一眼。「對方為什麼要對你動手？」

「觸犯了對方利益。」

「這件事結束之後，」孫洵低頭擰著布巾。「你換個地方躲。也許可以去西邊找夏乾，離開中原。再讓萬沖派人去護著你。等風聲過了再回來。至於吳府的事……」

「妳呢？」易痾泉忽然問道：「妳在宮中被暫扣，怎麼回來了？」

他這樣問，顯然是含著愧疚情緒了。孫洵雙手扠腰轉過身來。「我遇到貴人了，一會兒有人要見你。要不然我為什麼還要重新給你包紮？你看看你自己繫的結，這都是什麼東西？」

她嫌棄地把紗布丟掉。易痾泉有些疑惑。「是誰要見我？」

孫洵還未說話，醫館的門就響了。她急忙奔過去，之後便找人喚易痾泉去廳堂。

廳堂似有客人，來者不知何人。

易痾泉狐疑地出了房門，卻見廳堂內坐一女子，也是二十多歲，可能比易痾泉大一些。她的面容端莊秀麗，身著華服，帶著幾分貴氣。她這一落坐，反倒顯得廳堂寒酸不少。

孫洵和夥計不知去哪兒了，屋中僅有易廂泉和女子二人。金色陽光將屋子曬得透亮，像是不經意地跟著女子的腳步，進了這窄小的房間。

易廂泉瞇眼打量眼前人，而女子也好奇地打量著他。

二人對視片刻，易廂泉突然跪了下去。

「恕草民無禮，不知舒國公主大駕光臨。」

易廂泉說得很有禮貌，也很是恭敬。而孫洵端茶進來，見易廂泉跪地，心中不由得一驚，自己連忙跪下問道：「可是他冒犯了您？」

「沒有、沒有，快快請起。」公主連忙伸手來扶。「有些話想與易公子說說。」

易廂泉聞言，有些吃驚。他看了看孫洵，又看了看公主道：「公主此次出宮定是不易，不知有何要事？」他未等公主回答，只是對孫洵輕輕點頭。孫洵會意，悄悄地退了出去。

舒國公主慢慢站起，雙眸漆黑，不出聲地盯著易廂泉看。陽光穿過她的黑髮，也映著她頭上的翡翠玉石，顯得更加耀眼。而易廂泉只是低著頭，沒有亂看。

舒國公主拿出一個錦盒。「將燙手之物歸還。」

易廂泉伸手接過錦盒，只覺得裡面是紙質之物，輕得很。

公主嘆息道：「吳大人之事我方才已經接到了消息，他已經……吳大人年事已高，但死於非命，終究令人唏噓。皇兄聽說之後，也很是震驚，打算親自處理後事，我這才有空跑來。聽說弓箭似乎是遼國軍營所製，卻不知是不是真的？」

易廂泉沒有接話，只是將錦盒打開。裡面是一些紙質公文、收據和書信，數量不多。對比信紙和墨，似乎都是同一種；再看筆跡，幾封信卻完全不同，口氣也不同。

易廂泉將信紙對光而觀，顯得有些詫異。「這些信……行書、草書，有的字似顏體，有的則字形怪異、排列凌亂，有些卻有同樣的落款。」

「白。」公主輕聲道。

易廂泉沒有說話。

公主說道：「今日孫洵姑娘入宮，找她麻煩的宮人我已經查出，但再查其幕後主使，卻根本查不出什麼了。這種情況在宮中很常見，很多辦事的人，都不是自家主子親自指派的，是一層一層派下來的。想尋真正的幕後人，要重新一層層地查回去，只怕非常困難。」

易廂泉點點頭，這是意料之內的。

公主又道：「綺羅與綺漣自小與我交好，所以我幫了吳大人這個忙。朝臣一向不可與後宮女眷有過多來往，今日之事已經鬧大，又入了皇兄耳中……」

易廂泉點頭道：「既然聖上已經得知公主與朝臣有瓜葛，只怕會有麻煩。」

「我不後悔做了這些事。本是同根生，皇兄只是威脅我要送我去和親。」公主輕輕抬起頭，神情有些高傲。「我當然知道，大宋從來沒有和親先例，這種屈尊之事，皇兄斷然不會做的。頂多是禁足數月、給個封號，匆匆安排個貴胄嫁了。」

公主說得很簡單，但她的心底並不平靜，將手伸向茶杯，想要喝一口茶。

易廂泉道：「宮外的水不乾淨，還是不要喝了。」

「死在宮外，也比死在宮內好。」公主淡淡地說，端起了杯子。

「但死在我們這兒就不太好了。」易廂泉說完這句話，依舊低著頭。

見他居然敢這麼說，公主愣了一下，慢慢放下了茶杯，顯然有些生氣了。

易廂泉又道：「可曾有人看見公主出門來？」

「宮內多少雙眼睛、多少雙耳朵？自然知道我出宮來。怎麼，你怕我來這裡給你增加麻煩？」公主霍然站起，輕蔑道：「吳大人怎會信了你這種貪生怕死之輩？」

易廂泉沒有反駁，只是將這幾封信拿到一邊去，又拿了很多紙墨，開始抄信。

公主一下就懂了。「你在做仿品？」

「若是喜歡研究字跡的人，恐怕很容易就看出來。」信的數量不多，易廂泉抄了一會兒便抄完了，又用布將原來的信件包好，遞回去。「這東西始終是燙手的，可能還要在您手中多燙一會兒。」

「此話怎講？」

「既然有人監視您我，那『幕後人』一定會知道您來醫館是來歸還證物的，但絕不會想到您來醫館送還錦盒，留下一個空盒子之後，將信件又帶回去了。」

公主有些吃驚於他的想法。

易廂泉又補充道：「您將信件收好帶走。回去之後，將信件找個安全的地方收起即可，斷不可埋於院中，惹人懷疑。此事我想了很久，覺得這種做法最是妥當。至於幫是不幫，全看公主意願。」

公主猶豫了一下，卻沒有接過來。看得出她不是衝動行事的人。

易廂泉又道：「不管公主如何選擇，我都很是敬佩。朝廷之中有了蛀蟲，您義無反顧地站出來，已經十分英勇了。許多皇宮貴冑出身高貴，卻一輩子沉溺於錦衣玉食的日子裡，青史上不會留下他們的英名。」

「也不會有我的。」公主笑了一下，像是在嘲諷自己。

「未必。也許您此刻已經扭轉乾坤了。」易廂泉很認真地看著她。

「我不做這種非分之想。我只是覺得……既然身為大宋的公主，是不是應當做點什麼？」

公主慢慢接過了信件，將它們緊緊握在了手裡。

易廂泉不易察覺地舒了口氣。

「那你呢？」公主看向他，問道：「那『幕後人』會不會派人來查你？」

「會。」

公主皺了皺眉頭。「那你怎麼辦？東西在我這裡，但那『幕後人』卻認為東西轉交給了你，豈不是會找上門來？」

「對，但這也是一個機會。」易痌泉不易察覺地摸了摸自己的傷口。「藉這個契機，說不定我能見到那位姓『白』的大人物。」

三　扭轉乾坤

慕容蓉推門而入。

夏乾急忙上前問道：「柳三呢？」

「很安全。牢內有打鬥的痕跡，但柳三毫髮無傷。」

夏乾和韓姜對視一眼，都舒了一口氣。

慕容蓉卻臉色不佳。「但是，不論我如何勸說，衙門都不肯放人。」

夏乾忙問道：「是因為錢陰嗎？」

「多半是。也不知錢陰給了衙門什麼好處，竟能讓他們昏庸至此？官商勾結一向是大忌，他們就不怕京城派人來查？」慕容蓉一向說話柔和，如今語氣不善，顯然是生氣了。他連喝了三杯茶，又道：「我和衙門交涉了很久，大概明白了對方的動向。錢陰原來是想用韓姜做替死鬼，但如今見我們如此大費周章地救人，又改了主意。」

「這麼說，他們放過韓姜了？」

慕容蓉點頭。「沒有派人出來找人，但他們扣押了柳三。」

聽到前半句，夏乾和韓姜都舒了一口氣，再聽後半句，兩人都有些生氣。

韓姜問道：「錢陰的意圖是什麼？此案怎麼結？再隨便找個錢府小廝頂罪？」

「或者讓柳三頂罪。」慕容蓉看向夏乾。「就看夏公子怎麼選。如果夏公子想救柳三，估計要和錢陰協商。」

夏乾急得背著手走來走去。「這種情況我們不是沒想過。只要能救出柳三，做什麼都可以。」

慕容蓉搖頭。「夏公子，這樣是不行的。錢陰一定會獅子大開口，在他向你提條件之前，你必須清楚自己的談判底線是什麼——多少商鋪、多少貨船？」

夏乾眉頭緊鎖。他對這些事不是太了解，所以不敢輕易承諾，只道：「錢陰今日應該在東街查帳，我直接去找他談。」說罷，他轉身便要出門。

慕容蓉趕緊囑咐他。「還有，不要輕易做出承諾，夏家的產業馬虎不得。你可以探探錢陰的意思，回來與我們商量。」

夏乾點點頭，他現在覺得慕容蓉是個不錯的人。

他警惕地看看外面，並沒有見到錢夫人的影子，倒是院中的花已開，未到姹紫嫣紅的季節，卻已經惹得蝶蜂飛舞。夏乾看著眼前的景象，卻突然停住了。他有了一個新的想法，一個連易廂泉都可能不曾想到的想法。

夏乾遲疑了一下，轉身回了房間。韓姜見狀分外詫異，問他是不是忘了什麼。夏乾不語，只是思考了一會兒，提筆準備寫信。

「我好像知道易廂泉的案子是怎麼回事了。」

韓姜和慕容蓉都愣住了。

夏乾在信上寫了兩個字，朝韓姜和慕容蓉攤開，笑道：「答案應該就是這個。」

韓姜、慕容蓉吃驚地看著。韓姜問道：「你怎麼想到——」

「很有道理，對吧？」夏乾有些得意地將紙張收在袖子裡。「易廂泉的案子其實不難，巧就巧在那件作從未出過汴京城的門。易廂泉去過大理和西域，可是有些東西他未必有我了解。」

夏乾語畢，揣著信紙就走了，一邊走，一邊得意地哈哈大笑。「今天可算是發生了一件好事。等信送到，易廂泉一定很吃驚。他可算知道我這個人有多重要了！」

四　贏家

「這些信件很是重要，請務必小心。」

公主點頭。「放心，你也……務必小心。」

二人心照不宣地點點頭。公主緩緩轉身走出了房門，孫洵和夥計一直站在外面，見公主出來立刻行禮。易廂泉倚門而立，並未有任何動作。

醫館門口停著一乘步輦，乍一看有些普通。公主緩步上前，驀然停住，回頭看了易廂泉一眼。

易廂泉只是點頭微笑。「後會有期。」

公主苦笑，華服沒在步輦之中。步輦越走越遠，終於消失在街口盡頭。

夥計瞅了瞅易廂泉，眉開眼笑地衝孫洵道：「公主是不是看上易公子了？」

「你吃飽了撐得，胡思亂想什麼？」說完，孫洵一個轉身就進了屋去。她推門，卻見易廂泉已經坐在榻上，臉色並不好看。吹雪在他腳邊徘徊著，蹭蹭他的衣襬，易廂泉也是不應。

孫洵見狀，回想起易廂泉近日的遭遇，原本一連串的問話到嘴邊也嚥下了。她緩步上前，打破沉默。「吹雪回來了？需不需要吃點東西？」

「已經餵過了。」易廂泉忽然抬起頭來，看著孫洵。「吹雪是不是很可愛？」

孫洵瞪他一眼。「你要做什麼？」

「妳挺適合養貓的，比夏乾適合。夏乾自己都喜歡亂跑，更管不好牠。牠經常在外自己找東西吃，喚貓鈴可喚牠回來；三日餵食一次，水與食物放在窗臺即可。我與牠都愛吃那幾種魚乾。」

孫洵接過吹雪，沒有說話。

易廂泉繼續道：「除了牠，我也沒什麼牽掛——」

「什麼意思？」孫洵臉色發青。「你把牠託付給我，你自己要去做什麼？公主同你說了什麼？」

易廂泉搖頭，轉而在榻上坐定，望向窗外。「與她無關，是我自己……吳大人遇刺後，也有人想殺我，但沒成功。」

房屋空寂，落針有聲。易廂泉尾音拖得很輕，彷彿只是淡淡地說了一句不輕不重的話。

「所以你就在醫館躲著？倒不如躲去更安全的地方，事情過了再回來！」

易廂泉雙手交疊，看著桌面，似是刻意平穩心情。「對於朝中之事、吳大人之事，真相若是有十分，我所了解的頂多有一分。如今那位『對家』行跡暴露甚多，再查下去，就一定會有結果——」

「別再查了！」孫洵上前推開桌上的算籌，有些焦急。「此事非你所長，一開始就不應參與其中。如今你只掌握了一分真相，對方就要置你於死地。易廂泉，你至少要對自己的安危負責！」

易廂泉愣了一下，將桌面上的算籌慢慢地一根根理好。吹雪在旁邊叫喚著，他回頭看了一眼，道：「牠又餓了。」

「易廂泉！」

易廂泉摸了摸吹雪的腦袋，道：「解決這件事之後，我就去找夏乾。」

「你最好現在就去。你們可以在大宋境外會合，我去準備行李。要不要派人跟著？」她轉念想想，最終吞下了那句「要不要我跟著」。

孫洵的話未出口，易廂泉竟然回答了她：「妳在這裡照顧吹雪即可。」語畢，他鋪紙研墨，慢慢寫起字來。「夏乾那邊出了事，我那日回信後才覺得不對。長安城很大，而錢家勢力不小，夏乾人生地不熟，很容易出事。我打算再寫封信，將真相給他複述一遍。」

「你都自身難保了——」

易廂泉從懷中掏出自己的筆，蘸了一些杯子裡的水，道：「裡面是柑橘汁，經火烘烤方能現字形。」他寫了一大段，待橘汁乾了，又將筆重新蘸上墨，寫了一些別的。

孫洵遙望，只見易廂泉寫了他即將前往長安一事，還寫了「願早日相見」。

他將信遞給孫洵，希望她能快點寄出去。

第九章　真相大白

一　談判

算盤被打得叮噹直響，錢陰面無表情地撥弄著它，好像撥弄著花園裡的葉子。

門「哐噹」一聲響了，夏乾推門而入，直奔錢陰而來。

錢陰抬頭，淡然道：「夏公子因何事而來？」

「借一步說話。」夏乾陰沉著臉說道。

錢陰聞言，嘴角浮起一絲難看的笑容。然而他沒有說話，只是引領夏乾去裡屋坐下，上了茶，並且屏退了所有下人。

夏乾咕咚咕咚喝了幾口茶，道：「明人不說暗話。錢老闆，你做的那些遭天譴的事，和我們沒有關係。如今我朋友被你關押，你說，此事怎麼辦？」

夏乾說話很直接。錢陰和人談生意時說話一向委婉，見了夏乾這種年輕人，嗤笑道：「夏公子可是在開玩笑？那是衙門的事。」

夏乾真的很想拍桌子站起來。他忍了忍，問道：「你就不怕京城派人來查？」

「若是有人來查，也只會查到那個叫韓姜的姑娘頭上。」

「地方官無用，京官不來查，你以為自己就可以無法無天嗎？」夏乾不信自己威脅不到他。

錢陰將茶杯端起，抿了一口，露出黃牙。「易廂泉？」

「易廂泉」這三個字他說得極慢，卻很突然。夏乾聽聞，心裡忽然涼了。

錢陰卻將他的表情盡收眼底。他放下茶杯，笑道：「易廂泉。即便此人真有本事，你莫不是要將他叫來破案？即便他能看穿真相，也沒有證據。」

錢陰這一席話，算是承認自己做了喪盡天良之事，也承認自己看過易廂泉的信。他敢這麼說，就一定有十足的把握。雖然不清楚他為什麼這麼自信，但夏乾聞言更加沒了底氣。

「夏公子覺得，監獄裡的那個渾小子值多少？」

錢陰忽然開口，居然想開價。夏乾此生也沒見過這般不要臉的人，氣得臉色發白。「你到底要什麼？銀子？商鋪？」

「五間商鋪和三艘船。汴京三間、杭州兩間，我已經在圖上圈出來了。這些對於夏家來說，是九牛一毛呀！」錢陰將圖紙遞過去。

夏乾沒有接過，只是生氣道：「這是明搶！」

相較夏乾的怒氣，錢陰卻顯得格外平靜。「夏公子不是很愛用鴿子嗎？送信給你父親，將所有的憑據、地契一併拿來，我放人。」

「你就不怕我爹——」

「歡迎他來與我做生意。」錢陰打斷了夏乾的話，笑了笑。「五間鋪子、三艘船。東西不多，你爹不會問緣由的，你要，他肯定就給你了。至於那個姑娘，你們大費周章將她救出，我便不再追究了。但你另外一位朋友入了大牢，恐怕要住一段時間。你也知道，衙門的人很喜歡用刑。」

那句「我便不再追究了」，說得似是個大官一樣，這不僅是目無王法，簡直是顛倒黑白。夏乾深吸一口氣，慢慢道：「冰屋裡的女屍是不是你的妻子？櫃子裡的帳本，又值多少？」

錢陰挑了挑眉毛。

夏乾步步緊逼。「柳三進牢房之前偷出來的，都是你和官員往來的證據。」

錢陰沉默了一下，隨後爆發出一陣沙啞而難聽的笑聲，道：「你若想揭發我，大可去揭發。若是想看帳目，我能給你爹也編出一本來。像這種紙質冊子，即便進京舉報，恐怕也很難查證。」

「你——」

「夏公子，我勸你再想想。我要的東西並不多，你要慎重考慮。」

錢陰露出幾顆發黃而稀疏的牙齒，緩緩走出門去，只留下夏乾一人在屋中。夏乾慢慢坐在椅子上，雙手扶著額頭。他與易厢泉曾經經歷過大大小小的奇事，也經歷過生死大劫，然而他卻從未感到這般無助。

夏乾坐了很久，才起身回了錢府。此時已近傍晚，他一天沒有吃飯，直接回了房間。慕容蓉見其喪氣歸來，便問了詳情。夏乾直言韓姜無事、柳三有事。

韓姜知道是自己連累了柳三，垂下頭去，心中極度難過。

慕容蓉猶豫片刻，問道：「柳三對你這麼重要？」

「人命比什麼都重要，何況是朋友的命。況且是我害了他……我爹的鋪子，我以後想辦法掙回來。」夏乾聲音低了下去。

慕容蓉又問道：「所以你和柳三是朋友？」

「當然。」夏乾說完，想趕緊轉移話題，因為他怕慕容蓉問「你與韓姑娘也是朋友」，他可不想答「只是朋友」。

而慕容蓉聽了夏乾的話，似是在想什麼，沒有作聲。

韓姜問道：「眼下如何救柳三出來？你真的要用商鋪和船去換？」

「我不想這樣，還沒給家裡寫信。那些家業是我爹辛苦創下的，豈能容我兒戲一般地交出去？但如果真的不行，商鋪、船隻什麼的……我爹應該會給。錢陰要的不多，但都是最好的地段。」夏乾非常沮喪。「先把柳三救出來再說。」

慕容蓉寬慰道：「雖然很難，但自己負責是對的。我看了看，長安城有不少地段好、價格低的鋪子，生意也不會難做。等柳三出來，咱們一起去看看。」

韓姜問道：「慕容公子手下有不少商鋪？」

「何止是商鋪，慕容家什麼都有。」夏乾嘟囔道。

慕容蓉坦然笑笑。「我的資產不多，而且已經和慕容家沒有什麼瓜葛了。」

夏乾愣住。「你們分家了？」

「不，只有我，我的資產都是自己掙的。這次去西域也是想再多掙一些。」慕容蓉淡淡地答，但是沒有繼續說下去。

這可令韓姜和夏乾都吃驚不小。尤其是夏乾，他一直以為慕容蓉和自己的處境是一樣的。看如今的情況，慕容蓉說不準是被逐出家門的。他好像只和家裡通過一次信，就是說他妹妹找到了，之後就再也沒有聯繫過。

夏乾和韓姜都沒繼續追問。慕容蓉轉移話題，道：「我總覺得伯叔背後有大人物。他此次帶我們西行，定有目的，他不想在長安城耽擱時日。我記得出事之後，他好像說會給汴京那邊寫信。」

「還有狄震，人也沒了。這些人都靠不住。」夏乾哼唧道：「易厢泉連真相都知道了，還不是不能放人。伯叔去求誰？還有人比易厢泉更聰明？」

「汴京城有權有勢的大有人在。」慕容蓉道。

韓姜一直趴著，如今想辦法轉過頭來。「我倒是覺得，三個臭皮匠怎麼也能頂過一個易廂泉。我們今夜不睡，將脈絡釐清，說不定能想出解決之道。」

夏乾唉了一聲。「不是我不願意想。但看錢陰今日的態度，即便案子解出來，衙門還是不會放人。」

「夏公子此言差矣。」慕容蓉將門窗牢牢關上。「睡過去也是一夜，思考案情也要一宿，倒不如好好想想案情。我們如今連犯罪原因都不清楚，又如何能扳倒錢陰？」

韓姜點頭道：「不錯。你們之前忙於救人，也很難得空想想，在所有人都不在場的情況之下，帳房為什麼會死？如今我也回來，咱們再把事發當夜的事回溯一遍，看看有什麼遺漏？」

夏乾點頭，給三人倒茶飲了，更清醒一些。「妳在之前可與錢陰有過接觸？妳說妳去過當鋪？」

韓姜猶豫了一下。

慕容蓉道：「沒關係，只管說出來。」

韓姜似是得到鼓勵，深吸一口氣。「我來到長安城，去南山的漢宣帝陵墓取了些東西，之後去了錢陰當鋪……想當掉。」

見二人不吭聲，韓姜聲音越來越沉。「我知道這是不義之財，但是……我師父需要錢。我……我如今說什麼都沒用。其實我在牢裡想過，我受罰也是罪有應得的。」

「妳想多了，我們不是責備妳。」夏乾一揮手，面色凝重。「錢陰九成是因為這事盯上妳的。妳去墓地裡拿了什麼？」

韓姜思索道：「一對鐲子、一對玉璧和三個玉佩，加起來還是挺值錢的。事發之後，我被下獄，審判時迷迷糊糊聽到他們說我偷了錢陰的東西，似乎就是指這些。他們說，我偷了東西被帳房先生發現，有了口角，帳房先生要報官，我這才殺了他。」

慕容蓉突然覺得不對。「妳拿了墓中之物去當掉，是誰接待妳的？」

「就是那個叫任品的帳房。」

慕容蓉又問：「沒有別人了？」

韓姜思索一下，道：「當時天矇矇亮，那裡沒有別人。」

夏乾拿出一張紙來記錄。「我試著用易廂泉所說之法找聯繫。在典當東西的時候，韓姜盜墓之事僅帳房知道，而後這些東西又被說成是錢陰的。換言之，韓姜典當贓物，錢陰後來也知道。那是誰說的？答案簡單——帳房先生。」

慕容蓉雙手交疊。「有如下可能：帳房—錢陰；帳房—錢夫人—錢陰；帳房—錢夫人—幫管家—錢陰；帳房—幫管家—錢陰；帳房—幫管家—錢夫人—錢陰。」

夏乾趕緊寫下。韓姜蹙眉問道：「寫這個是不是真的有用？」

「不知道，找聯繫。」夏乾居然說了他當初最討厭的三個字。「這四個人，幫管家和錢陰是一夥，夫人和帳房有私情。但這兩組人裡面，也許不完全是對立關係。」

餘下二人點頭。夏乾又撓頭道：「不對，當日我撞見夫人和帳房私情的時候，幫管家也在。他很有可能偷聽了夫人和帳房的閒話，這才轉告老爺。如果是這樣，我們繼續猜測他們四人的關係，就沒意義了。」

慕容蓉道：「而且人和人之間的關係，往往不似表面看起來那樣和諧。」

韓姜點頭。「那咱們跳過四人關係，接著按時間推想。我當日喝醉之前，飲過夫人遞來的桂花酒。」

慕容蓉搖頭。「可妳也喝過別的東西，還吃了菜。」

夏乾在紙上將「夫人」兩字圈出來。「案發時，只有錢夫人沒有不在場證明。」

「可是她最後抱著帳房的屍體，哭著哭著，瘋了。」慕容蓉搖頭。「你們又不是沒見到那個慘狀。」

慕容蓉好像總喜歡提反對意見。夏乾哼了一聲。「也許她是裝的？」

韓姜挑眉。「這麼多郎中在，怎麼裝？」

夏乾抱臂道：「衙門都是錢陰家開的，郎中就不能作假嗎？裝瘋多簡單。若不是裝瘋，你我今日看到錢夫人回府，又是怎麼一回事？」

慕容蓉詫異道：「錢夫人回府？」

韓姜道：「對，她今日偷偷回來，好像跑到錢陰房間待著了。你進來的時候沒有看到她？」

慕容蓉搖頭。「沒有看到。」

夏乾一扔筆。「這案子可能很簡單，我們想得太複雜了。錢陰、錢夫人和幫管家一夥，弄死了帳房。當日我看到的韓姜身影，是夫人裝的。帳房死後，錢夫人裝瘋躲過懷疑，讓韓姜背黑鍋。多簡單！」

慕容蓉道：「浴房原是關上的，有人從屋頂小洞伸刀子進去，砍掉了頭。事後我們發現浴房的門閂雖然完好，門卻是整體卸下來又裝上去的。換言之，有人曾與帳房共處一室，之後將門卸下，人出來，門又裝上。」

韓姜道：「也許那時候帳房已經被此人殺害了？」

「你們不覺得奇怪嗎？」夏乾忽然拍了拍桌子。「這個案子為什麼這麼複雜？直接找個地方殺掉帳房，把昏迷的韓姜往旁邊一擺，不就行了？再蹭上點血，鐵證如山。衙門都是錢陰家開的，何必再讓錢夫人裝瘋演戲？直接抓人就可以了。」

夏乾的想法一直很直接，卻很有道理。他問了一大串，餘下二人齊聲說了一句「不知道」。

夏乾咕咚喝了一口茶，又趴在桌面上，低聲哼唧了幾句。

韓姜聽出了，他在哼哼「易廂泉」，便勸道：「你不能總是靠他。他不在的時候怎麼辦？」

「我一直以為他在的時候才會遇到案子。沒想到他不在，我也能遇到。」夏乾嘆了一口氣。「可能我就是瘟神吧！」

慕容蓉揉了揉額頭，顯然有些頭疼了。「我一直覺得很奇怪，易公子為何能知道事件真相？」

韓姜道：「他也許不知道全部真相，只是有了一些線索，戳了錢陰痛處，這才被錢陰銷毀。」

夏乾頭髮亂糟糟地坐起來。「為什麼易廂泉會知道？他都沒到過現場！」

餘下二人又齊聲說了一句「不知道」。

夜已經深了。打更之人似是悄悄走過長安城的街道，離著老遠，只能聽見輕微的梆子和叫喊聲：

今夜平安

小心火燭

夏乾枕著手臂哼了一聲，卻聽得門外有腳步聲慢慢傳來。韓姜急中生智吹熄蠟燭，卻聽腳步聲越來越近。

「是錢陰。」慕容蓉壓低了聲音。

三人屏息凝氣地聽著。錢陰的腳步越來越近，之後拐向自己的房間，窸窸窣窣一陣，再無聲響。

「估計是睡了。」夏乾低語道。

韓姜咦了一聲，疑惑道：「錢夫人白天就進了房間，居然還沒動靜？」

夏乾挑眉看著她。「妳還指望有什麼動靜？」

見夏乾另有所指，韓姜先是一愣，打了他一下道：「我的意思是，他倆一句話都不說？」

「錢夫人肯定是有問題的。」慕容蓉眉頭緊皺。

夏乾回想起當日錢夫人抱著帳房的屍體，撕心裂肺大哭的情景，那是他見過最痛苦、最絕望的神情。

夏乾撓撓頭。「我覺得不是她殺的。」

「好，我們舉手表決。」韓姜望了兩人一眼。「同意錢夫人清白的人舉手。」

夏乾唰一下舉了手，又瞧了瞧兩人，哼一聲。

韓姜搖了搖頭。「我和慕容公子都覺得錢夫人應當是凶手，從理智判斷，只有這一種解。」

夏乾無言。他覺得事件怪異，又不得解，於是匆匆道：「大家要不睡一會兒？明早早起商量對策。實在不行，我寄信回家。」他頓了一頓，又哀嘆一聲。「我可真是個敗家子！」

三人覺得錢府不安全，遂決定三人睡在這屋。韓姜睡床，兩位公子打地鋪。慕容蓉很難得地提了一個要求，就是要離夏乾八尺遠。夏乾見慕容蓉居然嫌棄自己，好不氣惱，轉念一想，慕容蓉幫了這麼多忙，提點要求也不過分。他還想和韓姜說會兒話，但她顯然疲憊至極，很快睡著了。

夜深了，打更的再次經過，慢慢吐著打更詞：

今夜太平

燭火無星

就在三人沉沉入睡之際，突然傳來一陣撞擊聲，接著是女人一陣瘋狂而可怖的大笑。那笑聲似要穿破所有人的耳鼓，穿透錢府重重圍起的院子！

韓姜第一個驚醒。她一下子撐起身子，雙目瞪圓。「發生了什麼事？」

慕容蓉迅速披衣站起。「好像是門外有動靜。先別點燈，我去窗前看看。」他悄悄走到窗前，推開窗戶，屏息看著外面。

夏乾迷迷糊糊爬起。「大半夜誰在吵？又死人了？」

他本是戲言，卻見慕容蓉的臉色一下發白了，忙湊過來朝屋外望去。只見屋外花兒灼灼如血，香氣混雜在入夏的陣陣暖風中，讓夜晚變得迷離而瘋狂。

錢夫人站在月光之下，頭髮散亂，不住地大笑著。

「你去死！你去死！你去死！」

她不停地重複，不停地顫抖，不停地大笑。那笑聲讓所有人都覺得渾身發涼。連月色都畏縮進了雲裡，花兒陣陣飛落，像是渾身顫抖地躲避這個瘋了的女人。

「她怎麼了？」夏乾揉揉眼睛，卻忽然看清了——

錢夫人渾身是血，左手提著一把刀，右手提著錢陰的人頭。

她轉過身來，形同鬼魅，在盛開的花樹下咧嘴笑著，像是要把臉也笑得裂開。忽然，她看見了窗邊的兩人，空洞的目光立刻變得更加凶狠，猝然提起手上的長刀。

夏乾立即反應過來，喊道：「慕容，關窗！」

慕容蓉「哐」一下關了窗，臉色慘白。「怎麼回事？」他話音未落，卻聽門外一陣砸門聲。

錢夫人哈哈哈地大笑一陣，發出如同野獸怒吼的聲音。「你們都去死！都去死！都是你們！都是你們！」

夏乾猛地將桌子推向門口，堵住門，喃喃地說道：「天哪！她真是瘋了！她要幹什麼？」

慕容蓉退後幾步，同夏乾一起頂著桌子，急道：「你有匕首嗎？防身之物呢？」

「弓箭放在客棧，匕首留給了柳三！慕容你懂武藝嗎？」

「不怎麼——」慕容蓉那個「不怎麼懂」還沒說完整，突然見到門外的錢夫人一刀劈下，將門上的明瓦捅得稀爛。

月光一下子瀉進來，慕容蓉順著門上的破洞向外看去，錢夫人那張如同死人一般的臉貼在了門洞上。她大大的眼睛看著屋內的人，臉上的笑容像是崩壞了，收不回去，牙齒露著，像是要啃食掉仇人的臉，晃著頭，不停地叫嚷著「去死」。

咚咚兩聲，她又開始用手揮動著長刀砍門。她的動作雖然混亂卻很有力道，完全不像是富家夫人。夏乾這才恍惚想起，先前韓姜說錢夫人是懂武藝的，然而他還未曾多想，門竟然一下子被砸開，原本頂著的桌子竟然也被一下子推進去。夏乾和慕容蓉頂得太用力，竟然雙雙跌倒。

反之，錢夫人先退了一步，竟然又踏上桌子跳了進來，背對著月光，還是一手提著刀，一手提著錢陰的頭。

屋中三人哪裡見過這種場面？卻見錢夫人一刀已經劈了下來，狠狠地劃傷了夏乾的手臂。鮮血一下染紅了袖子，夏乾連痛感都沒有，只顧著往後退，直到退到床邊，韓姜仍趴在床上，夏乾卻聽見她的一聲喊叫，清晰卻鎮定。

「蹲下！」

夏乾一下子蹲下去。就在此時，「哐啷」一聲，什麼東西碎了，接著，數枚碎瓷片飛向錢夫人。錢夫人下意識地躲開，順手將人頭丟下。錢陰的頭恰好砸中了夏乾的腦袋，而夏乾連喊都沒喊——他連恐懼都來不及，只是下意識地想要護住韓姜。韓姜受傷了，幾乎無法移動。錢夫人傷著她怎麼辦？

夏乾立即拽住錢夫人的雙腳，順勢一拉。錢夫人沒站穩，一下倒地，然而她手中死死握住刀子，正好可以砍到夏乾的腦袋！

「小心！」慕容蓉退到屋子另一邊，見狀只來得及喊了一句。

夏乾覺得刀子距離他只有幾寸，寒光乍起，他一下子閉上了眼。然而自己卻被一雙手拉了回來，那是韓姜的手，非常有力。

接著「唰」一聲，一壺茶不知從哪兒飛來，直接澆在錢夫人臉上。錢夫人立即閉起雙眼，伸手去抹臉上的水。夏乾看都沒看清，只覺得被韓姜拉得天旋地轉，卻退得更遠。此時，錢夫人的刀子「唰」一聲地砍在地板上。說時遲，那時快，一塊淡青色的幃帳突然從天而降，將錢夫人罩了個嚴實。

這是韓姜從床上扯下來的！

「慕容！拿刀！」韓姜喊了四個字，以極快的速度捲起幃帳，幃帳之下可見錢夫人不斷舞動的身形。韓姜則一把拉起幃帳兩側，準確地向後一拉——幃帳成了布條，直接卡住了錢夫人的脖子！

慕容蓉衝了過來，一下子撿起刀。韓姜扭頭衝夏乾道：「打她！」

夏乾掙扎著坐起來，拽過椅子腿嘶吼：「打哪兒？」

「後腦杓！」韓姜一下子扭過錢夫人的脖子，夏乾哪知道哪兒是她的後腦杓呀？直接一下打上去——終於，錢夫人不動了。

三人喘著粗氣，緊緊地盯著錢夫人。良久，韓姜才道：「把她綁上吧！」

二 怪物

正午的陽光又照射進屋子。孫洵端來了午膳，推門入屋，見易廂泉老老實實地坐在案前讀信。

「剩了點飯，你吃嗎？」孫洵裝作漫不經心地問道。

易廂泉忽然站起身，把信收到了袖子裡。「不吃了，我要去吳府。」

孫洵聞言卻是一怔，萬萬沒想到易廂泉要出去。「這時候出去，不怕有危險？」

「必須去一趟，我已經聯繫了萬沖和張鵬。」他一邊收拾東西，一邊看著孫洵。

「我需要妳也去一趟，記得帶著藥箱。我先走一步。」

孫洵剛想問什麼，卻見易廂泉急匆匆地出門了，不由得氣道：「你死了可不關我的事！」

易廂泉只是擺了擺手，並沒有回頭，直接出門了。

孫洵在屋子裡生氣地坐了一會兒，待氣消了，心裡卻越發擔心了。她思來想去，掛了停診的牌子，收拾藥箱，想辦法跟過去。天氣越來越熱，汴京城街道上人卻不少，賣涼水的小商販在醫館門口擠著。孫洵急匆匆地出來，穿過人群。老百姓有認識她的，都在和她打招呼。

「孫郎中去哪兒呀？喝點甘豆湯吧！」

因為孫洵總是義診，這些百姓會白送她一些吃食。孫洵接過一碗甘豆湯，又有人遞了乳糖真雪[3]給她。孫洵謝絕，只喝完一碗湯，還回碗去，說道：「去吳府那個晦氣地方。」

「吳府？死了這麼多人，是夠晦氣的。送酒的老張一個月前都不敢去了，都說吳府要出事，果然哪！」

「哪兒有驢車可坐？」孫洵提起了藥箱。

「我給您送去吧！車費不用付啦！」

孫洵上了車，趕到吳府的時候，已經是下午了。她遠遠看到易廂泉和張鵬在吳府門口站著，像是剛到不久。

孫洵鬆了一口氣，跳下車，便聽見有家丁站在門口對著易廂泉指指點點。

「他怎麼還有臉來？」幾個家丁嘰嘰喳喳起來。

孫洵走過去，冷冰冰地道：「奔喪來了。」

易廂泉見她來了，舒了口氣。「妳來了，我就放心了不少。」

3 乳糖真雪：宋代藏冰技巧嫻熟，普及市場。乳糖真雪為一種將果汁、奶及冰混合而成的「冰酪」，口感類似今日的冰淇淋。

孫洵把他拉到一邊，自己上前去對家丁道：「讓我們進去。」

「妳進去可以，夫人不讓他進！」

易廂泉則上前一步，緩緩道：「我此次前來，冒了很大的風險，還望通融。畢竟，吳家二小姐的下落不明，我可以——」

門口的下人聽了，不由得大驚。「二小姐明明早就死了！」

「也許沒死。」易廂泉又上前走了幾步。「待我破解三小姐的案子，說不定能看出些端倪，還有背後的人——」

下人橫在門前，怒道：「不論你說些什麼，我們府上之事定然與你脫不開干係，夫人已經明令禁止你入府！」

另外一人道：「一個破算命的，還想繼續來討銀子不成？」

在旁的捕快張鵬聽了，也覺得不快。「易公子，沒想到這些人這麼不講理。」

易廂泉卻一下往前走去，就好像進自家大門一樣心安理得，沒有任何言語。下人沒料到他會有此舉動，甚至未來得及出手阻攔。

孫洵立即跟上。張鵬見狀也跟了進去，掏出佩刀往前一舉，沉聲道：「大理寺張鵬，煩勞通融一下，出事記我頭上。」

下人只得怒氣沖沖地跑去報告夫人。

易廂泉跑到浴房裡面。只見水池很是乾淨，裡面沒有一點水，恐怕是綺漣死後，此地已經棄置不用了。易廂泉一下子踏入池中，蹲下，將頭伸入排水口中。

「易廂泉，小心你卡住出不來！」

「我只是試試看而已。」易廂泉慢慢直起了腰。「排水口外就是後院，距離綺漣屍體的埋藏地不算遠。然而排水口確實很小，頭剛剛能進去。不過，若是身子也出去，倒不是不可能。這麼簡單的案子，我竟然解了這麼久。這次多虧了夏乾來信，以後可真的不能小瞧他。」

孫洵聽見了這話，側過頭低聲問張鵬：「他是不是知道了？」

「好像是，萬沖一會兒就帶著東西過來。」

孫洵剛想問「什麼東西」，卻聽門外又傳來一陣吵鬧聲。吳夫人在眾人攙扶之下走來，一身素緞子，臉色蒼白。幾日不見，她似是蒼老了十多歲。見易廂泉出來，她臉色更加難看，顫顫巍巍道：「你還想幹什麼？」

易廂泉平和道：「告訴你們真相。」

唐嬸在一旁看不下去，怒道：「你就不能讓小姐安息?!」

「欠你們的，還給你們，僅此而已。其他的事……我無能為力。」

氣氛越來越僵，孫洵朝易廂泉低語道：「那就快說。」

易廂泉看了張鵬一眼，慢慢道：「可是萬沖還沒來。」

吳夫人眼眶發紅。「你說你知道真相，那殺我女兒之人，是不是梁伯？」

易廂泉頓了片刻，點頭道：「是。」

吳夫人往後倒去，似是要暈厥了。下人們連忙攙扶住她，給她搬來椅子坐，又拿來涼帕子降溫。吳夫人坐下喘息了一會兒，喃喃道：「是他、是他啊……什麼都不重要了、什麼都不重要了……」

一院子的人都在看著易廂泉。吳府上下也都是這個意思，既然小姐死了，凶犯定了，大家就不願提及死亡過程，一切就沒有追究的必要。

吳夫人氣若游絲。「你走吧！我們不想趕你。」

孫洵感到氣氛不對，看了看易廂泉，卻見他沒有要走的意思。

易湘泉站在那裡，慢慢抬起頭。他看著吳夫人，問了幾句令人匪夷所思的話。

「天為什麼會下雨？」

「我為什麼會不停地咳嗽？為什麼要吃藥？」

「你能不能告訴我，大哥和二姐是怎麼死的？」

三句話說完，吳夫人僵住了。她瞪著雙目，淚水一下子就流淌出來，滾過面頰。

「您想不想知道不重要，這些下人就更不重要了。但綺漣是個很好的孩子，即便她死了，我也一定要把真相告訴她。」易湘泉慢慢轉過身子，走入靈堂。「萬沖估計黃昏的時候才到，我去靈堂等。」

他誰也沒理，真的走到靈堂去了。張鵬與孫洵跟著他進去。

靈堂之內很冷，綺漣尚未下葬，依舊躺在棺槨之中，周遭放著冰塊。她的嘴輕輕地張著，好像在呼吸。易湘泉慢慢走到前面，慢慢說道——

「水聚成雲，雲冷為水，故而下雨。」

「妳天生有喘病，吃藥就會好的。」

「妳二姐生死未卜，大哥死於粉塵起火爆炸。」

易廂泉對著綺漣說話，感覺有些荒唐。

孫洵在一旁看著，說道：「她已經死了。你……」

易廂泉嗯了一聲，找了把椅子坐在旁邊，再也不動彈了，也不知在想什麼。

張鵬低聲對孫洵道：「易公子是有點怪怪的，但以前和夏公子在一起的時候還好一些。」

「夏乾嗎？」孫洵看著易廂泉。「他在夏乾面前話要多一些，畢竟他們從小就廝混在一起。」

「這次好像是夏公子來信告訴他的。」

孫洵哼了一聲。「夏乾有那個本事？」

今天是張鵬第一次見孫郎中，雖然沒有交談幾句，但感覺她說話很不客氣，於是趕緊說道：「我去看看萬沖怎麼還沒來。」

張鵬說完便出門去了。孫洵站了一會兒，見易廂泉還不說話，於是也搬了一把椅子坐下，看著棺材說道：「人死了不過就是一堆肉，我們當郎中的，拎得最清楚。」

易廂泉點頭道：「當年妳在洛陽也這麼說。」

「所以，邵雍夫婦出事的時候，我們在洛陽查了一年，但案子毫無進展，我決定回京城開醫館，你卻……」

「一直在查，」易庿泉淡淡接道：「查到了今天。」

孫洵冷冷地道：「你是什麼事都要管。該你管的、不該你管的，統統要管。」

孫洵很清楚，易庿泉的責任心太重。他從師父死後就只穿白衣，從綺漣死後就心神不寧，從吳大人死後根本沒有開心地說過幾句話。

孫洵本意就是在關心他，想勸他幾句，想讓他放下。

易庿泉沉默了一會兒，才道：「我知道妳的意思，但我只是想做點好事，心裡會開心一些。」

孫洵本想再罵他幾句，沉默了片刻，只是道：「那些死去的人都原諒你了，而且你沒有做錯什麼。他們也希望你過得更好，你……」

易庿泉只是點了點頭。

就在此時，門外一陣嘈雜的聲音傳來，似是萬沖有些不耐煩又理直氣壯的聲音。

「讓我進去，易公子讓我拿的東西到了。」

易廂泉聽見聲音，立即站起。他打開靈堂的門，金色的夕陽照在他身上，也照在綺漣的屍體上。那具小小的、瘦弱的屍體幾日來第一次見到了陽光，顯得不再那麼可怖，像是睡著了一樣。

三　真相

「錢陰被他的瘋子夫人殺了！」

「真是報應啊！」

不痛不癢的壞消息傳得是最快的。錢府昨日那血雨腥風的怪事，已經被長安城的老百姓傳得沸沸揚揚了。當太陽高升的時候，衙門也不得不開始處理錢府的案子。

夏乾站在衙門大堂中央，旁邊是慕容蓉。

衙門大門卻是緊鎖的，四下圍了一圈官吏，而堂上坐著的是梁大人——長安城的地方官。

明明是豔陽高照的白日，大堂大門緊閉，只得以燭照明，梁上懸著的那畫著太陽的匾額在屋內竟然顯得這麼刺眼。

夏乾朝四周看了看，見大官小官都一臉苦相，輕蔑地哼了一聲。「情形我方才都說完啦！梁大人，您覺得應該怎麼辦？」

梁大人擦了擦額頭的汗水，道：「錢府這次算是個大案子，你們倖免於難，倒是幸運得很、幸運得很哪！」

「你們是不是該放人了？」

「您把衙門的大門都關起來了，就是為了不讓醜事擴散。」慕容蓉開口，語氣也很是冰冷。「昨夜事發，今日長安城都知道錢府出了血案，百姓議論紛紛，若是京城派人來查，梁大人您恐怕烏紗不保。但昨天錢夫人殺了錢陰，也算是給這等事封了口，我們也應當被放行。」

慕容蓉的聲音很柔和，卻很清晰。梁大人捋捋鬍子，為難道：「你們能走，包括那個稀裡糊塗被抓進來的柳三都可以走。你們越獄之事我可以一概不追究，只是那個叫韓姜的姑娘始終是嫌疑人。」

夏乾生氣地想理論幾句，慕容蓉一下子拉住了他，替他說道：「梁大人，這就說不過去了。」

「就是！衙門做的那些苟且之事，不怕我們散播出去？」

聽見夏乾的話，梁大人吹鬍子瞪眼道：「衙門做了什麼？都是秉公執法！」

「你還要不要臉——」

慕容蓉打斷道：「梁大人，打開天窗說亮話，要多少銀兩才肯放人？」

夏乾低聲問慕容蓉道：「你難道真要掏錢嗎？」

慕容蓉詭異地笑了一下，低語道：「你別忘了，錢陰死了。他的店鋪可以趁低價買下，我讓你一半，咱們分了它。」

夏乾一怔，暗暗佩服慕容蓉真是有生意頭腦。這一下，整個長安城的好鋪子都被慕容蓉和夏乾瓜分乾淨，不知能有多少利潤？夏乾突然有種異樣的喜悅，買下這些商鋪，無疑是巨大的成功。

但是……

梁大人搖搖頭，從廳堂椅子上走到兩人面前，道：「關起門來說亮話，不是錢的問題。朝廷派人來查崗，三天之內就到，到了還得再細查，我哪敢放人？」

夏乾冷哼一聲。「派京官也好，你們這麼腐敗，就不怕東窗事發？」

梁大人嘿嘿一笑，道：「京官一來，案件查明，自會放你們出城。至於你們那位韓姑娘，好好在牢裡錦衣玉食伺候著，只要你們不在京官面前胡言亂語，保證你們到時候所有人蹦蹦跳跳出城。」

夏乾氣得兩眼一抹黑，梁大人真會打如意算盤。

「你確保我們能出城？要多久？」

梁大人尋思道：「一個月吧！此事鬧得太大，估計要奏明聖上。」

慕容蓉看了看梁大人的雙眼，見其目光躲閃，道：「京官來查，若是他們速速破了案，只能說明您辦事不力。反正都是要罰，若是此案難破，久久懸而未決，朝廷反而會諒解。梁大人，您根本沒有想讓我們走吧？」

梁大人怒道：「誰讓你們請京官來的？連著上書四封，到了不同的人手裡。如果不請，我們兩清，豈不是兩全其美？」

「誰請京官了？」夏乾氣得不行。

梁大人揚了揚桌上的書信。「大理寺少卿燕以赦，不是你們請的？還有三個，我不知道是誰。」

夏乾一聽，突然有種得救的感覺。他知道燕以赦肯定是易厢泉去請的，扭頭對慕容蓉道：「剩下三位大人是不是伯叔請的？」

慕容蓉迷茫地搖頭。梁大人哼了一聲。「我就知道你們認識。這下放心了？回去老實等著，在京官面前給我說點好話，保證韓姑娘安然無恙。」

他又囉嗦幾句，將夏乾和慕容蓉遣送回去。

二人走在長安街上，都陰沉著臉。

慕容蓉道：「想開些也好。那位姓燕的人一來，恐怕案子就解決了。要怪就怪那梁大人，當真昏官一個。」

「希望韓姜與柳三沒事。」夏乾有些心不在焉。

慕容蓉笑道：「至少韓姑娘身體康復了，我看她今日拄著拐杖行走呢！這樣，我們來做些好事，商鋪以東街為界，南邊歸你、北邊歸我，怎樣？」

夏乾沒敢貿然答應。他一直都覺得這個姓慕容的小白臉雖然是好人，說話斯文柔和，但是骨子裡總有種商人的奸詐。夏乾認為自己是有經商天賦的，奈何起步晚，又沒用心學。可是這慕容蓉可不一樣，處處留心生意的事，來長安城之後就將店鋪逛了一遍，自己若是答應了，虧了怎麼辦？

「慕容蓉，家中事務為何交給你大哥打理？」

慕容蓉沒想到夏乾問這個問題，愣了一下。「因為他是大哥。還有，以後喊我慕容就好。」

之後，慕容蓉沒有再提家裡的事，其他人也只喊他慕容。

夏乾滿腹疑問，心裡只覺得慕容家爭家產時有了紛爭。

二人各懷心思地在街上走著，途經驛站，卻被門口的老闆攔住。

「夏公子喲！有你的信。錢府最近出了這檔子事，我們都不敢去送啦！」

夏乾拿過信，白了他一眼。「你們早就不該去那地方！上次非送到府上，結果信被錢陰的管家抽走——」他絮叨著，打開信讀了兩句，又聞了聞，驚訝道：「這信是橘子汁寫的，字看不出來。」他找掌櫃的借火烤了烤，重新拿起來讀，面色忽然凝重了。

「怎麼了？」慕容蓉想湊上前看，始終覺得有些不妥。

夏乾眼睛瞪得很大，慢慢地讀了一遍，又讀了一遍。

「誰送來的？」慕容蓉問得小心翼翼。

「易廂泉。」

夏乾說了三個字，又把信讀了第三遍，之後塞給慕容蓉。「你自己看看。」

慕容蓉接過信來，慢慢讀著，讀著讀著也是一愣。

夏乾瞇眼瞅了瞅太陽，笑道：「這下好了，他知道我們這邊可能有事，又補送了一封，把真相送來了。我們只要在燕以敖來了之後，將信交給他，一切都解決了。」

慕容蓉放下信，面色依舊凝重，像吃壞了東西。「的確是解決了，只是我沒想到……真相是這樣的。」

「是啊！」夏乾垂下頭去，幽幽道：「誰想到錢陰竟然陰毒至此？頭被砍下，都便宜了他。」

第十章 結局已了

一 真相

易廂泉一行人站在靈堂門口，圍著一個缸，不遠處就是挖出綺漣屍體的花園。

如今已經臨近七月，吳府的院落卻荒涼了許多。也許因為這段時間接踵而至的噩耗，使得吳夫人無心管理家事。下人們早已慵懶，只等著守靈一個月之後，拿著錢遣散回鄉。

聽說易廂泉又來了，整個吳府的下人又來院子裡聚著，口中吵嚷著要為小姐討回公道，實則只是看個熱鬧。很多人並不知道這個算命先生為什麼領了賞銀還要回來，下人們圍在院子裡嘰嘰喳喳，對著易廂泉指指點點。可是這麼多人，卻沒人敢上前一步。

「這水缸中是什麼？」吳夫人慢慢地問道，她的眼睛很紅，精神也不好。

易廂泉慢步上前，看了看水缸之後，扭頭對孫洵道：「針帶了？若是出事，記得急救。」

「你要幹什——」孫洵剛問了一句，只見易廂泉自己擼起袖子，將手伸進木桶。在場的所有人都吸了一口涼氣，卻無一人出聲。

易廂泉將手伸入之後，靜靜等待。驀地，他突然渾身抽搐一下，眉頭緊皺，一下子將手揚起來，自己卻朝後倒去！

「易廂泉！」孫洵驚慌地叫了一聲，立即上前扶他。

易廂泉立定站穩，額間出了虛汗。「無事。」

「你中毒了？」孫洵拉起他濕漉漉的手打算號脈，卻看見他的手上有一道清晰的鞭痕。

這鞭痕落入吳夫人眼中，吳夫人大驚。「綺……綺漣也是——」

唐嬸也驚道：「水缸裡是什麼？」

「水母。」

易廂泉說了兩個字，有些吃力地站著，讓萬沖將水缸抬到一邊去，自己則在孫洵攙扶之下坐到了涼亭裡。吳夫人見狀立即上前，想問，卻不知問什麼。

孫洵為易甯泉洗了傷口、施了針，厲聲責備道：「你平時一向謹慎，如今怎能做出如此愚蠢之事？」

易甯泉將手上的「鞭痕」翻來覆去地瞧了瞧。「總得有人來試試。我沒有喘病，應當沒事，何況有妳在身側，我又何須擔心？」

面對易甯泉這句話，孫洵竟無言以對。

吳夫人現下才有些明白，聲音也顫抖著。「這是綺漣的死因？」

「不錯，整個過程特別簡單。」易甯泉看了一眼院中的水缸，聲音倒是平靜。「綺漣並非由梁伯虐待致死，應當是在沐浴時，被梁伯從排水口中放了水母。這種東西生於海邊，每逢六月、七月，總有漁人被螫。有些人不會有事，有些人則因為天生體質原因，會喘不上氣來，最終致死，連呼救的時間都沒有。這與水母的大小、被螫者的年齡和身體狀況有關。」

易甯泉靜靜地說著，而吳夫人已經泣不成聲。唐嬸哭著、罵著梁伯喪盡天良。

易甯泉搖頭道：「綺漣被螫後，喘病發作，連呼救都做不到，最終死於浴房之內。梁伯此時將水注滿，再將排水口關閉後突然放開，水流會快速地從排水口湧出去。水母會被沖走，綺漣的屍體也會壅堵在排水口，梁伯只要將綺漣的屍體拽出來埋掉即可。當然，排水口過小，活人擠過去定然是會造成傷痕，而且劇痛無比；死人就不會疼痛了。因此『鞭痕』產生於生前，『壓痕』產生於死後。那個仵作真是汴京城最好的仵作，可惜，他從未踏出京城一步，對於水母螫傷，自然是沒見過。」

「別說了、別說了！」

吳夫人哭泣著，慢慢地由人攙扶著走下去。易廂泉待她走遠，才對唐嬌道：「其實，梁伯……」

「我恨不能將他五馬分屍！」唐嬌氣得大罵，周遭僕人也跟著起鬨。

「其實梁伯……」

他的聲音被罵聲堵住了。吳府的下人議論著，都在罵梁伯。夫人也被攙扶下去，整個吳府又亂成了一片。

易廂泉一行人這才慢慢注意到了一些不同。和上次來時相比，吳府空曠了不少。不遠處，廳堂裡的花瓶也少了幾只，掛著的名貴畫卷也消失不見。院中無人照料的花草都在短短幾日內黃了枝葉，在盛夏到來時枯萎落地了。

幾個下人捲了包袱，正推搡著從大門離開。

「樹倒猢猻散，」孫洵哼了一聲。「大抵就是這個意思了。」

萬沖將水缸提起來，看著易庘泉道：「我聽說你要這個東西，託了很多人，好不容易才買來。果不其然，這些人只是看個熱鬧，連話都沒聽完。」

張鵬愣住了。「怎麼，事情沒完？」

萬沖低頭。「易庘泉給我傳信的時候說過了，但你和孫郎中不知道。他本想講給吳府的人聽的，但……」

但所有人都走了。

易庘泉看著空曠的院子，慢慢說道：「梁伯不是罪魁禍首，只是把殺人的刀子。若按原計畫，我推測大抵如此：將綺漣從浴房帶出之後，梁伯會姦汙屍體，之後將綺漣的裸屍直接以白綾懸掛在屋梁之上示眾。」

張鵬在旁震驚地搖了搖頭。「我辦案數年，從沒見過這種殺人犯，這個小姑娘才十歲！」

大宋最講究禮節，死者為大，單單墓葬規矩就很多，死者更應該安安穩穩地走。若真如易廂泉所說一般，姦汙屍體之後懸梁示眾，這絕對是喪盡天良的行為，何況對方是一個無辜的女孩。

孫洵怔了半天。「所以，梁伯自宮、自盡……」

「他是一把殺人的利器，可是這個利器在最後的時候違抗了主人的命令，只有自宮才可以保全綺漣的清白。」

萬沖眉頭緊鎖道：「梁伯為何要聽命於旁人，犯下如此惡行？」

「也許是有什麼把柄在人家手裡，也許只是出於愚蠢的『忠義』，譬如受了人家很大恩情，替對方做事也不是一年、兩年了。但是，有一點我確實很清楚，綺漣是整個吳府唯一對梁伯好的人。」

孫洵愣住了。「那他為什麼還——」

唐嬸帶著幾個下人過來了，又拿著一個小包袱，好像是來打賞的。

易廂泉皺了皺眉道：「我不要。」

「拿著吧！我家夫人心善，拿了錢走吧！你當初若一直在這兒好好盯著小姐，也不至於這樣。」

孫洵聽了這話，最是生氣。「他幫你們查，妳還不知好歹？」

那些家丁也開始虎視眈眈地看著易厢泉了。「來這一趟，不就是為了拿錢嗎？」

「趕緊走吧！」唐嬌把包袱塞給易厢泉，裡面又是銀子。

易厢泉沒動。他轉身看著唐嬌的臉，還有餘下幾個打著燈籠的家丁，半天才問出一句話。「是不是有人送酒到吳府？」

唐嬌一怔，沒有說話。

「我打聽過，原來的送酒人因為忌諱吳府的事，從一個月之前就不來這裡了。吳府的酒卻沒斷，是因為有人『代替』送酒人來送酒。那個假冒的『送酒人』從一個月前開始給吳府送酒，為了混個臉熟，他每次都會多給妳幾壺酒，讓妳放他進院子歇腳。一直送，直到綺漣出事那天。」易厢泉的聲音很冷。「那天，他就站在那裡。這也是糖葫蘆第一次發現腳印的地方。」他指了指不遠處的灌木叢，又道：「他親眼看著梁伯把綺漣的屍體從浴房拖出來。」

唐嬌徹底愣住了。

「如我所言，梁伯如果良心發現，可以違背主子的命令，徹頭徹尾做個好人，放過綺漣。但他很清楚，他不動手，自會有人動手。而這個人——」易廂泉看著唐嬸。「這個人用一種很簡單的方式混進吳家。」

孫洵瞪了唐嬸一眼，直說道：「就因為貪了那點小便宜。」

「不只吧？」易廂泉露出嘲諷的笑，看向其他人。「都說吳府戒備森嚴，但只要給點酒，誰都可以進來。」

在這一瞬間，周圍安靜了，沒有人再言語一句。

唐嬸的目光呆滯了一會兒，慢慢地癱坐在地上，很是悲傷的樣子。片刻之後，她想起來什麼似的，又強硬起來，目光炯炯道：「這事誰能防得住呀？這可不是我一個人的錯！這些人都有錯！再說，你易廂泉沒有錯嗎？你把小姐丟下，你沒有錯嗎？」

那些家丁也抱著肩膀後退了幾步，開始議論起來。好像退了這幾步，就可以退得很遠很遠，遠得和這件事毫無瓜葛。

這些人的眼睛裡一點悔意都沒有。

「你們——」孫洵第一次這麼生氣。她很想說些什麼，卻一句話也說不出來。

易廂泉也沒說話。他只是從懷裡拿出一朵紙花。這是在梁伯的房間裡發現的，應該是綺漣送給梁伯的。

這小小的花很是嬌弱，在夏風中搖動著，就像有了不死的生命一樣。

易廂泉拿著紙花，一句話也沒說。他徑直穿過了這群喋喋不休的下人，彷彿他們不存在一樣，直接出了吳府的大門，再也沒有回頭。

二　懲罰

狄震回頭看了看，確定附近沒有人。

他從屋子裡走出來的時候，街上已經燃燈了。他先是在附近的廢舊民居徘徊一陣，之後便到了一座小橋下面。

橋下的水早就已經乾涸。他站在這兒等了許久，之後，伯叔才慢慢走了過來。

狄震雙眼微微上翻，往橋上一靠。「約我來這兒說話，又要趕我走？」

伯叔微微一笑。「只是勸您離開，不要再跟著我們。」

「你們做事的方式，我是不清楚。但是看你的架勢，我都能猜得到。」狄震掏了掏耳朵。「你家主子是個大人物。」

伯叔笑而不答。

「是大人物怎麼還在長安城碰到這種倒楣事？不會安排安排？」

「這次遇到錢陰的家事，是意外。我們已經和汴京城的高官打了招呼，馬上派人來查，夏公子他們一定會被放行。」

「還真是神通廣大。」狄震冷笑了幾聲。「其實我對你們要去西域做什麼全無興趣，我只是想抓殺手無面。」

「無面現在不在隊伍裡，但以後會在。我們需要他。」伯叔依舊在笑。「您不必抓他了。」

狄震變了臉色，低聲說道：「你說不抓就不抓？我第一次遇到有人敢對捕快這麼說話的。你們猜畫活動的第一張圖，是用寶石雕刻成的水果，那曾經是殺手無面偷竊的贓物。你們用這種方法引無面出來，讓他跟著你們去西域。」

伯叔哈哈大笑，帶著幾分嘲諷。「您今年三月已經被官府革職了，否則哪有捕快出來這麼久，只為了辦私事呢？」

「我雖不知你們主子什麼來路，但我還是奉勸你一句，」狄震憋了半天，才憋出來一句：「小心遭報應。」說完，他也覺得這句話很沒力道。但他一路跟著伯叔從汴京城郊來到長安，竟然還不清楚對方的底細，這是很罕見的事。

「狄大人，您這樣的人……換作別人，我們是不會留活口的。」伯叔很認真地看著狄震。「殺人雖然是一件毫不費力的事，但我家主子做事就是這樣，不會隨意殺戮，一般會勸對方一次。」

狄震愣了一下，突然大笑起來。「不隨意殺戮？不隨意殺戮？當年在安隱寺——」

「是啊，安隱寺。」伯叔慢慢地說：「無面在安隱寺屠殺了您這麼多兄弟，從安隱寺出逃，窮途末路之後才投奔了我家主子。」

狄震不說話了，只是抱著肩膀，有些懷疑。「你家主子就是猜畫的幕後人？他千里迢迢找你們去西域，到底要做什麼？」

「只是差我去辦點私事罷了。」伯叔擺擺手。「從青衣奇盜到如今的西域行，他的確插手了，但也只是交給手下人去做而已。他日理萬機，不可能事事上心。也許您會吃驚，但這些事，於他而言真的是小事。」

伯叔居然用日理萬機去形容自家主子？狄震嘲諷地吹了個口哨。「那我是不是還得感謝你家主子沒有殺了我這麼個小人物？」

伯叔笑了笑，遞給他一個包袱。

狄震只是拿眼睛掃了一下，頓時哈哈大笑。「多少錢？」

「一千兩現銀。」

「我要是不收呢？」

「您會收的。」伯叔肯定地說。

狄震抱著肩膀站了一會兒。燈光在他臉上投了影，似乎能看到白髮。他已經快四十歲了，說年輕也不年輕，沒有錢，沒有家，沒有妻室，也沒有父母了。

狄震搖頭。「我不要這個，我要殺手無面。」

伯叔哈哈笑道：「當年您可不是這麼說的。」

狄震眉頭一皺。

「當年，您還是個小兵，渾渾噩噩，就想喝酒、混銀錢。一天，您在酒肆遇到了一個人，這人請您喝了幾碗最好的酒，還讓您帶回去給兄弟們喝。」伯叔掂了掂手裡的銀子，看著狄震，眼睛裡有笑意。「您知道兄弟們不喝酒，就只拿了一罈蜜露。您覺得自己是新兵，請大家喝酒是為了送個順水人情，以後的日子好混一些。沒想到第二天，你們集體去了安隱寺。」

狄震沒說話。

伯叔又道：「那蜜露裡有東西。你們整隊十七個人全都喝了，結果當夜就發生了無面殺人事件。你們追了一夜，進寺又沒帶刀，遇到了埋伏。安隱寺事件的結局，您應該從未向人提起過吧？」

狄震沉默了。

伯叔輕聲道：「十七個兄弟，死了十四個人。您當年站在門外沒進去，這才倖免於難。」

「這都是無面告訴你的？」狄震的聲音很冷。

「我們什麼都知道。」伯叔慢慢地答道：「我還知道，跟您喝酒談話、送您蜜露的人不是無面。」

狄震的目光沉了下來。

「無面、無面，無面之人。沒有人知道他的真正相貌。當然，並非易容，只是他不常露臉，又很謹慎，總是把任務交給不相干的人去做。當年送您蜜露的人也不過是個拿錢辦事的酒鬼，早已醉死他鄉了。」

狄震沉默了，像是在思考。

伯叔把銀子遞過去。「如今您找了這麼多年，我們也只能勸您不要再跟著，拿了錢便走。人不能活在仇恨裡，這些錢可做很多事的。」

「你倒是教訓起我來了？」狄震低頭笑了笑，接過了銀子。「你是不是特別看不起我們這種人？有的時候一壺酒、一點小人情，就可以把事情辦成。」

「哪裡？何況這不是一點人情。」伯叔客氣地說：「要不再賠您一壺酒？」

二人竟然都困窘地笑了一會兒。狄震問道：「你看我什麼時候走合適？」

伯叔點頭。「越快越好。」

「我這就回去收拾行李走人。」狄震很隨意地點點頭。

「等一下。」伯叔問道：「長安城的地方官說京城收到了四封舉報信，有我們一封、易廂泉一封，還有兩封是誰的？」

「告訴你們也行，有我一封。有兄弟升了官，在刑部做事，我看錢陰不順眼，出了事，我就直接把信送出去了。至於剩下一封是誰寫的，那我便不得而知了。」

狄震無所謂地笑笑，將包袱往背上一扛，轉身離開了。他先從客棧取了行李，和店小二說了幾句話，之後便雇了快馬，出了城門，待走到長安城郊，這才確定身後無人跟著。他轉身入住了一個小而破的客棧，將銀子全部裝進一個大口袋，之後又買了一罈子酒，靠在窗臺前面喝著。

夜色深了，周圍很是安靜，沒有什麼往來客人。狄震倚靠在窗邊看了看四周，又看到西邊長安城的熒熒燈火。

他的目光比燈火更加明亮。

他不會放棄的。等到伯叔一行人出了長安，他就在背後跟著他們。

不要金錢，不要官職，甚至可以不要性命。他一定要抓到殺手無面。

「狄震走了？」夏乾有些震驚。

慕容蓉點頭。「剛才店小二說的，他收拾好了行李，說是要回南方娶媳婦。也真是奇怪，他這幾日不見，去做什麼了？這算是不告而別嗎？他不抓無面了嗎？」

夏乾也覺得奇怪，但也只是哦了一聲，覺得有些失落罷了。他總覺得狄震不像是那種事做了一半就溜走的人。

慕容蓉疑惑道：「揭發信的事也很奇怪。數來數去，怎麼會有四封信呢？」

「別想了，說不定是長安城裡的什麼人也看不慣地方官的作為，於是便順手揭發了這些勾當！」

慕容蓉點頭，覺得很有道理，又向前指了指。「我們要到了。」

前方就是牢房。獄卒領著二人慢慢走，越獄的小窗戶已經被木板封上了，連牢房裡的天窗也被堵上，沒有一絲光進來。裡面卻燃著油燈。燈下，乾稻草換成了兩床被子，被子旁邊還有幾本書。

韓姜趴在被子上，似是睡著了。聽到腳步聲，她扭頭看見夏乾和慕容蓉，揉揉睡眼，露出微笑。

夏乾見她安然，鬆了口氣，立即轉身摳掉了身後曾被柳三撬開的木板。

慕容蓉問道：「你就不怕衙門找你麻煩？」

「他們敢！」夏乾冷哼一聲，瞅了瞅韓姜。「他們沒有虧待妳吧？就住幾天而已。那個梁大人也真是可笑，還非要把妳抓回來！」

韓姜搖搖頭。「我沒事。柳三可還好？」

夏乾趕緊點頭。「柳三好得很，已經被放出來了。據說他們那日要給柳三用刑，哪知柳三掙脫鐐銬，把官吏揍了一頓，還說自己名叫萬洗，是大理寺主簿萬沖的親弟弟，如果自己出了事，京城會派人來查。衙門的人去查了名冊，發現大理寺真有萬沖這麼個人，而且家世顯赫，就沒敢動柳三了。」

韓姜咯咯笑起來。「枉我自恃聰明，竟不如柳三會變通！我還白挨了一頓打！」

「妳當然比他聰明，但妳喜歡硬碰硬。柳三行走江湖太久，自然知道衙門這幫人的痛處。」

夏乾說這話的時候並沒有笑，而是看向了別處，好像有心事。

韓姜捕捉到了他的神情，憂心地問道：「怎麼了？錢陰已死，衙門還不放人，會不會……」

慕容蓉笑道：「韓姑娘寬心。大理寺派了與夏乾認識的燕以敖燕大人前來長安查探，過沒幾日，案件明瞭就會放人。我們不主動捅出錢陰和衙門的勾當就沒事。」

「離開長安城以後再捅。」夏乾不禁翻了個白眼。「這種地方官，留在這兒也是禍害百姓。」

韓姜皺了皺眉頭。「可案件尚未查清，那豈不要很久？」

夏乾和慕容蓉對視一眼，臉色都不太好。

「怎麼了？」

「案子查清了。誰能想到三個臭皮匠抵不過一個諸葛亮——易廂泉怕我們收不到那信，就用橘子汁重寫了一封密信回來，將真相講清了。」

慕容蓉點頭。「還是夏公子厲害，收到易廂泉的信，就知道信中有密文。」

「那是因為我們小時候經常這麼玩。到時候我們將親筆信交給燕以敖，一切就穩妥了。最多四日，估計咱就能走掉啦！」

韓姜鬆了一口氣。「那你們為何還不開心？」

慕容蓉言簡意賅。「錢陰就這麼死了，實在太便宜他了。」

韓姜聞言卻是一怔。她幹過不少掘墓之事，自然是不敬的，但她只偷東西而不破壞墓穴，對於死者而言，倒是心存尊敬。不論是什麼樣的惡人，如果人死了，還是留些善語好。

「慕容說得對。」夏乾也點點頭。

此時，一陣女人的咒罵聲傳來，穿過牢房陰冷的空氣，直擊三人耳鼓。漸漸地，那個女人的聲音弱了下去，哼唧幾聲，再無聲響。

「是錢夫人。」韓姜心緒不寧地對夏乾道：「她自進來就瘋言瘋語、亂吼亂叫。獄卒對她很是不好，似是用了刑。不論如何，殺人之事已經是證據確鑿，她若是真的瘋了，無法吐露真相，恐怕也會遭受極刑。」

幾人都想到了昨夜錢夫人提著錢陰頭顱那瘋狂的樣子。夏乾緩緩道：「妳知道錢夫人為什麼這麼恨錢陰嗎？」

「因為錢陰殺了他情夫？」

夏乾沉默不語，嘆息一聲。

韓姜越發不解，疑惑道：「你們為何總是嘆氣，還咒罵錢陰？我知道他惡毒，他設計殺了帳房，又陷害我——」

「妳看看易廂泉的信。」夏乾不知從何說起，便從懷中遞過信去。

韓姜接過來，默默地讀起來。

牢房很安靜，燈也算明亮。不遠處傳來幾聲責罵，在牢房中不住迴響，似是獄卒在唾罵錢夫人不老實。牢房中更顯陰冷，三人無言。

韓姜慢慢地讀完，難以置信地看看夏乾，又垂目再讀一遍，瞪眼道：「這的確把問題全解釋清楚了！但、但這也太——」

「太陰險了。」慕容蓉輕輕倚靠在牢房冰冷的牆面上。

韓姜又讀一遍，嘆道：「全都解釋清楚了。我們之前一直不能理解，帳房死亡時，除了錢夫人，所有人都不在場。如今……都清楚了。」

夏乾點了點頭，緘默不語地收回信。窗外天色已暗，錢夫人的聲音又傳來。那是一陣撕心裂肺的大笑，來自心底最瘋狂、最悲涼的笑聲。

三　假設

夜色沉沉，街上無人。萬沖與張鵬將易栯泉一左一右護住，孫洵在後。幾人組成的行列在街上顯得格外怪異。

易栯泉走得很慢，導致所有人都走得慢。他像是在思考什麼，直到走到醫館門口，才與萬沖與張鵬道別。張鵬並未離去，說是要在醫館守護，易栯泉也未加阻攔。

三人一起進了裡屋，易栯泉沏了一壺茶。茶水嘩啦地響動，一股熱氣攜著茶香撲鼻而來。

孫洵捧起茶飲，嘆了口氣。「張大人就一直在門口守著嗎？」

「大理寺現在是萬沖說了算，我才能有此優待，大概是為了我的安危負責。我雖然無權無勢，卻頗愛管閒事。」易栯泉自嘲一笑，將茶水一飲而盡。「恐怕早就有人看不順眼了。」

孫洵冷聲道：「你要再查下去，九條命不夠你丟的。」

「肯定要再查的。對方能用這麼殘忍的手段濫殺無辜，估計是有權有勢之人。如今，他露的馬腳太多，宮裡女官的主子是誰、梁伯的身家背景和誰有過牽連……如果要一一細查，就會有更多的線索。」

孫洵「哐噹」一聲放下茶壺。「你想步吳大人後塵？」

易廂泉搖頭。「我不會步吳大人後塵的。那個『幕後人』就是想告訴所有對他不利的人，不要試著反抗，否則下場就是和吳府的人一樣……」

易廂泉這個人喜怒不形於色，孫洵此時卻看出來，易廂泉生氣了。

見他不住地撥弄著桌子上的銅錢，孫洵問道：「算卦用的？」孫洵知道這是不可信的，易廂泉卜卦往往是為了消遣。

易廂泉嗯了一聲，隨意地拿紙張將錢幣蓋起，負手而立，道：「也不知夏乾他們那邊怎麼樣了？」

「他們那邊案子破了，燕以敖也被你叫去了，還能出事嗎？」

「案子的確是破了。只是那個名喚錢陰的人，實在是人如其名，吝嗇不說，人又陰毒。我只怕夏乾鬥不過他，反倒吃虧，多虧夏乾將他所見所聞詳盡描述，我才能猜測一二。從夏乾一行入住錢府時，我就有些懷疑。錢陰宴請夏乾與慕容蓉，看似合情合理，會不會另有圖謀？而後當夜出事，他陷害韓姜入獄，肯定是早有預謀——很顯然，他在夏乾入府之前就已經計畫好一切。那他為什麼會盯上素未謀面的韓姜？是以前見過嗎？這些都無從定論。但有一點我可以確認，韓姜很適合做這個替死鬼。她有犯案前科、懂武藝、來路不正。可錢陰勢力這麼大，長安城黑白兩道都與他有聯繫，為什麼還需要替死鬼？」

孫洵沉吟片刻道：「私人恩怨？」

易厢泉點頭。「這是第一種假設。我的第一封信中提到了這點，並且務必讓夏乾確認韓姜是否與他有私人恩怨。在這之後，就有第二種可能。若二人無私人恩怨，錢陰為什麼需要替死鬼？為什麼不直接將帳房打死、毒死，而要在封閉的浴房裡殺人？」

孫洵無言。她腦海中閃過一點，也許同綺漣的案子一樣，錢陰心裡不正常，殺人只為享樂而已。

易厢泉似是知道孫洵心中所想，搖頭。「不。綺漣一案中，那個幕後人的最終目的是震懾吳家。這就是有意思的地方。夏乾的案子與我的案子看似有很多相同點：封閉的浴房、無法解答的作案手法，還有一個明顯的罪犯……實則二者完全不同。綺漣一案難在如何在密室中死亡並消失，以及梁伯怪異舉動的原因；而錢陰一案則不清楚凶手是誰、如何作案、目的為何。」

易栯泉看了看孫洵。若是換作夏乾，只怕要問問題了。可孫洵卻能很快地跟上思路，道：「錢陰的目的大概是因為……那個帳房與夫人有染。可是，他為什麼殺了帳房而不殺錢夫人？他本身不愛錢夫人，按照常理，這種男人往往都認為是女方的錯，應該更想懲罰水性楊花的女人。」

易栯泉點頭。「至此，我們對於殺人原因還是不甚清楚。好在疑點已經列出，我接著去尋思當夜發生的事，一夥人均在廳堂，除了幫管家扶帳房去休息。之後，帳房說要去浴房，幫管家就帶他去了錢陰的浴房。之後呢？按照夏乾他們關於『拆門』的敘述，幫管家很可能在那時殺掉了帳房，並將門拆掉，自己再從浴房出來，將已經門好的門再整個釘上去；之後，找人假扮韓姜出現，並讓人發現屍體。整個解答很自然，到此，它被列為第二種假設。」

「我覺得不對。」孫洵搖頭。

「哪裡不對？」

「沒必要。」

易廂泉點頭。「說得沒錯。又回歸最開始的問題，錢陰為什麼這麼做？幫管家顯然是幫凶，可錢陰勢力不小，隨便將帳房殺死在浴房外即可，何必拆門？何況浴房房頂有洞，可以伸進刀子，嚴格來講根本不是密閉空間，那為什麼要讓帳房死在浴房裡？」

孫洵接道：「除此之外，事情接著發展。夏乾在院裡看到類似韓姜的人影躍過屋頂，跑到浴房方向，之後發現了血案和一身血汙、倒在院中的韓姜。然而當時，所有人都可以證明彼此不在場，故而無法抽身去引誘夏乾前往浴房。」

「除了錢夫人。」易廂泉的目光很淡然。

孫洵點頭。「第三種可能是在第二種可能上的延申。那個假韓姜是錢夫人扮演的。幫管家先殺了帳房，錢夫人再引誘眾人前去，目的是嫁禍給韓姜，錢夫人自己則裝瘋脫罪。」

易廂泉讚許地點頭。「不錯，第三種可能就是：錢夫人是裝的。」

孫洵點頭道：「夏乾也有走眼的時候，這是最簡單、最合理的真相。我是郎中，知道這種病症不好判斷。一個人是否失憶是很難從外表觀察出來的，而一個人真瘋或者裝瘋，也沒有這麼容易下定論。」

易廂泉挑眉。「那妳覺得，還有沒有第四種可能？」

「當然有。」孫洵看著他，說得很是認真。「瞧你的樣子就知道了，第四種可能是真相。」

易廂泉點頭。「第四種可能，與第三種可能的分歧在於錢夫人那裡。錢夫人見了姦夫的屍體，真的瘋了。而錢陰設計的一切都是為了懲罰這個女人，他想讓她承受比死亡更可怕的痛苦。」他說完，雙目低垂，燈火使他的臉變得陰暗不清。

孫洵搖頭。「他也太小瞧女人了。縱然見了情郎斷頭屍體，難受是必然的，可誰又能真的為此痛苦到變成一個真正的瘋子？」

說完，她突然想到了一種可能，又道：「你方才說，錢陰設計的一切，就是為了讓錢夫人痛苦？」

易廂泉慢慢點頭。「最痛苦的事是什麼？我以前以為，最痛苦的事莫過於『無作為』，若是錢夫人親眼看到情郎死去，卻無力相助，這是最痛苦的。可後來……我覺得並不是。最痛苦的事，就是無邊無際的內疚感，是對自己親手釀成的悲劇產生濃濃的悔意，這種悔意比死亡更加令人痛苦。」

易廂泉的聲音很輕，似是嘆息。「那個帳房先生是錢夫人親手殺死的，她殺掉了自己的情夫。」

四　懲罰

「錯殺。」夏乾吐出這兩字，抬眼看著韓姜，指了指通道。「易廂泉給的答案就是這個。」

韓姜先是愣住，隨即一下子把信攥緊。「這下全都通了。我就奇怪，為何我去當鋪裡典當東西，接待我的人是帳房任品，最後死的也是他？看了『錯殺』二字，這才有些明白。起先將我作為替死鬼的人是帳房和錢夫人，浴房的圈套，本來是為了殺掉錢陰而設計的！」

慕容蓉嘆道：「還是韓姑娘聰明，一點就透。這事件根本就是兩個圈套。錢夫人和帳房當日原本打算趁錢陰泡澡時，用刀子斬落錢陰的頭，然後嫁禍給妳，哪知被錢陰利用，一切竟然反了。」

韓姜再讀信，眉頭皺起，目光變得冷冽起來。「錢陰早早知道他們的計畫，卻將計就計。原計畫應當是：錢陰醉酒，泡澡時漸漸昏迷。他喜歡躺在檯子上，臉上敷上熱布巾。而錢夫人扮作我的樣子跑到浴房頂上，以刀斬落錢陰頭顱，嫁禍於我，之後與帳房互相作證，彼此在案發之時是待在一起的。就此，錢陰死去，一切落幕。」

夏乾點頭。「錢陰在當日只改變了一點——將昏迷的帳房放入浴房內，讓幫管家再拆門而出，門閂不損，自己則與慕容蓉談天。錢夫人按原定計畫跑去殺人，哪知道殺掉的是……」

韓姜有些疑惑。「她分不清錢陰和帳房？」

「二人的身形是非常像的。浴房霧氣很重，若是頭髮散開，臉上敷著布巾躺在檯子上，親娘都認不出來。」夏乾嘆息一聲，又看向遠處牢房。那牢房幽暗而無光，似是進去了，永遠不能再出來。

韓姜瞪著雙眼。「錢陰……故意讓錢夫人殺掉了情夫？」

夏乾點頭不語。

慕容蓉沉吟道：「所以錢夫人看到屍體的臉，才有那種反應。」

三人沉默許久，各懷心事。夏乾良久才哼一聲，道：「錢陰這麼做也實在是厲害。哪怕錢夫人沒瘋，把真相說出來，錢陰只要說，當時一切都是巧合——帳房飲酒宿醉，自己好心留他洗浴，哪知碰到這種事？是錢夫人咎由自取，他又沒殺人。」

慕容蓉道：「高明就高明在，哪怕被查出來，錢陰也很難被定罪。夏公子找錢陰談判的時候，對方能如此猖狂，是因為他斷定了我們不會有證據。如今塵埃落定，他被錢夫人斬了頭顱，也算是咎由自取。」

「他錯就錯在小瞧了錢夫人，在錢夫人發瘋之後沒有關住她。」

「他小瞧了女人。」韓姜側過頭去，看向錢夫人牢房。「女人瘋了的時候，是能握住刀的。」

三人對視片刻，也不知接什麼話。夏乾與慕容蓉交代韓姜幾句，便打算告辭。他們知道近日燕以敖會前來長安，只要將過程交代清楚，韓姜便會被釋放。

二人出了牢獄的門，抬頭才發覺太陽爬得很高，乃至於牢獄的古舊牆壁都被曬得暖烘烘的。四周偶有守衛走路聲，而細聽，蟬鳴聲漸漸起了。

「結束了。」夏乾長嘆一聲，抬頭看了看太陽，又扭頭看了看慕容蓉。「其實……我想去看看錢夫人。」

慕容蓉有些訝異。「為何？」

夏乾遲疑片刻，沒有答話，又轉身走進牢房裡去，影子漸漸被黑暗吞噬。慕容蓉則跟在他身後進了門，只覺得渾身冰冷，似有冷水從頭頂澆灌而下。

在陰暗走廊的盡頭，他們看見了那個女人。

那是一個很特殊的牢房，房間不大，無窗，門上卻上了四、五道鎖。牢房裡邊是一個十字形的柱子，柱子上捆了一個人，細細看去，能看出是錢夫人。她整個人似一塊破布，軟塌塌地糊在柱子上，垂著頭，沒有發聲。

夏乾一步都不敢走近。旁邊的獄卒勸道：「您還是別走近啦！人不人、鬼不鬼的樣子，看她幹麼？」

夏乾只是看著她。這個女人那夜提著刀，殺掉了錢陰，還差點一刀殺掉夏乾，如今落得這副樣子，夏乾心裡卻有些不是滋味。

罪有應得？若說人死了下十八層地獄，十八層地獄也不過就是這個樣子。

慕容蓉輕聲問道：「她不吃不喝？」

獄卒搖搖頭道：「何止不吃不喝呀！恭桶都撤掉了，她都不需要了。這哪裡像個人？瘋瘋癲癲，又受了刑，能活幾天？要不是等著京官來查，留個活口，早就——」早就處理了。

獄卒沒說這些字。夏乾愣在一邊，獄卒則道：「你們還來看她做什麼？善心可不要發錯地方，她可是差點要了你們的命！」

慕容蓉默默地掏出銀子塞過去。「還是照看一下吧！人都應該走得痛快一些。」

獄卒趕緊接過銀子，嘟囔幾句「真是搞不懂有錢公子哥，有錢沒處花」之類，進去給錢夫人鬆了綁。

鬆綁與不鬆綁於錢夫人而言並無區別，她還是保持著方才的姿勢，整個人形同一塊破布。

「你說她是為什麼呀？」夏乾低聲問慕容蓉：「為了錢嗎？」

慕容蓉道：「可能她是真的喜歡過錢陰吧？畢竟錢陰和任品這麼像。」

聽到熟悉的名字，錢夫人忽然動了。她渾身顫抖著，先低聲悶哼，似嗚咽一般；隨即那音調一點點變得高亢，高亢到要擊穿破舊的牢房古磚，像是悲鳴，像是哀號——可那並非哀號，卻是笑聲。

那聲音淒涼、絕望，包含著痛苦，卻也像是某種解脫。

這樣的笑聲，獄中幾人都沒聽過。他們都後退一步，渾身寒毛豎立，無人說話。

接著，錢夫人用手不停地捶打柱子，鐵鍊子發出噹啷聲；又不停地用斷裂的指甲劃著骯髒的牆面，開始撕扯自己的衣服，好像是要把身體裡的什麼東西摳挖出來，想挖得一乾二淨。

「任品，是我殺了他呀！」

錢夫人說完，又爆發出那種恐怖而怪異的聲音。她伸手抓亂了自己的頭髮，抓花了自己的臉，整個人都像個空殼，像是想伸手把自己的血肉揉個稀爛，再撕破自己這副僅剩的皮囊。

「是我！是我！為什麼是我？為什麼要是我？憑什麼？啊！是你！我恨你，我恨你呀！我殺了你！你不得好死！你不得好死！」

她語無倫次地說著。夏乾這才恍惚看到，她那張揚起來的臉，滿是血痕和淚水。

獄卒早就站得老遠，良久才顫抖著道：「殺了錢陰而已，一條破命，權當為民除害。她至於嗎……」

夏乾退卻幾步，走到門口想要逃離這裡。慕容蓉趕緊跟上，臉色好像紙面一樣。他們快速跑到門口，想要離開這裡。而牢內的錢夫人在大笑之後不停地喘著氣，好像溺水的人，又像被丟到土裡奄奄一息的魚。

五 幕後之人的邀約

又過了一日。吳家後事處理完畢之後，二小姐綺羅仍然沒有消息，但易廂泉堅持要找。吳府之事的幕後之人究竟是誰，他是一定要回去查的。要查，就有危險。

可易廂泉總會想起吳大人臨死時中的那一箭，也清晰地記得第二箭直直地射向自己。若非他用腰間佩劍擋了一下，恐怕已經歸西。

他拿起那柄陳舊卻毫無鏽跡的劍。這是師父給他的東西。邵雍的原話是「沒必要查它的來由，不過挺有紀念意義，隨身帶著吧」，如今，這紀念之物倒是救了他。也許這是他親生父母留給他的唯一的東西。

他又想起了那個叫拓跋海的青年，也許……

易廂泉坐在凳子上嘆了口氣。那把金屬扇子是師父親手做的，如今已經徹底毀壞。他現在沒有任何東西可以防身，覺得沒有安全感。

孫洵推門而入，在飯盆裡倒了一些吹雪的吃食，又端了午飯給易廂泉。她覺得這幾日她像是在照顧一大一小兩隻貓，竟然不覺得累。

看著易廂泉安靜地坐在醫館的凳子上，孫洵內心隱隱有些高興。如果凳子空了，易廂泉走了，她也會把這個房間留下來，等他回來。

易廂泉問她：「不知妳可有匕首之類的東西？」

孫洵心裡一緊，不知他為何這麼問。「可以去街上買。」

「若是夏乾的徐夫人匕首在就好了，那個鋒利些。」

「你是不是有事瞞著我？」

「沒有。」易廂泉的回答短促而有力。

孫洵知道，他答話答得太快，顯然就是有心事。她不知他的心事為何，見他不說，索性不問。她冷聲道：「你白白住我這兒，拿吹雪抵債算了。吹雪，過來我這邊。」吹雪竟然跳到了她懷裡。

孫洵有些高興地看了易廂泉一眼。「你的貓不跟你了。」

易廂泉不信，叫了吹雪一聲，但吹雪窩在孫洵懷裡眯著眼，很舒服的樣子。就在此時，門突然開了，萬沖帶著刀走了進來。他進門後先是管孫洵要了水喝，之後便氣喘吁吁坐下了。

「有急事？」易廂泉問道。

萬沖看了孫洵一眼，示意她離開。

孫洵道：「行，我這就走。也不看看這是誰的屋子，你喝了誰的水！」她非要擠兌二人幾句，這才帶著吹雪出了屋，「哐噹」一聲關上門。

萬沖居然沒理會她的嘲諷，而是沉著臉，顯然是遇到了麻煩。

「有兩件看起來根本不相干的事撞到了一起，想來聽你拿主意。」萬沖掏出手中的畫，展開，上面繪著一個人的頭像。

易楣泉看著畫像。「這是根據吳府下人的描述畫出來的送酒人？」

萬沖點頭。「這人應該在京城出現過，按理說找到他不是難事。張榜之後，卻無消息，反而接到了奇怪的報案。」

易楣泉眉毛一挑，示意他說下去。

萬沖頓了頓，像是不知道從何處說起。「你可曾知道慕容家的黃金劫案？十幾年前，慕容家丟了一個女兒，還被劫走了不少黃金。」

「聽說最近找到了？」

「對，那個姑娘如今可是變鳳凰了。但是，昨天慕容家帶著那姑娘來報案。是張鵬接待的。那姑娘指認了當年拐走她的人，」萬沖指著畫。「就是這個人。」

易楣泉一怔。「過了這麼久，她依然記得？」

「那誰又知道？慕容家好不容易找回了女兒，更要查了。」

「不管是不是真的，不一定是壞事。」

「我只是覺得事情太離奇了，這才和你說說。若真的是同一個人，這個人可真是……犯過不少大案。但再看吳家的事，這個人又顯然在為吳大人的『對家』做事。」

易廂泉眉頭緊皺。「現在下定論還太早。」

「對。」萬沖捲起畫像，有些疲憊。「如果真是同一個人，那他的主子又是誰？那個主子雇了這麼窮凶極惡的人，我可從未見過這樣的『主子』。」

「燕以敖什麼時候回來？」

「他快到長安了，可能還得一段時日。」萬沖開始吐苦水了。「大理寺的牢房不知被誰炸了，這幾日要把囚犯換個位置關。」

「牢房裡的那位，還是什麼都不肯說？」

「鵝黃嗎？燕頭兒在的時候不說，現在就更不會說了。」萬沖搖搖頭，拿起刀便要走。「當初只想著大展宏圖，進了大理寺後卻一天天地忙，早知如此，我還不如繼承家業。」

他大概只是抱怨，沒想真的離開大理寺。

「你家不就是世襲？什麼官都會很忙。」易廂泉笑笑。

「是啊！做什麼都一樣，夏乾不還是老實去長安看店了。」萬沖似乎一想到夏乾，就覺得自己過得還挺不錯的。

二人又聊了幾句，萬沖便走了。易廂泉在屋子裡坐了一會兒，叫了吹雪，這才想起來連貓也跟著別人跑了，突然覺得有些孤獨。

他想提筆給夏乾寫信，如今案件結束，應當好好誇一誇他。易廂泉寫了幾句，將最近發生的瑣事一一寫出來。剛寫了一半，孫洵卻推門進來了。

「有你的信。」孫洵把信件往桌子上一扔。「夥計送來的。」

「是夏乾寄來的嗎？」易廂泉趕緊站起來去拿。

六　美好的願望

夏乾和慕容蓉從府衙出來，心中都不是滋味。二人拐到了驛站。驛站今日客人少，大廳也很是冷清。老闆的兒子坐在那裡騎木馬。老闆在一旁算著帳，見夏乾來了，急忙迎上去。「夏公子還寄信嗎？」

慕容蓉笑著對夏乾低聲道：「你這幾日寄信交的銀兩，大概抵得過這驛站一個月的收入了。」

夏乾一聽，感覺慕容蓉在嘲諷自己交錢交多了，有些煩悶。「我給易廂泉寄一封信說說近況，就再也不寫啦！等他來長安會合。寫完這一封，我就回去好好睡一覺。」

老闆急忙拿來紙筆給他。「你們京城來的客人就是大方，在我們這裡又雇車又寄信，這回少算您一些錢。」

慕容蓉問道：「可我們不是在這裡雇的車呀！」

「那個留著鬍子的、很精明的人，不是和你們一起的？」

夏乾和慕容蓉對視了一眼，知道那是伯叔。夏乾問老闆：「他雇車去哪裡了？」

「這我可不知道……」

夏乾推過去一錠銀子。老闆立刻說：「是去錢府郊外的宅邸接錢夫人回來。」

夏乾和慕容蓉聽後立即覺得事情不對。夏乾急忙問道：「哪天的事？」

「這個……」

「是不是錢府出命案那天？」

老闆點了點頭，趕緊推脫道：「這可是您自己說的。」

夏乾的臉色陰沉了下來，朝慕容蓉看了一眼，低聲道：「伯叔把她從城郊接回來……把一個瘋子接回錢府，他是故意的。」

慕容蓉也點頭。「而且出事當夜，錢夫人手裡是有凶器的，會不會也是伯叔給的？」這件事情非同小可。

見二人沉默了，老闆趕緊問道：「您還寄不寄呀？」

夏乾思緒亂了。他這一亂，也不想寫信了，草草寫了「諸事順利，待君歸來」八個字，也沒有砍價，直接讓老闆寄到汴京城。老闆取了錢，高興地去後院選信鴿了。

廳堂裡，只剩下慕容蓉、夏乾，還有老闆騎木馬的小兒子。小孩子本想唱歌，見慕容蓉和夏乾都陰沉著臉，歌也不敢唱了。

夏乾撓了撓頭，問慕容蓉道：「伯叔是不是故意讓錢夫人去殺掉錢陰的？」

「很有可能。伯叔很希望我們一行人能及時往西域去，可根據當時的處境，錢陰壓著案件，不讓我們走，等京官來查案，也許又會拖上很久。要想迅速從麻煩中擺脫出來，殺掉錢陰無疑是最快的方法。」

「可是這樣太殘忍了一些，這無異於借刀殺人！」

「螳螂捕蟬，黃雀在後。錢夫人被人借了兩次刀……」慕容蓉搖搖頭。「但是，夏公子，你不覺得奇怪嗎？」

「哪裡奇怪？」

「錢夫人殺錢陰的當晚，咱們三個人困在屋內，收到了易公子的來信。他的信中寫出了真相，卻被幫管家抽走了。咱們三個人苦想了一夜，卻沒有得出結果。」

夏乾忽然明白了。「伯叔決定借錢夫人殺錢陰，得有個大前提——他明白這件事的真相。」

慕容蓉點頭。「而且比我們知道得更早。」

夏乾有些不寒而慄。「可我們救韓姜出來的那一夜，他在城郊的馬車上等著我們。他在城郊守了一夜，想等我們把韓姜救出來，咱們直接逃走。」

慕容蓉點頭。「接著韓姑娘改變計畫，讓我折回山坡找你，之後……咱們竟然都把伯叔給忘了。」

夏乾抱著手臂。「韓姜囑咐過我，讓我傳話給伯叔，告訴他不用等了。但是，等城門開啟，伯叔才能從城郊回來。除非他回來之後立刻雇了馬車，把錢夫人接回錢府，否則來不及呀！」

「也許他提前就計畫好了，如果咱們逃跑不成，就用錢夫人殺掉錢陰。」

夏乾點點頭。「你說得有道理。這樣也就只有幾種可能，伯叔很早就知道事情真相，或者伯叔看了易廂泉的來信才知道。信應該是送到錢府才被幫管家抽走的，也許伯叔湊巧看到了。」

「我傾向於第一種說法。安排錢夫人去殺掉錢陰，應該是提早就計畫好的，說不定伯叔從案發時，就目擊了錢夫人作案。」

夏乾生氣道：「那他為什麼不早說？」

慕容蓉沉默了一會兒，問旁邊的小男孩道：「你知不知道那個留鬍子的大叔什麼時候來這裡雇車？」

夏乾瞥了小孩子一眼。「他怎麼可能知道？還流鼻涕呢！」

小孩擦了擦鼻涕，冷漠道：「知道。」

慕容蓉一驚。「你記得？」

「記得。一兩銀子，我就告訴你。」

夏乾不屑道：「小孩子的話不可信！」

慕容蓉猶豫一下，掏了一兩給這個孩子。「他什麼時候雇車去接的錢夫人？」

「就是錢陰死的那天早上。大清早，我剛起床的時候，他來這裡取了一封信，之後就決定要雇馬車去接錢夫人。」

夏乾一聽，問道：「那他是不是看了易廂泉的信？就是收信人是夏乾，送到錢府的那封？」

小孩翻個白眼。「一兩？」

夏乾嘟囔幾句，掏了錢給他。

小孩說道：「不是。你的那封信直接送去錢府了，往左拐；那個留鬍子的大叔之後才來，他從右邊來的，是城門的方向，應該是從城郊直接過來的。」

慕容蓉驚嘆道：「你真的很聰明，你幾歲了？」

小孩得意道：「這個問題不收錢。我八歲。」

夏乾又問道：「那他是來這裡取信的？」

小孩又冷漠道：「一兩。」

「行行行，給你！」

小孩低頭看了看銀子。「是，直接來取信的。在那之前他也寄過信，也是寄到汴京城。啊！就是你第一次來寄信的同一天。」

慕容蓉和夏乾對望了一眼。

慕容蓉問道：「伯叔也搬了救兵？」

夏乾點點頭。「這樣就說得通了。伯叔應該不是提前知道真相的，而是在營救韓姜的那天早晨，他從城郊回來路過驛站，收了信才知道的。我們幾乎同時寄的信，同時收的信。他收到信，看到了真相，直接雇馬車去接錢夫人。」

「那說明，給伯叔送信的人也看穿了真相。不抵達案發現場，就可以把案子解決。我一直以為只有易公子有這個本事。而且，易公子只是說清真相，伯叔的『救兵』卻直接給了解決方案。」

「而且是這麼可怕的方案。」夏乾的神色凝重了，問小孩道：「你知不知道伯叔給誰寄的信？」

小孩瞥了一眼夏乾的錢袋。

「給你！給你！」夏乾生氣道。

「不知道名字，我只看到了姓氏。」

夏乾不信任地問：「你認字？」

小孩冷冷地看著他。「我認字。那個留著小鬍子的大叔特意差我去寄的信，我不知信的內容，但是瞥見了姓氏，日字加一筆。」

夏乾撓撓頭。「申？」

「真笨，姓白。」

易廂泉拆開信讀了半晌，面色一下變得凝重。

見他狀態不對，孫洵忙問：「寫了什麼？這不是夏乾寄來的？」

易廂泉沒有說話，只是轉身走到窗前，將吹雪轟到了屋頂上，之後，便緊緊地盯住街道。

汴京城的街道上來來往往都是人，眾人神色如常，毫無可疑之處。

孫洵大步上前，將信直接從易廂泉手裡抽出來了。她剛剛讀了兩行，易廂泉就立刻把信拿回自己手中，但孫洵還是看清了不少內容。

信的大意是要與易廂泉交易，用吳大人收集的證據來換二小姐綺羅的性命，並且讓易廂泉承諾再也不查此事；若易廂泉同意，就將吹雪趕到屋頂上以做信號。

落款是一個簡單的「白」字。

「這是……幕後人寫給你的？」

「應當是。他如今送的信，摹的是我的字，是柳字。」

孫洵指了指窗外。「你將吹雪趕上屋頂，是同意了？你為何如此輕率？不和萬沖他們商量？」

易廂泉看了眼窗戶。「他們的眼線就在醫館附近。可方才我看去，一個可疑人都沒有，也不知盯了我們多久。若我拒絕，和吳大人一樣被一箭射死，豈不更可怕？」

孫洵上前「啪」的一聲關上窗，她的手有些發抖。方才易廂泉走到窗前，已經是危險至極，若是對方真的有心害他，只怕他已經命喪黃泉。

易廂泉見其神情擔憂，只是掀起衣襬。「要殺我，其實很困難的。我穿上了軟甲、放了鐵板，前些日子向大理寺李德借來的，應當能擋一下箭，不至於一下子沒命。何況我一直住在醫館裡，旁邊就有郎中，除非朝著我的腦袋——」

「你不該答應！」孫洵把信拿過來，往桌子上一甩，指著易廂泉問道：「你嫌自己活得不夠長嗎？」

「這不是交易，而是威脅。對方言辭懇切，卻句句是威脅。他以玩弄的方式殺掉了吳家兩個孩子，又摹仿我的字體來寫信，還在暗示我早已入了他們的眼，隨時小命不保……真是個無趣又可怕的人。」

「你們去哪兒交易？」

「汴京城郊的懸空寺。」易廂泉頓了頓，又道：「只准我一個人去。」

孫洵的心一下子揪緊了。「什麼時間？」

「只說是明日傍晚。」

「你不能去！」

易廂泉沒有吭聲，隨手從孫洵的書架上找到了汴京城地圖，慢慢地翻著，終於在城郊一卷找到了懸空寺的圖。懸空寺位於不知名的山上，此山應該與千歲山一脈，地處汴京城北側。懸空寺位於絕壁上，寺下有河，對面有山。寺廟由幾十個懸臂梁支撐，但規模較小；左右各有一個小佛堂，中間以棧道相連，棧道並不是露天的，而是一個小小的無窗迴廊，是密閉的。

易廂泉往後翻了翻，冊子上講了一些關於寺廟的傳言。北魏都平城懸空寺建成之後，地方官決意在此處也建一座懸空寺，但未學得精髓。山下河水漲落厲害，於是寺廟從毗鄰山頂處開始建，不料又遇到雨水沖刷，最後僅留下了兩個小佛堂，只得停工。左右佛堂裡各供奉了一尊佛像，地方官和他的妻子死後，棺槨就放在佛像後面的石壁裡，之後被盜墓人挖走，這個懸空寺也被洗劫一空，如今不剩下什麼了。

「我還是覺得你不應該去。」孫洵急促地呼吸著，顯然非常擔心。但她看了看易廂泉的眼神，知道他是一定會去的，於是退了一步，道：「你要去，也可以，但我也要跟著。我、萬沖，還有大理寺的人，我們在門外守著，一旦有事，我們就衝進去把你救下來。」

易廂泉若有所思。信上沒說不可以這樣做，他帶兩個武夫、一個郎中，其實還算安全。於是，他點了點頭。

孫洵舒了口氣。她還想說什麼，可易廂泉已經回到屋裡關上了門。

「妳放心。我再想想有沒有別的辦法。」

他只說了這樣一句，就再無他言。屋內只是點了一盞燈，又點了蠟燭，不知在做些什麼。

孫洵有些寢食難安。她再次掛了停診的告示，又去敲了易廂泉的房門好幾次，在門口說了很多話，可是易廂泉沒有任何回應。一天就這樣過去了，等到次日太陽照常升起，醫館又來信了。

「這次是夏乾的信！」

聽見這句話，易廂泉馬上就開門了。他探頭出來，把信接過去，又想關門。

孫洵將門拉住。「我也要看看寫了什麼。」

易廂泉只得把信拆開。信一共兩封，第一封只寫了「諸事順利，待君歸來」八個字。易廂泉哭笑不得。

孫洵冷漠道：「他可真是有錢。」

「第二封厚一些。」易廂泉把信拆開。「但好像是同時寫的。他這樣寫要花很多錢的，他可真是——」

易廂泉忽然不說話了。

孫洵湊過來看，驚道：「姓白？他那邊也發現了姓白的人？這伯叔又是誰？是不是巧合？可很少有人直接寫姓氏代替名字。」

易廂泉攥緊了信。他又讀一遍，確定了夏乾說的問題。如果這件事不是巧合，這位姓「白」的人就和猜畫一事脫不開干係，甚至和青衣奇盜脫不開干係。這樣想想有些可怖，但是……

但是事情會有轉機。

易廂泉慢慢閉上了眼睛，好像忽然想到了什麼。孫洵剛要問他，易廂泉轉身又回到了屋子裡去，再也不出來了。

待太陽西沉的時候，大理寺的張鵬和李德兩位捕快已經來到醫館了。他們看起來有些慌張，只是不停地在門口走來走去。

孫洵雇了驢車。幾個人都隨著易廂泉上去了，很快地，驢車駛向了洛陽城郊。幾個人一路都沒有說話，有些緊張。易廂泉卻很平靜地坐在車上，手裡捧著匣子，裡面裝著信件。天氣熱，他卻穿得很厚，自己帶了餅吃，還提著一只裝了冷水的葫蘆，時不時喝上兩口。

夕陽漸漸沉下去，他們來到了一處絕壁前面。有一瀑布掛在絕壁上，飛流直下，絕壁下面則是湍急的流水。

孫洵掀起了車廂窗簾，瞇眼眺望，只見一個小而破舊的懸空寺沐浴在六月的夕陽裡，和山體融為一色，有些不起眼。它鑲嵌在絕壁上，只有一左、一右兩個小殿，中間以走廊相連。

「綺羅真的在懸空寺裡？看著很多年沒有人去過了，真的能上去嗎？」孫洵一邊往外看，一邊問著。她的問題提得很簡單，似乎是想用一些話語將易廂泉攔住。但易廂泉沒有說話，只是往外看了一眼，又閉目沉思了。

孫洵敏銳地看向他。「你昨晚悄悄來過了，是不是？所以才會對懸空寺一點都不好奇。」

張鵬吃了一驚。「你獨自來的？」

「沒有，只是從窗邊招呼了幾個小乞丐，替我看看地形而已。」

在離驢車百步之遙的地方，還有一座小廟，隱約可以看到名為「無水廟」，有幾個和尚在。孫洵叫停了車，想去問問路。

易廂泉坐在車裡，看著張鵬問道：「不是說派三人嗎？今日萬沖怎麼沒來？」

他問到萬沖時，張鵬忽然很緊張。「大理寺出事了。」

張鵬一直很老實，如今卻沒有說下去。李德接話道：「自燕頭兒走後，一直不太平。大部分事都由萬沖來做，他能力雖強，但畢竟年輕，有些事就辦得……」

他又道：「總之，走不開。」

二人吞吞吐吐。易廂泉有些好奇地問道：「大理寺究竟出了什麼事？」

張鵬撓撓頭，憋了很久沒有回答。就在此刻，孫洵帶了一名老和尚走上前來。老和尚穿著破舊袈裟，面色微青，唇周發紫，不停咳嗽，身體很不好的樣子。他見了這一行人，詫異之色浮於臉上。

易庯泉上前行禮道：「敢問寺中可有住持？」

老人搖頭。「住持已故，並未有新任之人，貧僧法號無因，暫管寺內事務。不過寺內香火不足，只怕僧人要去他處了，不承想還有你們這種香客過來。」

幾人對望了一眼。孫洵問道：「我們要去懸空寺，卻不知怎麼上去？」

老和尚更加詫異了。「懸空寺長年無人去，你們忽然去那裡做什麼？」

孫洵低聲問易庯泉：「是不是弄錯了？」

易庯泉看著老和尚的眼睛，問道：「今日是不是沒有人來過？」

「只有飛鳥，哪裡會有人？」

張鵬道：「我們要進懸空寺，不知您可否帶路？」

老和尚點頭。「我去取鑰匙。只是山路崎嶇，通往懸空寺的樓梯也已壞掉，恐怕會出危險。」

「到了山頂，就只有我一人過去。」易庯泉說。

老僧點點頭。幾人便跟隨老僧一路走到後山。途中，易庯泉一句話也沒說。只是他走得很慢，像是一直在想事情。他踩著地上被雨吹落的葉子，又抬頭看看夕陽。西邊的天空染著橘色與深藍，一行不知名的鳥兒飛過，撲棱棱地掉下幾片羽毛。幾人往前走著，卻能聽見清晰的水聲。漸漸地，他們看到了瀑布。那瀑布飛流直下，激起陣陣浪花，擊打在絕壁下的岩石上。

「還要走一段山路，你們去是不去？」老和尚指了指山，卻看向了易廂泉。

易廂泉的眼睛不知在看什麼，或者說什麼都沒看。

孫洵和張鵬討論了一下，見山上似是無人的樣子，路又不長，遂決定上山。但他們還是看了易廂泉一眼，意在詢問。

「走近再說。」易廂泉答得淡然，繼續走著。瀑布的聲音越來越大，近看，幾人不由得一驚——他們其實已經在半山腰了，那瀑布則懸掛於山間，其下是深淵，深淵底下是湍急的流水。

藉著夕陽最後一點光，可見那座懸空寺。易廂泉一行此時處於高地，懸空寺的位置反而要低些。

鳥瞰懸空寺，才發現寺廟是鑲嵌在它背後的山體裡的，如同一隻羽翼未豐的小鳥窩在巢穴裡。懸空寺的下方有木棍支撐。當然，支撐寺廟的不是木棍，而是插在山體裡的懸臂梁。

懸空寺處於下方，易廂泉他們站在山頂，而樓梯已經斷了。

「這裡許久都沒人來了，但是還留了一根繩子，你們真的要下去嗎？」老和尚說著，走上前摸了摸腰間，掏出一把陳舊的鑰匙。

孫洵見狀，悄悄後退幾步，低聲問易廂泉道：「綺羅真的在這裡？」

她話音未落，老和尚突然僵住不動了。

眾人紛紛朝懸空寺看去，日色漸沉，周遭越發昏暗，隱約可見懸空寺之中竟然點著燈。

有一扇小窗落入眾人眼睛裡，明晃晃的，上面有一個小小的身影。

「那個影子是——」孫洵吸了一口涼氣。

老和尚咦了一聲。「這修行之處應當數年無人才對。貧僧去看看。」語畢，他正要低頭攀爬，卻被張鵬攔住。

張鵬的警惕性很高。「我替您下去。」他伸手朝老和尚要鑰匙。

老和尚則搖搖頭。「貧僧要自己下去，前任住持說過，鑰匙不得轉交他人的。」

「我第一個下去。」易廂泉沉默許久，說了這麼一句。

孫洵立即拉住他。「要下，也要最後下去！」

老和尚嘆氣。「我不清楚你們究竟來做什麼。這寺廟，誰先下都一樣。這裡平日裡都是沒有人來的，今日倒是奇怪了。」

「我先下去。」易廂泉準備攀爬。

「你不能下去！」

「沒事的。」易廂泉看看她。「有妳在，沒事的。」

孫洵愣了一下。易廂泉拉住繩索，慢慢順著山壁下來，落在懸空寺的門口，立即上前查探。

隨後，老和尚顫顫巍巍地爬下來。哪知爬了一半，他忽然在空中無力地蹬了幾下——繩索斷了！

「小心！」上面的人叫了幾聲。

老和尚一手費力地抓住岩石，一手抓住繩索，一個翻轉，直接跳到地上。他在地上滾了幾下，跌傷了腿，卻還是勉強站了起來，「阿彌陀佛」了幾句。

「佛祖保佑，竟能安穩落地。好在貧僧練過些功夫，煩勞上面的施主去無水寺取些繩索，一會兒我們還要爬上去的。」

他似是說給別人聽，又似是說給自己聽。

山上的李德聽後急忙說：「你們在此地等著，我去找繩索！」說完，他急匆匆地下山，去寺廟拿。

老和尚一瘸一拐地上前去開門。鏽跡斑斑的門上沒什麼灰塵，老和尚掏出鑰匙，準備開鎖。

夜色越來越濃，鎖吱呀吱呀地響。老和尚低頭捅著鎖，低聲道：「易公子真是信守諾言之人，果然沒讓外人下來，此時只剩你我。」

「你就是那位……」

老和尚沒有答話。

易廂泉並不能確定他的身分，只是警惕地站在一邊道：「東西我帶來了，希望你們會守信。」

「進屋吧！那個小姑娘，你總要帶走吧！」

「有任何事，請在此地說清楚。」易廂泉慢慢地向後退。「我信守諾言，已經來此，除去你我，再無他人。如今談判的條件已經達到，煩勞您講清事情真相，將綺羅放出來，我把匣子裡的信件交給你。」

易廂泉的語氣越來越冷，將匕首抵在袖中。他早已做好了萬全的準備。

「吧嗒」一聲，鎖開了。老和尚扭頭，用他的小眼睛瞅了瞅易廂泉。「易公子，今日來此真的只是交換而已，成與不成都沒關係，請放寬心。只要日後井水不犯河水，一切就相安無事。」

他緩緩將門打開。裡面有一盞早已點燃的燈，一桌兩椅，卻不見綺羅身影，阻隔他們目光的是一座大屏風。

易廂泉立即上前兩步，老和尚卻微微側身，擋住了他的路。

「小姑娘在裡屋，被封了口。說好的交易，易公子應當不會做這麼不仁義的事，還是進來談吧！等那位大理寺的大人取繩索下來，可要好久呢！」語畢，他率先大踏步進去。

易廂泉猶豫了許久，看了看山頂上的人。孫洵也在看著他，焦急卻又擔憂。

「你沒事吧？等李德拿來繩子——」孫洵衝著他喊了一句。

易廂泉只是朝她揮了揮手，還笑了一下，好像是準備了很久的笑容，是凝定在夕陽裡的笑容，不似以往自信，卻如往日一般安詳。

他隨後跟著老和尚進了屋去，白色身影消失在暮色裡。

屋內很是明亮。這裡是懸空寺的右廟，屋內有桌椅，桌椅旁是屏風。綺羅可能就在屏風後面。而左邊的門連通迴廊，迴廊連通左廟。

老和尚指了指座位說道：「坐下吧！易公子。」

易廂泉沒有動。他仍然站在門口，手中捧著盒子。

老和尚看著他道：「我本以為你警惕性很高，會拒絕進門。」

易廂泉搖頭。「若我今日不來做個了斷，你們也會追殺我至天涯海角，倒不如進屋來說幾句話。」

老和尚點了點頭，轉身將廟門關上了。

屋內一下暗了下來。老和尚又推開屏風，裡面只有數個黑色大箱子，還有一尊小小的佛像，大概就是它模仿的綺羅影子。

易廂泉看到眼前的一切，一句話都沒有說。

老和尚說道：「看來易公子早已猜出來這是個圈套，也猜出來綺羅小姐早就死了，沒想到你還是堅持進屋。」

「在收到信件的時候就猜到了。你家主子摹仿了我的筆跡，當然也能摹仿綺羅的。我知道這是陷阱。」易廂泉搖了搖手中的盒子。「我也的確是來交易的。」

「這個盒子裡是吳大人的信件，所以是一定要銷毀的，你——」

「不。」易廂泉忽然笑了笑。「我要給你的並不是這個，而是一件你家主子花費數年拚命去尋，卻遲遲沒有尋到的東西。而這樣東西，只有我有，就連……青衣奇盜也沒有。」

他說及「青衣奇盜」四個字的時候，老和尚忽然抬起頭看著他，神色有些吃驚。

「多虧我的朋友從長安城來信，告知了我那位姓『白』的人和伯叔之間的聯繫。我想了許久，忽然明白，我手中一直握著一個巨大的籌碼。這個籌碼連我自己都忽略掉了，但我可以用它保命。」

老和尚沒有接話。

易厢泉很是堅定。「我希望你即刻轉告那位姓『白』的大人，我只想和他見上一面，到時候詳談。如果今日不行，我願意將這個盒子歸還給你們。盒子中還有一封信，是我親自寫的，請你轉交給他。相信你的主子見了信，一定會答應我的要求。」

他將盒子遞了過去，又道：「和我交易，你們定然不會後悔。」

老和尚沒有接過去，卻閉起了眼睛。「在上山的時候，那個姓孫的郎中看了我好幾眼。」

易厢泉有些詫異，不明白老和尚為何會談起此事。

「她是個醫術很高明的郎中，單看我的面相，就能猜出我有重疾。但她太過擔心你，一路都沒有提這件事。易公子……我染了嚴重的肺疾，已經命不久矣。今日我進屋來，就沒打算活著出去。」

易厢泉的心突然跳了一下。

老和尚道：「我的主子在臨行前和我說了許多話。其中的一句便是『易厢泉是個聰明又危險的人，無論他說什麼，你都不要相信』。」

這是易廂泉始料未及的。他依然鎮定，抬頭看著老和尚，警惕道：「只要你把我的信件給他看，他一定不會殺我，所以你還是——」

「他還說了一句話，」老和尚抽出了袖中的匕首。「他說：『今日絕不能讓易廂泉活著離開懸空寺。』」

七　兩月之期

夏乾一下子從床上驚醒了，喘著粗氣，額間的汗不斷湧下。他今日本想小憩一下，誰知作了個噩夢——一個很糟糕、很痛苦的夢。

夏乾抬眼看了一眼窗外。夕陽落下，夜色漸濃，雕花窗子的陰影映在他蒼白的臉上。他摸到桌子邊，喝了冷掉的茶水，慢慢癱坐在椅子上，覺得莫名心慌。

門「吱呀」一聲開了，聲音很輕。夏乾扭頭看去，只見韓姜拄著雙拐，悄悄探了頭進來，似是查探夏乾有沒有睡著，生怕擾著他。見他呆坐一旁看著自己，便趕緊拄拐上前來，一臉高興。「你睡醒了？」

夏乾腦袋有些懵，這才反應過來，瞪大眼睛。「妳怎麼自己出來了？」

「他們放人了。」韓姜很是高興，往屋內挪了兩步。「燕以敖來長安了，慕容蓉今天下午就將事件敘述完畢，信件、證據也交上去了。他們的成效太高了，竟然真的將我們放了，說改日再問話。之後，是柳三扶我回來的。他自己抱怨一會兒，吃頓好的，就回隔壁屋睡覺了。你這一睡，都到晚上——」

「我剛才作了一個夢，夢見我身邊有人死了。」夏乾只是捧著茶杯，忽然說了這麼一句。

韓姜有些意外，沒有接話。兩個人都沉默了一會兒。

夏乾把茶杯放下，低著頭，盯著地面。「我夢見我站在一片草叢裡，周圍沒有人。天氣很熱，我一直在趕路，至於走到哪裡去，我並不知道。但我走著走著，發現不遠處有一座荒墳。我繞不開它，也不想走上前去。我很怕看到墓碑上的名字。」

韓姜輕聲問道：「是你認識的人？」

「是。可我不知道是誰。」

夏乾又端起茶杯。屋裡只有他喝水的聲音。

韓姜側過頭看著桌上的茶具，輕聲道：「在我師父剛生病的時候，我夢見自己和他坐在一條小船上。他說，讓我靠岸。我把船划到岸邊，師父上了岸，揮手和我再見。我把船停在那裡不願意離去，但他卻轉身走進了霧裡，消失了。」

「妳說，人是不是難免都會有這種經歷？」夏乾有些難過。「身邊親近的人會離開自己。」

「是吧！人面對命運的時候是很無力的。有的人昨天還好好的，今天忽然就離開人世。聰明善良的人逃不過，有權有勢的人也躲不掉。不同的是，有的人忽然就離開了，有的人會和你揮手告別。」

「我剛才有些後悔。」夏乾盯著地面。「無論墓碑上刻著誰的名字，我都會後悔。以前在一起的時候，沒有對大家好一些。」

韓姜點點頭。「所以從現在開始珍惜就好了。」

夏乾捶了捶自己的頭。「都怪我今日沒睡好。總之，如今事情都解決啦，是個好日子，我就不該說這些莫名其妙的喪氣話。以後我和妳在一起，再也不會發生這種不好的事了！」

韓姜愣了一下。

夏乾這才覺得這話好像有些不對，趕緊補上一句：「我是說，我們以後還有很長的路要走。」

韓姜點點頭。「去西域的路的確很長。」

夏乾有些手足無措。「也許比去西域的路更長？」

「什麼？」

夏乾看著她的眼睛，忽然之間說不出話來了。他一時語塞，轉身跑到窗前，推開窗戶。

夏日的風帶著暖意，夕陽沉下去了，西邊的天空泛著一絲紅色。月亮悄悄升起，並不明亮，卻是很美的月色。

韓姜拿起雙拐，打算站起身來。「夏乾，你早點睡，明天要去談生意呢！」

見她要走了，夏乾趕緊轉過身來。「妳再坐一會兒吧！我明天不去也行。」

「你若再不去，慕容蓉就會把長安的商鋪盤下大半。」

夏乾嘟囔道：「慕容蓉有什麼好的？為什麼總提他？」

韓姜趕緊說道：「我沒有說他好，你比他好多了。」

她說完，兩個人又愣住了。

韓姜今日明明沒有喝酒，但是好像總是很緊張。她拿起拐杖走到門口，想出去，又猶豫了一下，慢慢從懷裡掏出個小物件來。「這個送你，謝謝你救了我。我身上沒什麼值錢的，這是我這兩日在牢裡編的。我閒得無聊，把被子的線拆下來了。」

夏乾趕緊接過來，是一個深紫色的小穗子，挺好看的。

「你可以掛在徐夫人匕首上。」韓姜又補上一句：「掛在腰上也行……你不想掛也沒關係的。」

「可是我腰上有孔雀毛和玉佩了。」

「那就別掛了。」韓姜低下頭去。

「這樣吧！我把孔雀毛和玉佩摘下來一個。摘哪個呢？」夏乾把玉佩一揪，攥在手裡，將韓姜的穗子別上去。「我不要玉佩了，這個穗子和孔雀毛比較般配。」

韓姜笑了笑，悄悄舒了一口氣。

夏乾把摘下的雙魚玉佩遞給她。「那這個玉佩我不戴了，給妳吧！」

韓姜趕緊搖頭。「這個我不能要！在雁城碼頭的時候我就見到過，這個很值錢，你怎麼能送人？」

「妳的穗子對我來說也很珍貴。」夏乾把玉佩塞給她。「妳也戴上吧！」

「我……」

「我都戴了。」夏乾指了指穗子。「妳不戴，豈不是不公平？」

「我習武的，磕磕碰碰怕弄壞。」

夏乾搖搖頭。「妳日後不要再做不好的事了。不下墓的話，又怎會磕碰？如果妳要賺錢，我們可以一起開店，就開個包子鋪，再開個小酒肆。我賣包子，妳賣酒，柳三開青樓。」

他居然講得很押韻。韓姜笑了，但是眼眶忽然濕了。她趕緊背過身去，裝作在看桌子上的花瓶。

夏乾又補充道：「易廂泉就在我們旁邊擺攤吧！老老少少排起隊，他顧客多，我們的顧客就多，到時候可以賺很多錢的，然後我們就買下一條街。」

「夏乾，可是我師父病了……」韓姜猶豫了一下，接著說道：「其實，我答應了一個人，跟著猜畫的隊伍去西域，對方就會出錢救我師父。」

「對方是好人嗎？」

「算是，但我師父的病需要好多錢。」

夏乾哈哈一笑。「妳是怕拖累我嗎？」

韓姜搖頭。「我只是不想靠別人，你應該也不想靠你父母吧？」

「我爹娘的錢，我是不會動的。妳師父的病，我們可以慢慢治。我記得易厢泉認識一位很有名的郎中，是誰來著？我忘了名字了，反正估計可以省不少錢。如果我們缺錢了，就找人借一些，以後慢慢還。我認識不少有錢人，」夏乾眨了眨眼。「比如慕容蓉啊！」

二人又說笑了一陣。從慕容蓉的名字說到夏乾的童年，又說起了很多很多有趣的事。直到夜色深了，月亮越來越亮，升入中天，好像真的很圓。

終章

月亮升起來了，照著懸空寺。

「為什麼這麼久？」孫洵終於按捺不住了，她隱隱覺得不對勁，突然抓住張鵬的胳膊。「不對勁！你要不要去大理寺找些人來？」

張鵬有些為難。「今日能讓我和李德二人來，已經很不容易了。孫郎中，有些話我沒敢和易公子講，大理寺出事了。」

「什麼？」

「鵝黃越獄了。」張鵬的聲音有些抖。「大理寺的牢房前幾日被炸毀，又要運送一些囚犯去他處，難免看管不力。這件事暫時被壓下來，但恐怕壓不了幾天。萬沖一直在想辦法，但是……此事，我們本想和易公子說，但吳府的事又沒解決。等他把綺羅接出來，我們再議。」

聽了他的話，孫洵很是震驚。她攥緊了裙角，冷靜思索了片刻，堅決道：「這樣吧！我踩著岩石爬下去。」

張鵬看了看懸空寺。「峭壁太陡，沒有繩子根本下不去。還是待李德拿來繩子再說。易公子何其聰明，若是有事，定會呼救，或者破門而出，我們一箭過去，什麼都解決了。」

說畢，他架起了弓箭。

孫洵又低頭看向懸空寺，焦急道：「過了一炷香的時間。為什麼要這麼久？為什麼連聲音都沒有？不管綺羅在不在，都不應該這麼慢……」

張鵬對孫洵道：「李德腳程很快的。繩子來了，我們就爬下去。」

夜色漸漸吞沒了懸空寺，房裡的小窗子還是亮的，光線由內而外散出來。

突然，「砰」的一聲，懸空寺內傳來一聲巨響，接著是刀劍碰撞的聲音！緊接著，明晃晃的小窗上，小女孩的影子莫名消失了。

孫洵站在高山上注視著懸空寺，臉色變得慘白。那一聲刀劍交擊聲很是不祥，她想問發生了什麼事，卻生生卡在了喉嚨裡——她不是喊不出來，而是一切發生得太快！

刀劍相碰的聲音只傳了一聲，隨即是一聲哀號。那像是老和尚的哀號，蒼老低沉，卻帶著痛苦。一陣撲騰聲、桌椅碰撞聲接踵而來。聞聲，張鵬迅速架起弓箭，瞄準懸空寺的門。孫洵朝著懸空寺大喊了一聲易廂泉的名字。

就在此時，一枝箭從孫洵身後的山間飛了過來，箭離她很近很近，帶著一股令人恐懼的熱氣。

這枝箭直插入懸空寺的屋頂，很快，屋頂燃燒了起來。

「趴下！」張鵬訓練有素，知道箭自背後而來，一下子將孫洵按在地上。

孫洵直接被拉得跌倒在地上，待她抬頭，卻見四、五枝箭從身後向前，如流星一般劃過墨色天際，全都落在了懸空寺的屋頂上！

夜幕下，這些箭如同來自地獄的刺。只是片刻的工夫，懸空寺屋頂的火苗越來越亮、越燒越旺。

張鵬立即轉向身後，只見林中某處閃著火光，很是清晰。他朝那火光處射了幾箭，林中的火光卻立刻熄滅了。

張鵬喘著粗氣，等他再次回頭朝絕壁下面看去，懸空寺卻已經如同一個可憐的箭靶，更像一隻著了火的刺蝟。

「易厢泉！著火了！快出來！」孫洵卯足了勁兒呼喊易厢泉，卻只聽聞一陣咚咚的砸門聲，沒人出來。

火越燒越旺，孫洵的心越來越涼。

她知道易厢泉最害怕什麼。

「窗戶！打破窗戶！」孫洵大聲喊著，心裡卻越發焦慮。即使易厢泉打破窗子出來，也沒有繩索能攀上來。

在短時間之內，濃煙直指天空。而天空越來越黑暗，火焰越來越明亮，逐漸連成一片。火光映著孫洵的臉。她聽見附近隆隆的瀑布聲，但她也知道，僅憑二人之力根本來不及救火。

「我爬下去！把刀給我！」她迅速擼起袖子，拽過張鵬的刀走到峭壁邊上。

張鵬立即上前。「我先下去！妳——」

「你去找放箭的人，我下去！現在還來得及！」孫洵看了懸空寺一眼。現在火勢不大，她只要摔不死，就可以把門劈開，把易厢泉救出來再說。

他一定可以出來！房子著火了，沒關係！就算沒有繩子也可以的，只要二人爬得上來……

孫洵背過身去，彎腰，用腳踩向第一塊岩石——

忽然，身後傳來「轟隆」一聲巨響。

由於聲音太過巨大，孫洵突然嗡地耳鳴，聽不見任何聲響了。

在這短短的一瞬，身邊的岩石都在震動，孫洵根本來不及反應，便被一陣巨大而恐怖的熱浪推回山上，無力地翻滾幾下。無數的碎石飛過她的身體，劃破了她的皮膚。

待她驚恐地爬起身來，朝懸空寺看去，卻看見了她此生難忘的場面。

一團巨大的火焰從懸空寺噴射出來，就像金紅色的花，在灰黑色的峭壁上綻放開來。支撐懸空寺基底的無數根木棍接連倒了下去，在火光之下，懸空寺的右側大殿瞬間崩塌了。

是火藥！懸空寺裡面是火藥——

右側大殿被炸成無數碎石，緊接著，懸空寺就像一桿失衡的秤。迴廊和左側的大殿晃動幾下之後也忽然墜落，整個懸空寺帶著無數火星跌落在百丈深淵裡，被漆黑的水流全部吞噬，只激起陣陣巨大水花。

瀑布的隆隆聲已經被爆炸聲和落水聲完全覆蓋，孫洵卻聽不清這些聲音。她只是呆呆地看著。夜幕下，懸空寺幾乎被炸得只剩殘骸了。

孫洵的身邊落著無數碎石。離她不遠處，隱約可見一隻被炸掉的、還能勉強認出形狀的手臂。

手臂旁邊是一柄被燙彎了的匕首。

張鵬有些懵了。他看著眼前的場面，無意識地跪倒在地。孫洵則瞪著眼，看著眼前的點點餘火，看著遠處黑黝黝的山，看著低垂的夜幕，看著深淵之下的滾滾激流。

落水聲漸漸小了，蟬鳴不見了，瀑布一如既往地嘩嘩作響。

天地安靜了，安靜得就像什麼都沒發生一樣。煙霧緩緩升起，融入漆黑的夜空消失不見了。

剛才的一切發生得太快，孫洵好像剛剛才明白眼前發生了什麼。她看著被炸成碎片的懸空寺，看著瀑布之下湍急的水。這一切彷彿在告訴她一件令人恐懼而悲哀的事。

「易廂泉……」

易廂泉……

夏乾不知為何，突然想到這名字，心抽搐了一下。他摀住心口，深深吸了一口氣。這是犯心病了？年紀輕輕，怎會有病呢？估計是熬夜所致。

他緩了緩，又抬頭看了看初升的、明晃晃的月亮，慢慢吐了口氣，舒服了些。

夏乾今日睡多了，剛又和韓姜說了好久的話。韓姜睏倦，已經回去睡了。他卻清醒得很，索性在夜半時分，披衣在街上閒逛。長安比不得汴京，如今錢家出了血案，官府的巡邏更勤快了，街上也沒什麼人敢出來閒逛，導致整個長安城陷入沉睡之中。

長安一靜，就有些像庸城了。夏乾看看屋瓦，回憶起當初與易廂泉抓捕青衣奇盜的情形。他回想著院子裡的守衛和滿地的犀骨，回想那天夜裡易廂泉坐著小毛驢與他在無人的街道上閒聊，又想起他們在下雪的山村裡的奇遇，想起了汴京城的正月十五。

庸城城禁是去年寒露時節發生的事。蟬鳴剛起，夏日已至，若是步入秋天，轉眼又是一年。一年又一年，即便過去的一年裡發生了很多離奇的事。

想著想著，夏乾忽然慶幸自己從庸城的家中跑了出來。

夏乾回頭看了看夜色中的客棧。客棧一片漆黑，大家都睡了。他知道裡面住了幾個重要的人——他的朋友們，譬如柳三和慕容蓉……此外，還有一個很特別的姑娘。

這個姑娘會和他一起走很遠的路。

夏乾忽然覺得人生有了目標。他狠狠吸了一口氣，抬頭看了看夜空，突然充滿了鬥志。等到了西域，他就可以賺到錢了。易廂泉也許能抓住壞人，把事情辦妥，他們一行人就可以拿著錢去買店鋪……

可是易廂泉什麼時候來呢？

他總覺得心裡不安，踢了一腳地上的石子，哪知道它「啪」的一聲碎了。細碎的小石子滾向遠方，在寂靜的黑夜裡消失得無影無蹤。

東方吐出魚肚白，南山卻不得寧靜。一群官兵在南山下的瀑布間搜索了一夜。與許是水流過於湍急的緣故，他們只找到了一些碎木、箱子，以及被炸得面目全非、屬於人的屍骨碎片。

孫洵在南山上坐了一夜。她本想與官兵一同搜索的，但她隱隱覺得，搜索起來並沒有什麼意義。

有官兵見了她，說道：「孫郎中，目前還是沒消息。水流太急，我們打算去下游找找……」

「他活下來的可能有多大？」

官兵一愣，不知是不是應當講實話。

「不可能活著，對吧？」孫洵的聲音聽不出悲喜。

官兵猶豫一下道：「如今沒有找到屍體，這便是最好的。那些屍首殘缺不全，有些骨頭，我們需要帶回去找人看看……」

「若是年輕男子的，是不是就能確定是易廂泉了？」

官兵趕緊搖頭。「不一定。」

孫洵只是看著瀑布，聲音很冷，冷得像冰。

「除非他在寺廟爆炸之前掉入瀑布水潭，又被水沖走，完好地走上岸……只有這樣才能活著……」孫洵說得很慢，又輕聲補了一句：「怎麼可能？」

他怎麼可能還活著？

孫洵沒有力氣說話，也沒有力氣動了，只是面無表情地看著絕壁。

孫洵坐在山上一夜沒動。鳥兒昨夜伴著夕陽歸巢，今晨鳴叫著登上枝頭。直到太陽穿過雲層，放出耀眼的光芒，孫洵才慢慢眨了一下眼睛。一滴眼淚無聲滑落臉頰。

她這才發現，自己竟然落淚了。

尾聲

「你聽到昨夜的響動了嗎？」

「聽到了，嘿，可真是嚇人！聽說懸空寺炸了。」

「懸空寺？京城還有懸空寺？」

「有哪！聽說還炸死個人呢！這幾日官差忙得手忙腳亂！」

幾個百姓圍坐在茶攤那裡，看上去是趕路的旅人，在此處歇腳。這個茶攤距離汴京城也有十幾里路，他們依然在談論著昨夜發生的事。

阿坟很快飲了茶，又買了幾個餅。他沒有和任何人講話，拿著東西快速離開，上了山。他七拐八拐後，終於來到一座廢棄草屋前，上前敲了三下門。

「是我。」他壓低了聲音。

門開了，鵝黃探出頭來。她穿著一身樸素的衣裳，臉上未施粉黛，顯得有些憔悴。「你今早人沒了，我總以為出了事。」

「不會有事的，城外沒有人認得我。」阿炆把包了幾層的餅遞給她。「快趁熱吃。吃完了，我們這就上路。妳南下，去咱們之前說好的地方等消息。我一會兒直接往西去，等出了大宋疆域，我去和伯叔會合交易。」

「要小心，我總覺得……」

「放心。」阿炆咧嘴笑了笑，又覺得自己笑得不好看，把頭低了下去。「老爺生前對我恩重如山，我做這些都是應該的。」

「若沒有你，這些事情是做不成的。你還計畫這麼久，將我從牢中救出來……」

阿炆只是應了一聲，低頭收拾東西，卻覺得心中有了暖意。

鵝黃低頭吃了東西。「等事情辦成了，咱們就回大理去。」

「我們一定會回去的。」阿炆說畢，沉默了一會兒，才道：「妳聽見昨晚的爆炸聲了嗎？」

「怎麼？出事了？」

「我聽說……」阿炆猶豫了一下。「是易廂泉。」

鵝黃愣住了。

「消息不可靠，但旅客都這麼傳——」

「是『那個人』做的？」

阿炆搖搖頭。「暫時還不能確定。『那個人』當年利用我們，如今卻又做出了這種事。」

「他這種事做得還少嗎？罷了，和我們沒有關係。」鵝黃冷冰冰地說：「有些人喜歡多管閒事，自然是這個下場。」

她說完，二人都沉默了很久。

阿炆收拾東西，似是漫不經心地道：「其實易廂泉……也算是個好人吧！」

鵝黃的眼睛閃動了一下。她想起了自己在獄中的時候，易廂泉和她說過的那些話。她雖然不喜歡他，但知道他那些話都是肺腑之言。如果她當初把青衣奇盜的故事都告訴他，一切會不會不一樣？

鵝黃的心裡突然產生了一絲愧疚感。

阿炆又道：「『那個人』可真是心狠手辣。他挑準了時間，趁著我們越獄的時候殺掉易廂泉，只怕是想讓我們去頂罪。我只怕……」

鵝黃趕緊回過神來。「不要怕，小心一些。我們辦成了這麼多事，一步步走到今天，只差一點就要成功了。」

阿炆點點頭，收拾了東西，又看了看鵝黃。「我準備走了。」

鵝黃趕緊站起身來。「你小心一些！小心一些！實在不行，東西可以不要，但是性命要緊！」

阿炆點了點頭，看向她，目光很是熱切。「妳也是。」

「那我們在大理見面。」

阿炆堅定地點點頭。「妳回大理等著我。」

他說完，毅然決然地扭過頭去，登上了驢車，告訴自己不要再回頭看她了。前路漫漫，也不知會發生什麼，但多看一眼，心裡又會留戀，便會多難過一分。

鵝黃站在門口，遠遠地看著阿炆。直到他的身影消失在叢林深處，她依然還在門口站著。

幾日後，長安城一片祥和。

夏乾與韓姜在街上閒逛，吃了麵條和泡饃。他們又去看鋪子。鋪子是替夏老爺看的，夏乾自己的鋪子，需要自己攢錢去買。一路上，兩個人沒有說什麼話，腰間的穗子和玉佩都在搖晃。

他們都覺得這樣挺好的。

夏乾卻覺得心中有些忐忑。再過幾日，他們就必須出發。出了長安城，再往西走，一直走到大宋邊境，進入西夏。如果繼續向西，會走到回鶻[4]。到那時，一切都不

4 回鶻：散居於新疆南部的中國少數民族之一。古時稱「丁零」、「鐵勒」，後於唐朝時建國為「回紇」，後又改稱為「回鶻」。宋、元以後名稱極多，今定為「維吾爾」。

受大宋律法約束了。而阿炆不見蹤影，伯叔鬼鬼祟祟，堅稱隊伍中有殺手無面的狄震不告而別，易廂泉又遲遲未到……

西域到底會發生什麼？根本不得而知。

夏乾一直拖著整個隊伍，想等著易廂泉從京城來長安會合，可伯叔卻催促他們行進了。

走到驛站，夏乾讓韓姜去看看有沒有信件，他不想見到那個總是向他要錢的店主兒子。

韓姜笑著進去了。

夏乾在門口徘徊了一會兒，買了幾串糖葫蘆。他小時候是個小胖子，最喜歡吃這個東西，還總是受到父母的批評，受到易廂泉的嘲笑。

夏乾狠狠咬了一口，感嘆長安好吃的可真是多，今日才算嚐到。

他在門口等了很久，糖葫蘆吃了三串，可是韓姜還是沒有從驛站出來。也許易廂泉的信還沒送到，也許易廂泉又因為有事耽誤了，也許……

就在這時，韓姜出來了。

「怎麼樣啦？易痏泉什麼時候來？」夏乾一邊吃著糖葫蘆，一邊笑著問她。

但是韓姜的表情不對。

她眼眶發紅，緊緊握住了手中的信。

「易痏泉他……他……」

——第四集完

國家圖書館出版品預行編目資料

天涯雙探4：雙城血案／七名 著　– 初版. -- 臺北市：
三采文化，2021.5 面：　公分.（iREAD 140）

ISBN 978-957-658-524-1（平裝）
1. 華文創作 2. 青少年文學 3. 推理懸疑
857.7　　　　110003572

◎封面圖片提供：
marukopum ／ Shutterstock.com
umiko / Shutterstock.com

suncolor 三采文化集團

iRead 140
天涯雙探 4
雙城血案

作者｜七名
責任編輯｜戴傳欣　文字編輯｜歐俞萱
美術主編｜藍秀婷　封面設計｜李蕙雲　美術編輯｜李蕙雲
內頁排版｜陳曉員　校對｜黃薇霓　版權負責｜孔奕涵

發行人｜張輝明　總編輯｜曾雅青　發行所｜三采文化股份有限公司
地址｜11492 台北市內湖區瑞光路 513 巷 33 號 8 樓
傳訊｜TEL:8797-1234　FAX:8797-1688　網址｜www.suncolor.com.tw
郵政劃撥｜帳號：14319060　戶名：三采文化股份有限公司
本版發行｜2021 年 5 月 7 日　定價｜NT$380

suncolor